元最強の剣士は、異世界魔法に憧れる

GC NOVELS

"In past life, he was the invincible swordman.
In this life, he longs for the magic of another world."
Story by Shin Kouduki, Illustration by necömi

〈小説〉紅月シン
〈挿絵〉necömi

6

スティナ・カンザキ
ソーマ・ノイモント

フェリシア・L・ヴァルトシュタイン
シーラ・レオンハルト

「やべっ、見つかっ……た
わけじゃなさそうだな。
というか、子供……？　何者だ……？」
そう言って首を傾げた顔は若そうな男のものであった。
十代中頃といったところか。
その髪と瞳の色は、ソーマと同じ漆黒であり、
だが瞳の奥にはどことなく老成したようなものを感じさせる。
少年であるような、青年であるような、それ以上であるような、
パッと見では年齢がいまいちはっきりとしない男であった。
そして――見覚えのあるその姿に、ソーマは思わず言葉を失った。

元最強の剣士は、異世界魔法に憧れる

"In past life, he was the invincible swordman.
In this life, he longs for the magic of another world."
Story by Shin Kouduki, Illustration by necömi

6

〈小説〉
紅月シン
〈挿絵〉
necömi

目　次

†

"In past life, he was the invincible swordman.
In this life, he longs for the magic of another world."

6

Story by
Shin Kouduki
Illustration by
necõmi

1

——魔の領域、ディメント。

魔族の支配している場所のことを示す名ではあるが、実のところそれは正式なものではない。地名や国名などではなく、いつからかそう呼ばれるようになり、それが現在も続いているというだけなのだ。

確かに魔族側には魔王と呼ばれる存在がいるが、国を興しその地を治めているわけではないし、仮に建国したと宣言したところで、当然のように人類側に認められることはないだろう。

つまりどれだけ広い面積を持ち何と呼ばれたところで、そこは正式に誰かの物になったわけではない。今も放棄され続けている土地、ということにしかならないのである。

そういったことも関係しているのか、ディメントは全体的にその気風が自由だ。何せ国に属していないということは、そこに住む者達を縛る法がないということである。

それがそれぞれの自由へと繋《つな》がるのは道理だろう。

しかし文字通りの意味での無法ではあるが、無秩序というわけでもない。

その象徴とも呼べるような場所をいつも通りに眺めながら、エイラはこみ上げてきた欠伸《あくび》を噛《か》み殺した。

「むーん……暇にゃ……」

頭頂部に存在する耳をピコピコと動かしながら、ぼやくように呟《つぶや》くも、無論それで暇でなくなるということはない。

まあ忙しいのは忙しいので嫌なのだが、人は居るというのにやることがないというのはこれ如何《いか》に。

「まったく、どうせおみゃーらも暇なんだから、注文の一つでもすればいいものを……本当に使えないやつらにゃ。そんなんだから万年底辺冒険者なんにゃ」

「ああ⁉ 聞こえてんぞ、クソ猫！」

「聞こえるように言ってるんだから当然にゃ。悔しかったら注文するか、底辺からさっさと脱出してみるにゃ」

「ああ⁉ 脱出出来んならとっくにしてんだよクソが！ っていうかそれと注文すんのは何の関係もねえだろうが⁉」

「そりゃあちしが暇じゃなくなるためのものなんだから当然にゃ」

「ただのテメエの都合じゃねえか⁉」

比較的近くの場所に居る男とそんなやり取りをするも、すぐに男は前方に向き直り仲間達との話し合いに戻ってしまった。

まったく、ろくに暇つぶしにも付き合わないとか本当に使えない男にゃ、などとぼやくも、当然本気で言っているわけではない。

自分がこうしてここに居るのと同様、男もまた食い扶持《ぶち》を稼ぐためにそこに居るのだ。

働かなければ生きていけず、働かない者に人権はない。

「……ま、そもそもの話、魔族に人権なんてものは最初からないんにゃけど」

自分で思いついたくだらないギャグに肩をすくめつつ、エイラは再度その場を眺める。

全ては暇なのが悪いわけで、つまりは暇つぶしとなるような何かがあればいいのだ。

しかしそこに居るのは相変わらず景気が悪そうで、さらには人相も悪いやつらばかりであった。

ここは冒険者ギルドだ。

厳密にはフェルガウ支部などとも付け加えるべきなのだろうが、そういった細かいことはどうでもいいだろう。

つまりそこに居るのは先ほどの男も含め皆冒険者なわけであり、様々な顔ぶれが並んでいた。

男が居れば女も居るし、老人が居れば少女にしか見えない者も居る。

エイラと同じ獣人種が居ればデモニス――妖魔種も居るし、人類種はもちろんのこと、一見するとそれとは分からないが、確か吸血種も居たはずだ。

いつだったか、貧血かと思って助けたら血を吸われて、それが切っ掛けで付き合うことになったとか惚気《のろけ》ていた輩《やから》が居たので、間違いない。

こうして改めて確認してみると、人種年齢性別を問わず本当に色々な者が居るが、それにエイラが何とも思わないのはこれがいつものことで、いつもの光景だからだろう。

国によっては単一の種族しか住んでいないことも珍しくないと聞いた時には、随分と驚いたものだ。

ディメントと外とを隔てている境界から比較的近い場所に位置しており、そこそこの大きさを誇るここフェルガウには、それなりの数の人々が日々行き交っている。

そうなれば必然的に様々な者と接することになり、ドワーフやノーム、アマゾネスなどともエイラは会ったことがあるのだ。

ないのはエルフと……あとは魔女ぐらいだろうか。

魔女に関してはともかく、境界の近くにエルフの森があるにもかかわらず、エルフに会ったことがない。

そのことに気付いた時、エイラは随分と不思議に思ったものだが、その実態を聞いてみれば不思議でも何でもなかった。

何のことはない。

エルフから魔族となるものはほとんどいないという、それだけのことである。

元々エルフは絶対数が少ない上、繁殖力が弱いというのもあるが、他の種であれば魔族へと堕《お》としてしまうような者達も、エルフはそうさせないのだという。

互いに助け合うことで、仲間を守る、とのことだ。

ただしその反動なのか、仲間以外には相当厳しいらしいが。

身体《からだ》に触れることを許すことはなく、常に堅苦しい態度で、笑みを見せることもない。

エルフは皆頭が固いと言われているのも、そういったことが理由らしいのだ。

まあともあれ、そういうわけなので、多少見た目や人種が多彩だろうと、それを眺めたところでエイラの暇つぶしにはならない、ということである。

それこそエルフでも来てくれれば、などと思うが、それが無理なのは改めて言うまでもないことだ。

「ぬー……暇なのにゃー」

なので最終的には、そうしてその場に突っ伏すしかないのであった。

これでエイラが受付嬢でもやっているのであれば、もうすぐ暇などとは言っていられないような修羅場が発生するのだろうが、生憎《あいにく》とエイラが居るのはギルドはギルドでも、ギルドに併設された酒場だ。

念のためこうして待機してはいるものの、注文など一度でもあればいい方だろう。

何せ今は未だ朝早い時間である。

これから依頼書が張り出されるという時間帯なわけであり、冒険者たちが待機しているのもそのためなのだ。

酒場などが利用されるわけがない。

それが分かっているからこそ、本来接客担当でしかないエイラしかこの場にはいないのだ。

まあ同時にだからこそ、こうしてだらけることも出来ているわけだが。

「だからってあと一時間以上も暇だとかやってられないにゃー……せめて新顔でも来れば少しは――にゃ？」

と、そんな風に愚痴っていた時のことであった。

ここのギルドは入って正面に受付、左奥には換金所などが並び、右奥に酒場が併設されているという、典型的な造りだ。

つまりエイラの位置からは誰かがギルドに入ってくればすぐに分かるようになっているのであり

……皆が殺気立ち始めた中、新たにここに足を踏み入れた者が居たことにすぐに気付いたのである。

それは三人組のようであった。

一人はおそらく人類種の少年であり……あとの二人は、不明だ。

何せ二人とも白いローブを羽織り、フードまで被《かぶ》っていたのである。

背丈から少年と同年代だと思われるが、それ以外は一切が分からなかった。

そんな怪しさ丸出しで、しかも少なくともエイラは少年の顔に見覚えはない。

即《すなわ》ち望んだ通りの新顔であり……だが次の瞬間にエイラは悟っていた。

あ、あいつらやばいやつらだ、と。

「ふむ……普通にギルドであるな」

「……ん、普通」

「当たり前ではないですか。何を言っているんですかあなた達は……？」

少年達の声は、離れた場所に居るエイラのところにまではっきりと届いてきた。

しかしそれは少年達が大声で喋《しゃべ》っていたというわけではなく、その場が異様なほどに静まり返っていたからである。

数瞬前まで殺気すら放っていた男達が、必死になって息を殺していたのだ。

見る者が見ればおそらく滑稽《こっけい》な光景でもあっただろうが、エイラがそれを笑うことはないだろう。

というか、自身も少年達の姿を確認した瞬間に寝たふりへと移行していたので、どちらかと言えば笑われる側だ。

これを笑える者がそもそも居れば、の話だが。

改めて言うまでもないことだろうが、魔族といったところで、その大半は普通の人類だ。

法がないからといって無秩序に行動することはなく、逆にたった一つの単純なものによって制されている。

それは、力だ。

力がある者が法であり、上位。

それは結局のところ、外と大差ないということでもある。

ただ、今この場にいるのは、荒くれ者揃《ぞろ》いの冒険者達だ。

尚更《なおさら》にその傾向が強く、また自負もある。

だからこそ、だ。

だからこそ……一目で実力がまったく読めないあの少年がどれだけやばいのかを、エイラですら察することが出来たのである。

力が法の魔族だからこそ、そういったことには皆が敏感なのであった。

ここは所詮、境界近くの街。

魔族の中でもやばいやつらは、こんなところで群れることなく、もっと奥へと向かう。

要するにここにいるのは、粋がったりはするものの、色々な意味で大したことのない者ばかりであり……何故《なぜ》そんな場所に、あんなのが。

一見どこか暢気《のんき》そうな少年だったが、それが余計に恐ろしい。

上級冒険者……あるいは、それ以上か。

つい先日もあからさまにやばそうな少女が来たばかりだというのに、どうしてこんなに続けて。

それに懲りずに暇だとか言ってたから罰でも当たったのだろうかと、冷や汗を流しながらエイラは割と真剣に悩む。

女神は魔族の祈りでも聞き届けてくれるのだろうかと、そんなことを考えながら、少年達が早々にどこかに行ってくれるのを、心の底から願うのであった。

2

正直なところ、思っていたよりも普通だった、というのが、ソーマの抱いた感想であった。

あるいは、予想通り、と言うべきかもしれないが。

ディメントという場所はそういうところであると、既に理解していたからだ。

ソーマ達がエルフの森を後にしてから、一週間ほどが経《た》っていた。

最初の街、というか村までかかった時間は三日ほどで、ある意味そこでのことが一番驚いたかもしれない。

普通に人類側の村だと思っていたら、実は既にディメントへと足を踏み入れていたからだ。

よく境界などとは言われるものの、結界などが敷かれているわけではないため、地理に疎いというその境を跨《また》いだのかが非常に分かりづらいのである。

しかも他の場所ならばともかく、そこからの最寄はエルフの森だ。

エルフは魔族も含めて中立を謳《うた》っていることもあり、特にその周辺に監視などを置いてはいない。

余計に分かりづらく、シーラ達もそこら辺のことはよく知らなかったようである。

村でそれとなく聞いてみて初めて分かったことであった。

とはいえ、アイナの世話になっていた村も一見すれば普通だったのだ。

魔族の成り立ちなどを考えてみても、当然と言えば当然なのかもしれない。

多少の驚きはあったものの、ソーマが素直にそれを受け入れることが出来たのは、そういった要因によるものだ。

シーラやフェリシアも魔族に対し偏見などはないのか、特に問題はなく、何処《どこ》から来たのか等を教えると、逆に村人達の方が驚いたようであった。

もっとも、互いに友好的ならばそれに越したことはなく、道中は順調だったと言っていいだろう。

魔物もろくに出ず、アイナやリナとの旅を思い出させるようなものであった。

そうしてディメントに入って三つ目の、初めて街と呼ぶに相応《ふさわ》しい場所に着いたのが先ほどのことであり、そのままほぼ脇目も振らずここ――冒険者ギルド支部へとやってきたのは、単純な理由によるものだ。

道中で、とあることに気付いたのである。

――自分達は、金目のものを何も持っていない、と。

エルフの森を後にした時密《ひそ》かにヨーゼフが持たせてくれたものや、道中で僅かばかりの魔物を倒し、それと物々交換することでここまでは何とか凌《しの》げたのだが、これ以上は金稼ぎをしないとどうしようもなかったのである。

ディメントにも冒険者ギルドが存在しているというのは、実のところ以前から知っていた。

というか、シーラから聞いたのだが、ある程度の大きさの街ともなれば、ギルドは大抵何処にでも支部を作ろうとするらしい。

一応建前上ギルドは国に属しているので、国が存在していないディメントには作れないはずなのだが……そこは何とかしているのだろう。

何にせよ今のソーマ達にとっては心強いことに変わりはないのだ。

ともあれこのぐらいの街ならばギルドがあるだろうという予測は見事的中し、街の中心部にあったここへとやってきたわけだが……入ってみて、割と普通に驚いた、というのがその感想である。

というのも、見たところ、そこは確かにギルドといった感じだったからだ。

……言葉にすると分かりづらいのだが、要するに、ソーマが今まで行ったことのある他のギルド支部と大差なかった、ということである。

何だかんだ言ったところで、さすがにギルドには明確な差があると思っていたのだ。

何せ冒険者と言えば荒くれ者であり、魔族は基本的に力が法だということはアイナから教わっていた。ならばそこはちょっとアレな感じになっているんだろうと想像するのは、当然のことではないだろうか。しかしそんなある意味で失礼すぎる想像は、見事に裏切られたというわけだ。

さすがにこれはソーマといえど、反省せざるを得ない。

「ふむ……ところでこの場合、誰に謝ればいいのであろうか……？　冒険者……いや、居れば職員で、居なければ職員代行の人物が相応しいであるか……？」

「……ん、ソーマがいつも通り」

「シーラも意外とソーマさんに対しては辛辣《しんらつ》ですよね？　まあ、当然の対応ですが」

「何か失礼なことを言われてる気がするのであるが……？」

「気のせいではないので大丈夫ですよ？」

「……ん、大丈夫」

「解せぬ……」

素直に反省の心を示そうとしただけで、何故そんなことを言われねばならぬのか。

などという戯言《ざれごと》を置いときつつ、周囲を眺め……ふと、ソーマは首を傾《かし》げた。妙に静かだと思ってはいたが、皆が何故か全員揃《そろ》いも揃って明後日《あさって》の方を向いていたからだ。

何かあるのかと思って視線を巡らせてみるも、特に何もない。

変わった遊びでも流行《はや》っているのだろうか……？

「ふむ……というか、酒場の店員が寝ているであるな。あれはいいのであろうか？」

「褒められたことではないでしょうが、朝から酒場を利用する人もあまりいないでしょうし、いいのではないですか？　そもそも、わたし達が口を挟むことではないでしょうし」

「……ん、怒られたとしても、あの人の自業自得」

「それもそうであるか……別に我輩達も用があるわけではないであるしな」

瞬間、その身体から力が抜けたように見えたが……それもまた、こっちが気にするようなことではないだろう。

ともあれ。

「ところで、多分これから依頼書が張り出されるのだとは思うのであるが……」

依頼書とは冒険者が受けることの出来る依頼を羊皮紙等に記したものであり、これを受付へと持っていくことで初めてその依頼を受諾可能になる。

逆に言えば、それを持っていくことが出来なければ依頼を受けることは出来ないのだが……それらの依頼書はギルドの中でも特定の場所に張り出され、この更新は朝方の一回のみであるのが基本だ。

このシステムはギルド共通のものだと聞いているので、それはここでも変わらないはずである。そして今はちょうど朝方であるし、冒険者が集まっているのはそれが理由だと考えるのが自然だ。

だが。

「……ここは、平和？」

「え、どういうことですか？」

「我輩も見たことがあるだけで参加したことはないのであるが、朝方に依頼書が張り出されるタイミングは皆殺気立ったりしているものなのである。割のいい依頼を取れるか否かで、その日はもちろんのこと、今後のことにも影響したりするであるからな」

「なるほど……ですがここにはそういった様子がありませんから、平和、ということなのですね」

力が法である魔族だ。

もしかしたら既に格付けなどが出来ており、その順番に従って平和的に依頼を取っていったりするのかもしれない。

だとしたら、逆に皮肉でもあるが……。

「さて、とはいえこうなると、我輩達はどうすべきか……とりあえず依頼書が張り出されるまで待ってみるであるか？」

「……ん、そこでの皆の動き次第で決めればいいと思う」

「わたしはよく分かりませんから、そこら辺はお二人に任せます」

「ふむ……では待つとするであるか」

既に格付けがされているならば、そこに割り込むのは軋轢《あつれき》の元である。

何かが起こっても、それこそ力ずくでどうとでも出来るとは思うものの、無駄に騒ぎを起こすべきではないだろう。

とはいえ結局はここの作法が分からなければ動きようはないし、本当に何らかの格付けが既にあるならば、その時は一先《ひとま》ず今日は割の悪いものでも我慢するなり何なり考えればいいことだ。

とりあえずそれを知ることが先決だと、その場でしばし待つ。

何となく意識は向けられている気がするのだが、同時に避けられているような気もすることに首を傾げつつ……やがて、一人の女性が受付の向こう側から歩いてきた。

その手には何枚もの羊皮紙が持たれており、間違いなく依頼書だ。

それを確認した瞬間、冒険者達の間に確かに緊張感が走った。

「む……これはやはり、他のギルドと変わらない感じであるか？」

「……ん、そう感じる。……けど、皆動こうともしていない？」

「牽制《けんせい》しあっているため、一見すると平和に見える、とかですか？　あるいは油断させるために、敢《あ》えて気のないふりをしている、とか」

「そういうことなのかもしれんであるな……」

しかしそんなことを話している間に依頼書が実際に張り出されるも、冒険者達の間に動きはなかった。それを不思議に思いつつも、やがて依頼書が張られ終わり……それでもやはり、誰も動き出さない。

「……はて？　これは……何とも判断に困る結果になったであるな……」

「結局わたし達は、どうすればいいのでしょうか？」

「……ん、気にせず依頼書を取る？」

「それしかないであるかなぁ……まあ、問題があれば誰かが何かしら言うであろう」

仕方がないので、そう開き直り、ソーマ達は依頼書のもとへと向かう。

それでも誰も動くことはなかったが……もうそれは気にしないことにした。

張り出されたばかりの真新しい依頼書を、ざっと眺める。

依頼書には、当たり前のように依頼内容が書かれているものであるが、基本的にこれに書かれているものは簡素であることが多い。

依頼書に収まる情報には限界があったり、依頼を受ける者以外には秘密にしておきたいようなことも多々あるからだ。

そのため依頼書を選ぶ際には、自分達である程度の推測を行う必要がある。

依頼書に記されているのは、内容を除けば報酬額と必須ランクだけだが、それでも判断に用いるには十分な情報だ。

内容に見合わない報酬額が提示されていれば、実際には厄介事である可能性が高くなるし、それは必須ランクに関しても同様。

わざわざ一定以上のランクが必要だと提示されているということは、依頼主かギルドがそれを受けるには相応のものが必要だと判断したからなのだ。

これもまた厄介事である可能性が高い。

まあそういったことはやはりシーラから聞いた話ではあるのだが……こうして依頼書を眺めているとなるほどと納得する。

明らかに臭いものが幾つか紛れているからだ。

もっともそれらはあからさますぎたため、きっと誰の手にも取られることなく放置されることだろう。そうやって塩漬けにされてしまう依頼も、珍しくはないらしい。

ともあれ、そうして幾つか見繕った後で、最終的にソーマが手に取ったのは、最も稼げそうなものであった。

ソーマ達はあくまでも金を稼ぐためにここに来たわけであり、それを最優先に考えるのは当然だろう。

冒険者らしいものであったり、面白そうなものにも興味がないとは言わないが……それはまたいつか、機会があったらだ。

出来ればその時は、アイナやリナも一緒で……シルヴィアやヒルデガルドなどは難しいだろうか、などと思いつつ、ソーマは受付へと足を向けるのであった。

3

受付へと向かっている最中、後方からどことなく気の抜けたような雰囲気が漂ってくるのをソーマは感じ取っていた。

とはいえ、その理由が不明なので、ソーマとしては首を傾げるしかない。

もしかして、初顔には優先して依頼を取らせてあげるような、そんな決まりでもここにはあるのだろうか、などと思いつつも、受付へと辿《たど》り着く。そこでソーマは、立っていた人物を見て思わず目を瞬いていた。

見知った顔だったわけではない。

なのに驚いたのは、その頭部に人ならざる耳が生えていたからだ。

別にソーマは亜人種を見るのが初めてだというわけではない。混成国家ラディウスにとって、亜人種は人類種の次に数の多い種だ。

外に出ることはほぼなかったとはいえ、ソーマは割と最近まで王都にある王立学院に通っていたのである。見たことがないわけがなかった。

しかしその王立学院に通っていた者達からしてそうだが、混成国家などと言いつつも、ラディウスに住んでいるのはその大半が人類種だ。

他の種族が住むのを歓迎しているし、実際に住んでもいるものの、その比率は一割にも満たない。亜人種が多いとは言っても、適当に歩いていれば一人ぐらいは見かけるかもしれない、という程度でしかないのである。

とはいえそれでも他の国――特に隣国でもあるベリタスと比べれば、遥《はる》かにマシだ。

完全に人類種の国であるベリタスには、奴隷でもなければ他の種族は一人も住んでいないからである。

そしてラディウスの前身がベリタスの一部であったことが、混成国家であるにも関わらず、人類種に比率が偏っている理由だ。

要するに、元々人類種しか住んでいなかったのだから、住人が人類種に偏るのは当然なのである。

しかもラディウスが他国と面しているのは二箇所しかなく、その片方は魔族の住む地へと通じ、さらにもう片方はそのベリタスだ。

他の種族の移住を歓迎していようとも、来るに来れないのである。最近ではベリタスの国内でゴタゴタが起こっているため、少しずつ他の種族も増えてきているようだが、比率に表れるにはまだまだかかるだろう。

ともあれ、そういったこともあり、他の種族を見るのは珍しいというほどでもないのだが、ソーマにしてみれば亜人種がギルドで受付嬢をしているというのは少々予想外なのであった。

と。

「もしかして、獣人種が受付やってるのを見るのは初めてですにゃ？」

「む……」

どうやら、あまりにもジロジロ見すぎてしまっていたようだ。

そう言った受付嬢は笑みを浮かべてはいたものの、そのネコ耳が何かを抗議するようにピクピクと動いている。

ソーマにとってこの光景が珍しかったのは事実だが、それは相手を凝視していい理由にはならない。

素直に頭を下げた。

「その通りだったのではあるが、不躾《ぶしつけ》に眺めてしまい、すまなかったのである」

「……ん、ごめん」

「確かに、ジロジロと見ていては失礼でしたね。申し訳ありませんでした」

自身の言葉に二人も続いたことを、一瞬おやと思ったが、ソーマの無作法を一緒になって謝ったわけではなく、二人も受付嬢のネコ耳が気になって見ていた、ということのようだ。

特にフェリシアは、あの森からずっと出たことすらなかったのである。

ここまでの道中も色々と物珍しそうにしていたので、今回のこともソーマと一緒になって見てしまったというのも分かる話だ。

いや、分かるからといっても、失礼なことに変わりはないのだが。

「ああ、いや、別にあち……私は気にしてないから、大丈夫ですにゃ。他ではあまりないことらしく、珍しがられるのは慣れてますからにゃ」

「ふむ……そうであるか？」

「それよりも、お仕事ですにゃ。依頼書を持ってきたんですにゃよね？　確認しますから、お渡しくださいにゃ」

「了解なのである」

気にしない、と言ってくれるのであれば、それに甘えるべきだろう。

実際のところ、これ以上彼女の仕事の邪魔をすべきでもない。

何故か未だに他の冒険者達は動いていないが、これから彼らも依頼書を持ってやってくるはずなのだ。早く終わらせることが出来るのならば、そうすべきである。

そんなことを考えていると、依頼書に目を通していた受付嬢が小さく驚きの声を上げた。

「これ、ランク指定依頼にゃね……しかも、ランク五以上……？　何でこの街にそんな依頼が……あいや、そういえば、今朝そんな依頼が来たとか言ってた気がするにゃ……。えーと、大丈夫なのですかにゃ？」

それは多分、二重の意味でだろう。

ソーマは見た目まだ子供であり、他の二人は怪しげな格好。

ついでに言えばその二人の背もソーマと同じぐらいであるため、単純に実力を疑うのは当然だ。

そしてもちろん、必要なランクに達しているのか、ということも。

そこでソーマがシーラに視線を向けたのは、ソーマの冒険者ランクは五に達していないからだ。

というか、シーラと旅をしたあの時以来、今の今までギルドに寄ることすらなかったため、未だ最低ランクのままである。

しかしシーラのギルドカードを提出すればそれで問題はないはずである。ギルドカードはこっちでも共通で使えるという話だ。

その話をソーマに聞かせた当の本人であるシーラは、当然そのことを理解しており――

「……ん」

ソーマの視線に頷《うなず》くと、シーラは自身のギルドカードを受付嬢へと差し出したのであった。

†

「あー……もうめちゃくちゃ緊張したにゃー。こんなに緊張したのは多分最初にここで働いた時以来……もしかしたら、その時以上だったのかもしれないにゃ……」

少年達がギルドを後にしたのを確認した瞬間、エミリはそう嘆くように呟きながら、その場に突っ伏した。

それは偶然にも妹がとっていた格好と同じではあったものの、そんなことを気にしている余裕もない。

「それにしては、随分と普通に対応してたじゃない？」

「あちしが受付嬢やって何年経ってると思ってるにゃ？　それぐらい出来て当然にゃ。……まあ正直あちしのところに来た時はそのまま逃げ出したかったけどにゃ」

友人であり同僚でもあるデモニスの少女の言葉にそう返せば、肩をすくめられた。

背中の片羽が共に動き、同意するように軽く羽ばたく。

「ま、でしょうね。あたしは自分のとこに来ないでよかったって思ってたし、ジッとあんたのネコ耳が見られてたからむしり取られるんじゃないかって期待……いや、心配してたけど」

「今は冗談に付き合う気力もないにゃ……」

「ありゃりゃ、こりゃ重症ね。ま、無理もないだろうけど。ただ、出来るだけ早く回復しなさいよ？あいつらも少しは気を使ってくれるだろうけど、どうせすぐにそんな余裕なくなるんだから」

「分かってるにゃ……」

それに気の毒だったのは冒険者達も同じだ。

あの三人組がいなくなった途端、依頼書の奪い合いが発生し、それどころか軽い乱闘騒ぎにすらなっているが、それは先ほど受け続けたストレスを解消するためでもあるのだろう。

「見られてたっていうか、見張られてたっていうか……あいつらの心の声が聞こえてくるようだったわね。あの時ばかりは、全員同じこと考えてたでしょうねー」

「依頼書持ってこっちに来た時露骨に安心してたしにゃー。見咎《みとが》められないか心配になったぐらいだったにゃ」

もっともそれも、分かる話ではあった。

明らかにやばいと思えるような人物が、何故だか自分達のことを見ているのだ。

どうするのが正解なのか分からない以上、依頼書が張り出されようとも迂闊《うかつ》に動くわけにもいかない。だというのに、依頼書が張り出されても件《くだん》の人物は動こうとせず、さらには意味深な会話すら交わしていたのだ。

気が気ではなかっただろう。

そうしている間に依頼書を持ってこっちに来てくれたのだから、どれだけそこで安心したのか分からない訳がない。

「ところで、あの子……いや、あの人？　まあともかく、持って来た依頼書って結局何だったの？　なんかランク制限とか言ってたのは聞こえてたんだけど……あれって今朝言われてたやつのことよね？」

「依頼そのものはただの討伐依頼にゃし、割もかなりいいにゃね。ランク五なんてものになれてれば、にゃけど」

「ああ、討伐対象がアレってタイプね。……本当にランク五以上だったのよね？　確かに明らかにランク五以上って感じではあったけど、幾ら力が法とか言われてるここでも、それ破ったらただじゃ済まないわよ？」

「だからあちしがここで何年働いてると思ってるにゃ。そこら辺はちゃんとしてるにゃ。まあ、渡されたギルドカードは隣の……女の子？　のだったけどにゃ。だから余計驚いたんにゃけど」

「え、それ本当？　あの人が気になりすぎて他に二人いたってことしか意識してなかったけど……その調子だともう一人もやばそうねえ。というか、本人が出さなかったのって、もしかしてそのことをそれとなく伝えるため？」

「あるいは、そっちの方がやばいと思った、とかかもしれないにゃ」

所詮外れであるここでは、よくてランク三程度の冒険者しかいない。

ランク五のギルドカードを本当に提示されてさえ、エミリは何とか驚くのを堪《こら》えることが出来た、という程だったのだ。

しかもそれは先日同じものを見ていたからで、それよりも上のものを見せられては驚かないでいられた自信はない。

もしかしたらそういうのを察知されていたのかもしれなかった。

「ああ、受付嬢が驚くってのはよっぽどのことだし、ただでさえ混乱振りまいていったんだから、そこは気を使ってくれた、って可能性は確かにあるわね。まあなら最初から混乱振りまかないで欲しいんだけど」

「それは仕方ないにゃ」

結局あの人が何だったのかは分からないままだが……ギルドの抜き打ち査定だったり、あるいは魔族の上の方が何かを確認しにきた、とかだったりするのかもしれない。

何にせよ、受付嬢でしかないエミリにはあまり関係がなく……関わりたくもないことだ。

「それにしても、先日といい、制限依頼が張り出されると、変な人が来てすぐに持っていってくれるわね？　こっちとしちゃどうせ塩漬けにしかならないものだから助かるんだけど……もしかして、それを懸念したギルドがああいった人を送ってくれたりしているのかしら？」

「ギルドがそんなとこまで気を使ってくれるなんて聞いたことないんにゃけど……ギルドって言えば、代行はどうしたにゃ？　考えてみれば、ああいう人って普通代行が相手しないかにゃ？」

「あの人が来るなり急にお腹が痛くなったとか言って引っ込んだわよ？」

「マジあの代行使えねえにゃ……幸運の星の下に生まれたから自分がすることは何でも上手くいく、とかいっつも豪語してるくせに。この前もそうだったし、嫌なことから逃げてるだけな気がするにゃ」

「それでも代行になれたあたり、実力や人望もそれなりにあるんだろうけど……っと、どうやらのんびり出来るのはここまでみたいね」

「にゃ？」

その言葉の意味が何となく理解出来たので、依頼書の張られている方へと視線を向けてみれば、予想通り乱闘は治まりつつあるようだった。

あの様子では、あと幾ばくかもしないうちにこっちへと殺到してくることだろう。

「回復はできた？」

「正直なところまだ休んでたいけど、そうも言ってもいられないにゃね」

受付嬢を何年も続けているのは、伊達《だて》ではないのだ。

エミリは身体を起こすと、今からやってくる修羅場を乗り越えるため、一つ息を吐き出すと、意識を切り替えるのであった。

4

木製の扉を開け放ったソーマは、直後に広がった光景に目を細めた。

何処となく覚えのあるような光景に、やはり大して変わらないのだなと思ったからだ。

後方にあるのは、冒険者ギルド。

たった今依頼を受け、出てきたところであった。

ソーマに続き、フェリシアとシーラもギルドを後にし……何となく二人が出てくる姿を見守っていたソーマの視界に、一瞬だけギルド内部の光景が映る。

冒険者達は相変わらず、微動だにしていない。

そう、彼らは結局最後まで大人しいままだったのだ。

気にはなったし、何かを待っているようにも見えたが……まあ、何も言われなかったということは、ソーマ達のしたことに問題はなかったということなのだろう。

彼らの間でだけ決まっている暗黙の了解でもあるのか……あるいは、シーラがランク五だということにも受付嬢に驚いた様子はなかったし、ここはそういう、他と比べ少し変わった場所だということなのかもしれない。

変わっていると言えば、何故かディメントに来てから、会う人会う人が優しくしてくれるような気がするな、などとふと思い――

「む……？　この思考はいかんであるな……」

「ソーマさん？　どうかしましたか？　先ほどから何事かを考えているみたいですが……」

「ん、いや……そんなことないと思っていたのではあるが、どうも我輩自分で思っていたよりも色眼鏡で見ていたようであるな、と思っていただけである」

「はあ……？」

何のことを言っているのか分からない、といった様子でフェリシアは首を傾げるが、こちらも理解させるつもりはないのだからそれでいいのだ。

ただ、反省が必要だなと、自分に言い聞かせる。

場所によって決まりごとが異なるなど、それこそどこでも同じことだし、人から優しくされることを何故かなどと言うことの方が問題だろう。

魔族だ人類だなどと、それは人類が勝手に決めたことでしかない。そんな当たり前のことを思い出しながら、自分もまだまだだと、ソーマは溜息《ためいき》を吐き出した。

「さて、ともあれこれからのことであるが……」

「これからって……依頼を果たしに行くのではないのですか？」

「……ん、基本はそうだけど、まずは情報収集とかが必要」

「で、あるな」

何せこの街には、本当に来たばかりなのだ。

周囲の地理的情報や、どんな魔物が出るのか程度のことは最低限知っておくべきである。

「そういえば、今までは新しいところに着いたら、まずは情報収集を行っていましたね？」

「うむ、行動方針を決めるには、とりあえず情報がなければ話にならないであるからな。その点今回は最初の方針が決まっていたため、それを優先したわけであるが……」

「……ここから先は未知だから、情報が必要」

本当は先に情報収集をしておいた方が効率はよかったのだろうが、この街に着いた時間を考えると、そのままギルドに向かえばちょうど依頼書の張り出しに間に合いそうだと思ったのだ。

だから一先ず情報収集を後回しにしてギルドへと向かった、ということだ。

「なるほど……ですが、今回受けた依頼は確か討伐依頼でしたよね？　ソーマさんとシーラでしたら、そのまま討伐に向かってしまっても問題はないのでは？」

「ふむ……まあ、問題ないと言えば、問題ないとは思うであるが……」

確かに今回受けた依頼の内容は、とある魔物の討伐だ。

ランク制限がかかっているだけあり、かなりの高額報酬だった、というのがそれを選んだ主な理由だが、自分達で十分対処可能だと判断出来たのも、大きな理由の一つではある。

出現する場所や特徴、注意すべき点なども依頼を受けた際に聞いているため、そのまま討伐しようとしたところでおそらく問題はないだろう。

だが。

「……依頼に、絶対はない。……備えられるなら、備えておくべき」

「最悪何が起こり、どんなのが出てきたところで、我輩とシーラならばどうとでも対処出来るとは思うであるが、状況次第ではフェリシアを守りきれないかもしれんであるからな」

戦闘に関して、フェリシアは完全な素人だ。

備えておけるならば、やりすぎということはない。

「それは、そうかもしれませんが……それならば、そもそもお二人が討伐依頼をしている間、わたしはこの街で待っていればいいのでは？」

「いや、それはそれで心配であるし」

「……ん、何が起こるか分からない」

「さすがにそれは心配しすぎだと思いますが……。お二人は相変わらずわたしに対して無駄に過保護ですね……」

「そんなことはないと思うであるがな」

むしろ最悪の状況を想定しておくのは、義務だろう。

「まあわたしとしては構いませんが……ところで、それならば今度は逆に、調べるのは周辺のことだけでいいのですか？　いつもはもっと色々調べていますよね？」

「まあ、そうであるな。それなりに大きな街のようであるし、他にも色々と調べたいところではある。とはいえ、既に依頼を受けた立場であるからな。とりあえず依頼の方を優先とすべきであろう」

「……ん。……報酬が手に入れば、出来ることの幅も広がる。……今後の方針も含めて、あとで話し合えばいい」

「なるほど……ですから、一先ず依頼に関係のあることだけを調べる、ということですか」

「そういうことである」

そんな会話を交わしながら、ソーマ達は一先ずその場から移動することにした。

何せソーマ達が今居るのは、ギルドの前だ。普通に考えて、立ち止まって話をするような場所ではない。

とはいえ普通ならば、あまりそういうことは気にしなかっただろう。ギルドは街の中心近くにあることが多いが、同時に中心からは外れた、あまり人の来ないような場所にあるからだ。

しかしこの街独自なのか、ディメントそのものでそうなっているのかは不明だが、少なくともこの街のギルドは中心地そのものにあった。

目の前を目抜き通りが走り、道を挟んで反対側には巨大な商館が建っている。

見つけやすくはあったし、最初目にした時にはシーラ共々驚いたものだが……ともあれいつまでもここに居ては明らかに邪魔だ。ソーマは二人を伴いながら、ギルドを背にして左側――今回の依頼で指定のあった魔物が現れたという森に通ずる道を歩き出した。

「あれ？　こっちでいいんですか？」

フェリシアがそう疑問の声を上げたのも、そのことが分かっていたからだろう。だがこれで問題はないのだ。

というか――

「まあそもそも、このまま件の森まで行くつもりであるしな」

「……はい？　えっと、情報収集する、んですよね？」

「……ん、する。……ただし、現地で」

「……え？　あの、冗談……」

「ではないであるぞ？　むしろそれ以外に情報を得る手段がないであるしな」

もちろんと言うべきか、これは本来ならばフェリシアが正しい。

現場で不測の事態がないように情報収集をするのに、それを現場でするなど本末転倒だ。

しかしそうする以外に手段がないのであれば、仕方がないのである。

「大体冒険者における情報収集の基本というのは、同じ冒険者相手かギルドに対して行うもの……つまり普通は、依頼を受けたらそのままギルドで情報収集をすべきなのである」

「……ん、でもそれは、普通の依頼の場合。……ランク制限がある依頼では、そんなことはしない。……無駄だから」

「無駄って、何故ですか？」

「制限があるのは基本ランク三以上……要するに、その依頼はギルドにとってのお得意様に向けてのものなのである。そのため、ギルドも相応の手間をかけてくれている、ということであるな」

普通の依頼は、それこそ概要と報奨金、討伐依頼であれば対象が出現した場所程度のことを知らされるだけだ。

だがランク制限がある討伐依頼は、それに加えてもっと詳細な情報も伝えられる。

周囲の地理的情報、自分達が調べ、あるいは冒険者達に聞いたこと。誰に聞いてもそれ以上のものは分からないだろうということが、だ。

わざわざこちらが情報収集をしなければならない手間を省いてくれるのである。

「……あれ？　ということは、最低限の情報は既に集まっているのではないですか？」

「そうであるな。字面《じづら》の上だけでは」

「……？　どういう意味です？」

「……そのまま。……間違ってるかもしれない、ということ」

状況というものは、刻一刻と変わっていくのだ。

ギルドが調べた時には正しかったかもしれないが、今は違う可能性もある。

そしてそれは一日どころか、僅か数分の間にすら起こりうることなのだ。

ランク制限が必要なものがいるとなれば、尚更である。

だからこそ、現場に行って確認しなければならない、ということであった。

「なるほど……つまりどちらかと言えば、情報収集よりは偵察、ということですね？」

「厳密には、威力偵察、と言うべきかもしれんであるがな」

「……偵察どころか、そのまま討伐してしまいそうな気がするのですが？」

「……ん、その可能性は否定しない」

「それが出来るのであればそれはそれで構わんであるしな」

あくまでもまずはより正確な情報を得ることを――フェリシアの安全を確保することを目的とするものなのだ。

その上で問題なく倒せると判断出来たのならば、倒してしまったところで問題はないのである。とはいえ、そうならない可能性も、またそれなりに高い。

情報というものは、伝え聞くだけでは分からず、正確性に欠けることも多いのだ。

例えば、直接この街に来なければ、人類種以外の種族がこれほど多く住んでいるということも、亜人種が受付嬢をやっているということも分からなかったように、である。

そんなことを思いながら、ソーマは街行く人々の姿を眺め、目を細めた。

「ま、なんて偉そうに言ってみたところで、こういった冒険者に関するあれこれは、我輩もそのほとんどをシーラから教わったのであるがな」

「……でも、現場での情報の再確認の重要性を教えてくれたのは、ソーマ」

「言ってはみたものの、実際に試す機会はなく、ぶっちゃけ今回が初めての実践なのであるがな」

「とりあえず、お二人が共に頼もしいということが分かり何よりです。まあ、最初から知ってはいましたが」

そうして、やはり普通としか思えぬ街中を歩き、抜け……そのままソーマ達は、街の外へと踏み出した。

そこに広がっているのは草原であり、少し離れた場所に、件の森の姿が見える。

その光景を前に、ソーマは肩をすくめた。

「ディメントには荒野ばかりが広がっている、という話であるが、こういうのも伝え聞く情報との差異であるな」

「なるほど……確かにわたしも、魔族というものが実際にはどんなものなのか知ってはいたはずなのに、最初は驚きましたし……自分で情報を確認することの大切さ、ですか」

「……ん、私も森を出てそれを実感したし……ソーマに出会ってからは、尚更」

「うん？　我輩何かしたであるか？」

「……色々？」

「ああ、それはわたしも何となく分かりますね」

「我輩は当たり前のことしかしていないはずなのであるが……解せぬ」

そんなことを呟きながら、もう一度周囲を見渡し……そこでソーマが首を傾げたのは、魔物の姿も、気配すらも感じなかったからだ。

備考として、道中そこそこ魔物が出る、などと言われたのだが――

「はて……まだ他の冒険者はギルドにいるはずであるし、討伐された、というわけではないであるよな？」

「……討伐されたにしても、いなさすぎ？」

街には魔物避けの結界が張ってあるようだが、周囲に魔物が出るのは今日張り出されていた依頼書の数を見ても明らかだ。全部をはっきりと見たわけではないものの、魔物による被害に関してのものがそれなりの数あったのは間違いない。

あと魔物の討伐依頼は常設のものがあるはずだし……それが必要ないような場所には、そもそもあれほど立派なギルドが出来るはずもないのだ。

そうなると、ここには普段それなりに魔物がいるはずであり……だが今は何故か、その姿を見かけない、ということになる。

「何か異常事態が起こったのであれば、それこそ依頼書として出されていたでしょうし……昨日倒しすぎてしまった、とかでしょうか？」

迷宮ではないのだから、魔物を倒したところで、一定時間で復活するようなことはない。

それでも魔物が絶えないのは、それほど多くの魔物がいるということだが、当然倒しまくればその分魔物の数は減る。

その可能性もなくはないが――

「……ま、とりあえず今はいいであるか。何かあったのならば、帰りにギルドに寄った時何か情報があるであろうしな」

「……ん、今は考えたところで、分からない」

「それもそうですね」

そう結論付けると、とりあえずソーマ達は件の森へと向かった。

一応警戒はしていたものの、道中ではやはり魔物の気配を感じることすらなく、順調すぎるほど簡単に、呆気《あっけ》なくそこへと辿り着く。

目の前に広がっている森は雄大ではあるのだが、どことなく小さくも感じてしまうのは気の持ちようのせいか。

「うーむ、これは……」

「……ちょっと、手応えがない？」

「楽なのはいいことだとは思うのですが……」

三者三様に首を捻《ひね》りながら、それでもやはりとりあえず行ってみるしかない。

先に進めばさすがに件の魔物はいるだろうと、気が抜けそうになる心に気合を入れ、引き締め――

「い、いいからちょっと落ち着くです！　スティナを食ったところで美味くはねえですよ!?」

そんな、どことなく聞き覚えのあるような声がソーマの耳に届いたのは、その瞬間のことであった。

5

完全な油断だった。あるいは慢心と言うべきかもしれないが、どちらにせよ同じことだ。

現在スティナは冗談とか抜きに、人生最大のピンチを迎えていた。

「っ……ってか、何でコイツがこんなとこにいやがるんです……!?　ばっかじゃねえんですか!?」

だが悪態を吐《つ》いたところで無意味だ。

そもそもの話、相手はこちらの言葉を理解出来ているのかすらも分からないのである。

眼前にある空洞の如《ごと》きものを睨《にら》みつけ、身体に巻きついたそれを思い切り叩《たた》くも、やはり効果はない。

せめて足元に転がっている槍《やり》を手に取れれば――

「まあそれで下手に突っついたからこんなことになってるわけですがね……！　本当に我ながら馬鹿なんじゃねえかと思うです……！」

自分自身の間抜けっぷりに罵倒の言葉が口から飛び出すが、それで状況が改善するでもない。

その怒りを転化させるように、拳を握り締めると振り上げ——振り下ろそうとした瞬間、足元が滑った。

「つ、やば……!?」

慌てて踏み止まるが、変な体勢になってしまったうえ、僅かに引っ張られたせいで先ほどよりもそれに近付いてしまっている。

さらにはもうしゃがんだところで、槍には手が届かないだろう。精一杯身体と腕を伸ばせば分からないが、この状況でそんなことをするのは不可能だ。

元より手に取れたところでどうにかなるものでもないが、やはり槍から完全に離れてしまったというのは心にくる。

たとえその槍で目の前のこれ——ジャイアントフロッグを突いてしまったのがその原因だとしても、だ。

その名前からも分かる通り、眼前の魔物は一見すると巨大なだけの蛙《かえる》である。しかし今も開いているその口の中に放り込まれてしまえば、半端な生き物では魔物だろうと一瞬にして溶かされてしまうし、スティナでも数秒持てばいい方だろう。

かといって逃げようにも、ジャイアントフロッグの舌に掴《つか》まり引っ張られている真っ最中である。

ジャイアントフロッグの舌は粘液に覆われており、その粘液は獲物に絡むことで接着剤のような役割を果たす。

しかもその粘液のせいで打撃は滑り、刃物による斬撃等は最初から効き目が薄い。

あるいは万全の態勢で放てれば、スティナであれば多少傷を与えることは出来たかもしれないが、今となっては望むべくもなかった。

さらには魔法への耐性も高いことから、ジャイアントフロッグはかなり強力な魔物だ。中級どころか、上級の冒険者でさえも下手をすれば簡単に壊滅状態に陥ってしまう。

だが強力ではあるが、あまり危険視されていない魔物でもある。ジャイアントフロッグは基本的に穏やかな性格をしているからだ。普段は身体を丸めて眠っており、その傍《そば》を通ろうとも何かをしてくることはない。

しかし誤って強い衝撃を与えてしまえば最後だ。

その瞬間にジャイアントフロッグは眠りから覚め――通常閉じているその瞼《まぶた》を、ほんの数秒だけ開ける。

ジャイアントフロッグの瞳は、強力な拘束の魔眼だ。

強い耐性を持っていようとも関係なく、その耐性を貫き、瞳を開けているその数秒間だけ相手の身体の自由を奪う。

そうなれば後は簡単だ。身動きの取れない獲物へと向かって舌を伸ばして掴み、食らえばいい。

スティナがギリギリのところでそうならなかったのは、ジャイアントフロッグの存在に気付いた瞬間、後方に飛んでいたからだ。

直後に魔眼で身体の自由を奪われてしまったものの、引っ張り込まれる前にジャイアントフロッグの瞼が閉じられた。

とはいえそれでも舌に捕らえられてしまったのだが、何とか踏ん張ることは出来た、というわけである。

だがそこで、こう着状態へと陥ってしまった。こうなればもう、あとはどちらが先に力尽きるかだ。

体勢の関係もあってスティナの方が分が悪いが……言っている場合でもない。

死にたくなければ、何とか頑張るしかないのだ。

もう一度魔眼を使われてしまえば最後だが、その心配はないはずである。魔眼は強力な代わりに物《もの》凄《すご》く力を使う。だから普段は目を閉じているのだ。

それだけではなく、魔眼を使っている間は完全に無防備になってしまうのだ。

そのため、その時に攻撃を加えることが出来れば、呆気なく倒せたりもする。

ジャイアントフロッグが強力でもあまり危険視されていない所以《ゆえん》だ。

しかもジャイアントフロッグは、一度獲物を捕らえると離そうとしないが、その分そっちに注力もしてしまう。

完全な無防備とはならないが、攻撃が向けられたりすることもないので、ここに他に誰かがいれば、攻撃を加え続けることで比較的簡単に倒せたりもするのだ。

「……まあ、仲間とかがいねえスティナには望むべきもねえことですが。誰かが偶然通りかかってくれたりは……しねえですよねえ」

幾ら何でもそれは都合がよすぎる。

あるいは、既に誰かが見つけており討伐依頼が出ている可能性はあるが……問題は、倒せるような人がいるか、ということだ。

魔眼——というか、精神的な攻撃に対しての完全な耐性を持っているか、囮役《おとりやく》と攻撃役に分かれ、囮役に魔眼が使われた瞬間に攻撃を加えれば割と楽に倒せることが出来るものの、それは口で言うほど簡単なことではない。

そもそも精神的な攻撃に対しての完全な耐性など持っている方が稀《まれ》だし、楽に倒せるというのはあくまでも基準が上級冒険者の場合だ。

きちんと準備した上で上級冒険者が対処にあたれば、比較的に楽に倒せる魔物ではあるが、中級冒険者程度ではどれだけ事前に準備したところで壊滅してしまうような相手であることに変わりはないのである。

そしてこの近くにあった街にいた冒険者は、その大半が下級冒険者だ。

中級冒険者すらろくにおらず、スティナがギルドカードを見せたら驚かれたことなどから考えれば、きっと上級冒険者はいないのだろう。

あの後偶然上級冒険者が現れ、偶然ジャイアントフロッグの討伐依頼が出され、偶然それをその人たちが受け、偶然この場に現れる？

何だ、その作為的なものすら感じる偶然の連続は。

「……そんな運に恵まれてたら、きっともっとマシな人生送れてたに違いねえです。……いやまあ確かに、さっきまではちっとは運が回ってきたとか思ってたですが」

偶然立ち寄った街で、偶然探してた魔物の討伐依頼が出ているなど、どれだけ運がいいのかとか、そんなことを思いはしたけれど。

見つけるのに結局二日かかってしまい、それでも目的の素材が無事回収できて、これで魔神復活が一歩進んだと、喜んではいたけれど。

だがあまり寝ていなかったこともあって、つい気が大きくなってしまい、調子に乗って岩だと思っていたものに槍をぶん回したらそれが実はジャイアントフロッグで――

「……運とか関係なしに、これスティナが間抜けなだけじゃねえですか？」

ふとそのことに気付いてしまい、身体から力が抜けかけ、慌てて持ち直す。

そもそも自分が間抜けだなど今更だろう。

そんな分かりきったことが原因で死ぬなど、死んでも死にきれない。

「って、なんか本当に色々と間抜けっぺーですが、なら尚更死ねねえです……！　少しずつ引っ張る力も弱まってきた気がするですし、このままなら――って、げっ!?」

乙女の口から出てはいけない類の声が漏れたが、そんなことを言っている場合ではない。

大きく開かれたジャイアントフロッグの口、その両脇に見える瞼が、ピクピクと震え、持ち上がり始めていたのだ。

「つ、この状態でさらに魔眼を使いやがる気ですか……!?」

獲物を逃がすぐらいならば、無防備なところを晒《さら》すぐらい何ともない、ということなのだろうか？

それとも、ここまで何も起こらなかったことから、それでも大丈夫だと判断したか。

「どっちにしろ、割とガチで絶対絶命じゃねえですか……！」

しかしこのままこの状態が続くよりは、まだマシかもしれない。

いい加減辛くなってきたし、一瞬でも気を抜けばそのままあの口の中に飛び込んでしまいそうである。

それならば……刹那のチャンスに賭けた方が、分はあるだろう。

魔眼を使おうとする一瞬、舌から完全に力が抜けるはずだ。

その瞬間に舌から抜け出し、身体と手を伸ばして槍を掴み、投げる。

そこまで出来れば、魔眼が発動してしまったとしても、そのまま槍は突き刺さるだろう。

それで倒せなくとも、隙は出来るだろうし――

「その間に逃げれば……なんて、上手くいったら拍手喝采ものですね」

出来るとは、正直思えない。だが、死にたくなければ、やるしかないのだ。

――それがとても自分勝手で、都合のいい考えだというのは、分かっているけれど。

それでも……それでも――

「こんなところで、まだスティナは死ぬわけにはいかねえんです……！」

まだ、やり残したことがあるのだ。

せめて、それを果たすまでは。

「――っ」

そう決意を固めたのと、ジャイアントフロッグの瞼が持ち上がり、瞳が見え始めたのは、ほぼ同時であった。

瞬間舌の拘束が緩み、スティナがそこから抜け出す。

反転し、身体と腕を必死に伸ばし……その時にはもう、当然ながら魔眼がどうなっているのかは見えない。

しかしそれでも構わず、槍を掴み、もう一度反転し、槍を――

「――あ」

視界に映ったのは、赤い瞳。

――魔眼。

硬直し、何も出来なくなったスティナの身体へと、ジャイアントフロッグの舌が再び伸び、しっかりと捕らえる。

そしてそのまま無慈悲に、大きく開いたままの口の中へと――

「――閃」

放り込まれた、と思った次の瞬間、視界が開けた。真っ暗な闇の中に一筋の光が走り、その向こう側の光景が目に映る。

それは、土と草と木と空と雲と……それと。

「ふぅ……ギリギリ、というところであったな。ああそれと、やはり汝《なんじ》だったであるか。何となく聞き覚えがあったような声だった気がしたのであるが。……とりあえず、久しぶりであるな。まあ実際には、一週間程度ぶり、であるが」

気安い感じでこちらに片手を上げてくる、見知った少年の姿であった。

6

強い日差しが目に入り、反射的に目を細めた。そのまま何となく空へと視線を向ければ、そこに広がっているのは一面の蒼《あお》と、僅かな白だ。

自身の瞳の色は赤だというのに、そこが蒼に見えるのは不思議だと、そんなことを考えながら、一つ息を吐き出す。

絶好の旅日和であった。

まあ厳密にはそう言ってしまうには多少の暑さを覚えるものの、これでもまだマシな方だろう。

かつてのように、寒いよりは。

「……ま、実際にはその時のことなんて、ほとんど覚えてないんだけど」

呟きつつ視線を下ろすと、視界に映し出されたのは道なき道だ。周囲には草と土と岩だけが存在しており、少し遠くには森のようなものも見える。

二年ほど近く前に同じ場所を歩いたはずなのに、まるで見覚えのない光景であった。

「とはいえあの時とは季節が違えば方角も違ったんだけど……それでもまったく覚えがないのは、我ながらどうなのかしらねえ……」

最初の頃こそ懐かしさを覚えたものの、今ではずっとこんな感じなのだ。

さすがにどうかと思わなくもない。

そもそも懐かしいと思ったのはあの村まででしかなかった時点で、今更かもしれないが。

「道中で何を考えていたのかすらも覚えていないし……いえ、もしかしたら、何も考えていなかったのかもしれないわね」

ただ、絶望を胸に抱いていたことだけは覚えている。

そしてそれはきっと、彼に出会わなければ消えることはなく、やがて死にすら至っていたかもしれないものだ。

もっとも今ではそんなものは残滓《ざんし》すら存在してはおらず……その代わりとばかりに、別のものがこの胸の一部を占有してしまっているけれど。

「……なんて、そんなことを考えてしまうのは、多分ひたすらに暇だからなんでしょうね」

道は大体しか分からないし、村や街に辿り着けるのは三日に一度というところ。

暇を持て余してしまえば、余計なことを考えるようにもなるというものだ。

あと最近、ちょっと独り言の数が増えたような気もしている。

この旅が終わった後もこのままだったら少し困ってしまうかもしれないが――

「ま、そんな心配をするのはまだ早いかしら」

旅の終着点はもう少しではあるが、そこでようやく折り返し地点でもあるのだ。

そういったことを考えるのは、それからでも遅くはないだろう。

「さて、と……」

そうして呟くと、気がつけば止めていた足を再度踏み出す。

と、瞬間強い風が吹きつけ、その赤い髪が舞い上がった。しかし髪を押さえつけながら、気持ちの良いそれに口元を緩める。ふと脳裏を過《よぎ》るのは、友人達の顔だ。

「あの娘達も……アイツも、この風を感じているのかしら。――なんてね」

我ながら何を言ってるんだろうと、苦笑を浮かべ肩をすくめると、アイナはそのまま旅を再開させるのであった。

†

地面に座り込んだ少女は、こちらを呆然《ぼうぜん》とした様子で見上げていた。

その顔は信じられないものでも見たかのようなものであったが……そこまで驚くほどのことだろうか？　確かにソーマも、少女がこんなところにいるとは思ってもいなかったが――

「ま、そこら辺はとりあえずいいであるか。怪我《けが》はなさそうに見えるであるが……大丈夫であるか？」

そう言って手を差し伸べると、尚も不思議そうに少女はその手を眺めていたが……やがて、何かに気付いたようにはっとする。

それから、こちらの顔と手を交互に眺め、何かを悩むように眉根を寄せた後、しぶしぶといった様子で手を握ってきた。

「……多分、怪我はねえはず、です。それと、その……助かったです」

「うむ。まあ、この前は我輩が助けてもらったであるからな。この程度であの時の借りを返せたとは思っていないであるが、少しでも助けになれたのであれば幸いである。もっとも、こっちもある意味で助けられたわけであるから、どっちにしろ借りは返せていないわけであるが……っと」

そうして少女を立ち上がらせたのと、後方で木々がざわつくように揺れたのはほぼ同時であった。

反射的に少女がこちらの手を離し、構えるが、それに苦笑を浮かべ制す。直後に現れたのは、当然と言うべきかシーラ達であった。

「……ん、間に合った？」

「おかげさまで、であるな」

その言葉は、ある意味で正しい。

あとを……というか主にフェリシアのことをシーラに任せたから、ソーマは間に合うことが出来たのだ。どう考えてもギリギリのタイミングだったし、シーラ達と共に来ていたら間違いなく間に合わなかっただろう。

「それは何よりです」

「ついでに、依頼も達成することが出来たであるしな」

「え、そうなんですか？」

「うむ、そこに転がっているであろう？」

「……ん、確かに」

そう、ソーマ達の受けた依頼の討伐対象は、ジャイアントフロッグだったのだ。

顔見知りを助けることが出来て、依頼も達成出来た。

まさに一石二鳥である。

「ああ……さっきそっちもある意味助けられた、とか言ってたですが、つまりそういうことですか」

「そういうことであるな」

図らずとも少女が囮役をしてくれたことで、ジャイアントフロッグを楽に倒すことが出来たのだ。

ソーマは少女を助けたが、少女もソーマの手助けをしたとも言えるだろう。

「いや、でもオメエだったら別に囮役とかいらずに倒せたんじゃねえですか？　ならやっぱこっちが一方的に助けられただけだと思うんですが」

「そうじゃなかった可能性もあったわけであるしな。そう考えると、やはり助けられたことに変わりはないのである」

「……ま、そっちがそう言うんだったら、別にそれで構わねえですが。それよりも……」

構えこそ解いているが、呟きと共に少女がシーラ達へと向けた目には、明らかに警戒の色があった。

とはいえそれも仕方のないことだろう。

見た目だけで言えば、見るからに怪しい格好をした二人が現れたのだ。むしろ警戒しない方がおかしい。

そしてそれはシーラ達にとっても同じことだ。

二人は少女とつい今しがた出会ったばかりであり、しかも少女はその手に槍を握り締めているのだ。

警戒しない方がおかしい。

もっとも、その必要がないと分かっているソーマとしては、そんな両者の反応に肩をすくめるだけだ。

「双方警戒するのは分かるであるが、その必要はないであるぞ？　まあ見た目的には警戒するのも無理ないことだとは思うであるが」

「……ソーマさんがわたし達のことを怪しくないと彼女に言うのは分かるのですが、その言い方ですと、わたし達にも彼女のことを怪しくないと言っているように聞こえるのですが？　助けたとはいえ、まだそう言い切れるほどソーマさんも彼女のことを知りませんよね？」

「いや、知っているであるぞ？　元々顔見知りであるし、以前助けられもしたであるしな」

「……助けられた？　……ソーマが？」

「え……本当に、ですか？」

「嘘を言ったところで仕方ないと思うであるが？　我輩達が今こうしていられるのは、彼女のおかげだとも言えるであるしな」

そう言って首を傾げると、何故かシーラもフェリシアも酷《ひど》く驚いた様子であった。顔などは見えずとも、驚いているのが一目で分かるほどだったのである。

しかもどうしてだか、同時に少女も驚いた様子を見せた。

「え……あるいは、とは思ってたですが、まさか本当に、です……？」

「うん？　どうかしたのであるか？」

「ああ、いや、何でもねえんですが……オメエはやっぱとんでもねえと再認識してただけです」

「ふむ……？」

何だかよく分からないが、こちらに感心しているというか、呆れのようなものを感じているのは分かった。

どうしてそんなことを思ったのかは分からないが……まあそれよりも先に、今はやるべきことがあるだろう。

「ところで、一先ず自己紹介でもせんであるか？」

「……それって、必要です？　確かに助けてもらったのは感謝してるですが、名乗る理由もねえと思うんですが？」

「と言いますか、顔見知りで助けてもらったと言う割に、ソーマさんも知らないんですか？」

「うむ。というか、だからこそ知りたい、といったところであるな。前回は聞きそびれてしまったであるし」

「……別に、そもそも礼言われるようなことなんてしてねえですし、どうせここで別れたらもう会うことはねえと思うんですが？」

「会うことがないというのならば、尚更知っておきたいのであるが？　汝がどう思っているかはともかく、我輩にとっては間違いなく恩人なわけであるしな」

「まあ、折角知り合ったのですし、わたしとしては名乗るのはやぶさかではありませんが……」

「……ん、これも何かの縁？」

「んなこと言われても……名乗ったところでこっちのメリットねえですし……」

「デメリットもないと思うであるが？　まあぶっちゃけ、名乗られずとも名前だけならば既に分かっているのであるが。スティナ、という名で間違いないであるよな？」

「なっ、な……!?　オメエ、どうしてスティナの名を知っ……て………？」

驚き叫ぼうとしたところで、少女――スティナは、何かに思い至ったかのように口を開閉し、数秒ほど黙り込んだ。

それから、恐る恐るといった様子で、こちらを窺《うかが》う。

「あの……もしかして、聞こえてやがった、です？」

「まあ、汝の独り言が聞こえたからこそ、助けに向かえたわけであるしな」

「～～～～っ!?」

瞬間、スティナの顔が真っ赤に染まり、その場で頭を抱え込んだ。

間抜けなどという言葉がぶつぶつと呟かれているのが漏れ聞こえ……やがて、大きな溜息が吐き出される。

それからのろのろと立ち上がると、こちらの顔を眺め、再度大きな溜息。

「はぁ……なんかもう、色々と馬鹿らしくなったですし、分かったです。名前ぐらいちゃんと教えてやるです」

そうして、その名を口にした。

「スティナ……あー、まあ、別に構わねえですか。スティナ・カンザキ、です」

「……カンザキ？」

そこでソーマがシーラと顔を見あわせたのは、その家名と思われるものに聞き覚えがあったからだ。

しかも、ひどく身近で。

同時にソーマだけは、もう一つだけ引っ掛かりがあったが……そっちに関しては、とりあえずいいだろう。

それよりも――

「ふむ……そのカンザキという名は、ここではよくある名前なのであるか？」

かつて彼女に聞いた時は、そうではないという答えが返ってきたはずだ。どことなく独特の響きのあるそれは、ここ――ディメントでは、特別な意味を持つはずである。

「ああ……やっぱ知ってたですか。面倒なことになるからあんま名乗りたくなかったんですが……名乗っちまった以上は仕方ねえですね」

それは王の名。

その一族にのみ名乗ることを許されたもの。

即ち――

「ま、ですがそういうことです。簡単に言っちまうなら、スティナは魔王の娘、ってことですね」

そう言って、自らを魔王の娘とかたった少女は、肩をすくめたのであった。

7

さてどうしたものだろうと、スティナは思った。

名乗ってみたはいいものの、下手をすれば面倒事一直線なのは間違いない。色々な意味でのあまりの自分の間抜けっぷりに、半ば勢い任せであったが――

「ふむ……ということは、アイナの姉、ということであるか？」

まあ、そうなるだろう。

それを聞かれないわけがない。ソーマがアイナと知り合いであることなど、今更すぎることなのだから。だから問題なのは、ここでどう答えるかだ。

嘘を吐けば簡単に乗り切ることが出来るかもしれないが、逆にどつぼに嵌《はま》る危険性も高い。

となれば……。

「まあ、そんなとこですかね。つーか、何でオメエがアイナのこと知ってやがるんです？」

「何故と言われても偶然知り合ったとしか言いようがないのであるが……」

「……ん、学友？」

「ああ、今はそう言うことも出来たであったか」

「……は？　学友って……あの娘、学院に行ってやがるんです……!?」

「ふむ……？　知らなかったのであるか？　今アイナは王立学院に通ってるのであるぞ？」

「知るわけねえじゃねえですか……道理で見つからねえと思ってたら。あの娘一体何やってやがるんです……？」

それは本音であった。

アルベルトが一度攫《さら》っていたことは痕跡等から分かってはいたのだが、それ以後の行方はさっぱり分かっていなかったのだ。可能性としては、ソーマについていっていた、ということも考えてはいたものの……それでもさすがに学院にまで通っているとは思いもしなかった。

いや、むしろそれが自然だろう。

そもそも何故魔族が堂々と王立学院に通えるなどと思うのか。

だがなるほど、考えてみれば、確かに悪い手ではないのかもしれない。

予想が出来なかったからこそ、今まで行方を掴むことが出来ていなかったのだ。予想出来るような場所に居たら、それこそ今頃どうなっていたのかは分からなかっただろう。

もっとも何にせよ、今更の話ではあるけれど。

「アイナさん、ですか……確か何度か聞いたことのある名前ですね。シーラのご友人でしたよね？初めての」

「……初めて、は余計。……あと、別に初めてじゃなかった」

「そうですか？　今までシーラにご友人が出来たという話は聞いたことがありませんでしたが……森の皆は、ご友人と呼ぶには歳《とし》が離れていましたし」

「……そんなことない。……ドリスとかもいたし」

「話を聞いている限りでは、ドリスさんという方は、どちらかと言えばシーラの保護者的な存在だったように思えるのですが？」

「ふむ……我輩が見ていた限りでも、どちらかと言えばそっちに見えていたであるな」

「……むぅ、ソーマまで」

「初めての友達、ですか……そういえば、アイナもそんな話聞いたことなかったですし、もしかしたらアイナにとっても初めての友達だったのかもしれねえですね」

「いや、初めての友達の座は我輩のものであるから、それはないであるな」

「何でそこでオメエはドヤ顔してやがるんです？　あと顔は見えねえですが、何となくそっちの娘から悲しそうな気配を感じやがるんですが？」

「……そんなことない」

と、何となく流れで話に乗ってしまい、慌ててそんな場合ではないことを思い出す。

別に急ぎの用事とかがあるわけではないのだが……少なくとも、自分が彼らと暢気に会話をしてしまうのは、間違いだろう。

とはいえ、この場から離れる切っ掛けも掴めずにモタモタしていると、不意にソーマから話を振られた。

「それにしても、見つからないと思ってたってことは、一応捜してはいたんであるな。話を聞く限りでは、かなりの放任だったように感じたのであるが」

「あー、それも間違ってはいねえですね。ただ……最近までずっとゴタゴタが続いてたですから、どっちかってーとそっちが主な理由です。放っておいて、アイナには興味がねえって思わせといた方が色々と都合がよかった、ってことですね」

「出会った時点でアイナは年齢の割には早熟だったではあるが……それでも、幼い子供であるのに違いなかったのに、であるか？」

「それでもそっちのがマシだった、って考えちまうような状況だったたって理解してもらえると助かるですね」

これも嘘ではない。

というか、大部分が真実だ。

アイナが城を出た直後、魔天将含め現在の魔族の方針に不満のあった者達が一斉に反乱を起こしたからである。むしろそのことを考えると、反乱があるのを事前に察して、敢えてアイナを逃がしていた可能性が高い。

本人にはそのことを悟らせないようにして。

アイナの血筋のことを考えれば、間違いなくその方が安全だ。

アイナが現魔王側にいることに不満を抱いている者は多かったが、そこから離れるというならば否やがあるはずもない。

ただ彼らにとって誤算があったとすれば、反乱の規模が予想以上に大きかったことか。まさか魔天将の第一席と第二席も反乱に加わるとは、けしかけたスティナ達でさえ予想外だったのだ。

もっとも、こっちにとっての誤算は、現魔王達が強すぎたことだが。

さすがに魔天将の第一席と第二席が瞬殺されるとは思ってもいなかったのである。

それで現魔王の力に疑問を抱いていた連中はさっさと寝返るし、それでも認めない者達はゲリラ化するしで、無駄に長期化してしまったのだ。

本当はそのドサクサに紛れて各々の目的を果たすつもりだったのだが、そんなことになってしまった以上そういうわけにもいかず……幾つか宝物庫から盗むことには成功したものの、それだけではどうしようもなかったのである。

それでも細々と情報を集め機会を窺い続けていたものの……結局目の前の少年によって阻止された。

そんな、話すわけにはいかない事情を頭の中で思い出しつつ、溜息を吐き出す。

同時に、そんな相手とこうして話をしているなど、一体どんな状況なのかと思いながら。

「ふむ……まあとはいえ、そもそも我輩がとやかく言うことでもないであるな。どう判断するかは、それこそアイナ次第である」

「ま、別に細かいことは伝えなくてもいいですから、一度戻って来いとは伝えといて欲しいですかね。多分互いに積もる話もあるでしょうし」

その言葉にも、他意はない。

ただの本音だ。

アイナが戻ってきたところで、何かが出来るような者は既に残っていないのである。

だからこその、かつては家族として過ごしていた者からの言葉であった。

もっとも、ソーマがそれを伝えて、アイナが戻ってきた時に、ここやその人達が無事であるのかは、保証しないが。

「自分で伝えろと言いたいところであるが、さすがにそういうわけにはいかんであるか」

「さすがにスティナが王立学院行くわけにはいかねえですからねえ」

あるいはクルトが生きていたら伝える方法もあったのだが……と思ったところで、ふと気付いた。

そういえば、アイナが王立学院にいたというのならば、何故クルトからその旨連絡がなかったのか。

その時点で既に今更ではあったものの、それでも連絡ぐらいはあっても……いや、そうか、もしかしたら顔を知らなかったのかもしれない。

クルトは別に魔族だったわけではないし、その可能性は高かった。

重要人物なのだから顔ぐらい知っておけという話だが……力にしか興味なかったような脳筋なのだから仕方がない。最後の方はちょっとだけ頭を使ってはいたようだが、遅いという話である。

あとそれで芋づる式に思い出したが、トビアスから連絡がなかったのも似たような理由だろう。

話を聞いていた限りではトビアスはソーマと顔を合わせていたようなので、アイナも見ているはずだが、トビアスも厳密には魔族ではないのだ。

目的しか見えていなかったようだし、アイナの顔を覚えていなくとも仕方があるまい。

しかしそうやって考えてみると、よくもまあ反乱なんて大それた真似《まね》が出来たものだ。

目的なんかまるで統一されておらず、偶然手を組んだだけで……スティナに至っては、担ぎ上げられただけで。

……それでも、一時はそんなのもありかもしれないなどと思っていたのだから、本当にどうしようもないが。

「さて……とりあえず、ここで話をしているのも何であるし、そろそろ戻るであるか」

「そうですね……依頼を達成した以上、ここに残っている必要もありませんし」

「……ん、証明に必要な部位は既に剥ぎ取った」

「おお、いつの間に……さすがであるな、シーラ。助かるのである」

「……ん」

と、そうこうしている間に、どうやら無事解散となりそうであった。

そのことに、スティナはそっと安堵《あんど》の息を吐き出す。

あまりこの温《ぬる》い空気に身を浸していたら、覚悟が鈍ってしまうような気がしたから。

だから――

「ま、そうですね。実はスティナも依頼終えて戻るところでしたし。それじゃ、スティナは先に――」

「あ、ところで、であるな。これも何かの縁ということで、折角であるし、共に旅でもしないであるか？」

「……は？」

早々にその場を後にしようとした瞬間、そんな予想外のことを言われ、スティナは呆然とソーマの顔を見つめたのであった。

木製の扉を開け放つと、視界に広がったのは見覚えのある光景であった。

ただし厳密に言うならば、眼前にあるそれは、見知ったものと比べ僅かに欠けている。

人の姿だ。

そこはギルドであり、欠けた人とはつまり冒険者であった。

もっとも、冒険者の姿がないのは当然だ。

スムーズに依頼を達成できたとはいえ、ソーマ達がここを後にしてから何だかんだで一時間程度は経過している。

それだけの時間があれば、それぞれが依頼書を手にし、その手続きを終え、遂行しに向かうには十分であった。

そのため、ギルドに入るなり偶然目が合った亜人種の受付嬢の取った行動も、ある意味では仕方がないと言える。

こんな時間に人が来るわけがないと油断しきっていたのか、完全にだらけきっており、反射的に姿勢を正そうとするも、勢い余ってひっくり返ってしまったのだ。

とはいえそれは自業自得でもあるので、同僚である他の受付嬢から呆れの視線が向けられたのは当たり前のことだろう。

そしてそれを見たソーマ達としては、苦笑を浮かべるしかない。

「大丈夫であるか？」

「は、はい……！　お見苦しい姿をお見せして申し訳ありませんにゃ……！」

「いや、別にこっちとしては気にしていないのであるが……」

というか、そこまでかしこまり、頭を下げる必要などはないと思うのだが……もしかすると、ここはそういったことに相当厳しいのかもしれない。

ギルドの雰囲気や方針などは、基本的にそこを担当する職員や代行によって異なるという話だ。依頼を受ける時も随分緊張した雰囲気であったし、その可能性は十分に有り得た。

まあ、それはともかくとして――

「えーと……それで、その、今回はどのようなご用件でしょうかにゃ？　もしかして、先ほどの件で何か不備でもありましたでしょうかにゃ？」

「うん？　不備も何も、依頼が完了したからそれの報告に来ただけであるが？」

「えっ……完了って、もう終わったのですかにゃ!?」

そこまで驚くようなものだろうか、と一瞬思ったものの、考えてみれば普通討伐依頼とは最低でも一日がかりでするものなのだ。場所次第では数日かかることも珍しくなく、実際ソーマも本来ならばまずは情報収集をしてからと考えていたのである。

確かに一時間程度で終わらせてきたというのは、驚くに値することかもしれなかった。

とはいえ、今回は偶然によるところも大きかったわけだし……いや、どちらかと言えば、単に運がよかった、と言うべきだろうか。

彼女に会えたということも含めて。

「まあ、幸運に恵まれたがゆえ、というところであるかな」

言いつつ視線だけを後方に向けてみると、その件の少女は、相変わらず胡乱《うろん》げな瞳でソーマのことを見つめていた。

どうやら未だに信じてもらえていないらしい。

それでもここまで一緒に来てくれたということは、検討の余地があると判断してのことだろう。

ならばあとは、これからの話次第だ。

「幸運、ですかにゃ？　――にゃ!?　あなたは……!?」

と、受付嬢もその少女――スティナが一緒にいることに、ようやく気付いたらしい。

おそらく最初が最初だったので、慌てていて確認することが出来なかったのだろう。

もっともその様子を見てソーマが思うことは、やはり、そこまで驚くようなことだろうか、ということだが。

スティナがこの街で受けた討伐依頼を果たし、帰る途中だった、ということは道中で聞いている。

つまりこの受付嬢と面識があってもおかしくはない。

しかもこれまた道中の話で、スティナが上級冒険者だということは聞いているのだ。ならば覚えているのは、むしろ当然だろう。

だが、だからといってソーマ達と一緒にいることは、それほど驚くようなことでもないはずだ。

いや、驚くには驚くだろうが、受付嬢のそれはいささか過剰に見えた。

それとも、この辺の冒険者は互いに助け合う、ということをあまりしないのだろうか？

シーラから聞いた話によれば、上級同士であっても必要とあらば普通に協力しあうということだったのだが……。

「うむ、彼女の協力あってスムーズに討伐対象を倒すことが出来たのであるが……ところで、何故それほどまでに驚いているのである？　偶然助け合うことになった者達が一緒にいるのは珍しくもないと思うのであるが……それとも、スティナ自身が驚かれるような何かをしでかした、ということであるか？」

「失礼なやつですね。スティナはそんなことしてねえ……はずですよ？　普通に依頼受けただけですし。まあ二日ほど留守にしてたですが、場所や相手を考えれば、その程度は驚く理由にはならねえはずです」

「そ、その通りですにゃ。その……驚いたのは個人的な理由によるものですから、あまり気にしないで欲しいにゃ」

「ふむ……そういうことなのであれば、分かったのである」

「つーかそれより協力って、あれは協力とは違うと思うんですが？」

「そうであるか？　まあ多少の語弊はあるかもしれんであるが、大差ないと思うのであるが」

「語弊どころの話じゃねえと思うです。……オメエらもそう思うですよね？」

そう言ってスティナが問いかけたのは、両脇にいたシーラ達だ。

同意が欲しかったのだろうが、しかしその言葉に、シーラとフェリシアは揃って首を傾げる。

「同意を示したいところですが……そこで同意をしてしまいますと、何もしていないわたしは寄生しているだけの最低な女ということになってしまいかねませんので、難しいところですね……。まあ少なくともわたしも以上に協力はしていただけたと思いますし、そういうことでいいのではないでしょうか？」

「……ん、あの時何もしてなかったのは、私も同じ。……だから、協力してた、でいいと思う」

「しまった……こいつらも同類でしたか。そもそも考えてみたら、スティナと一緒に旅をするとかいうとち狂った提案に同意してた時点で気付くべきでした」

「とち狂ったとはまた随分ないいざまであるな。少なくともそっちにしてみれば悪い話ではなかったと思うのであるが？」

「むしろ悪くねえからこそ、です。上手い話には裏がある。疑うのは当然じゃねえですか」

そんなことを言われ、ジト目を向けられても、ソーマとしては肩をすくめるしかない。

彼女に語ったことが全て……とは確かに言わないが、おおよそのところで間違ってもいないからだ。

去っていこうとするスティナに対し、ソーマは共に旅をしないかと誘った。

ここに来る前、討伐対象であるジャイアントフロッグを倒した後での一幕であるが、ソーマがそうした理由は端的に言ってしまえば一つだ。

借りを返したかったから。

それだけである。

本人がどう感じているのは分からないが、エルフの森でスティナから受けた助言は、ソーマが借りと認識するのに十分なものであった。それはもちろんジャイアントフロッグから助けたという程度のことでは返せないものだし、多少の怪しさには目を瞑《つぶ》っても問題ないと判断できるものでもある。

そう、当たり前と言うべきか、ソーマはスティナが怪しいということにはきちんと勘付いていた。

実際には多少というレベルでは済まないということにも、だ。

だが全ては、その上での話でもある。

分かった上で、借りがあると判断し、返すべきと思い、共に旅をしないかと誘ったのだ。

怪しいと思うのであれば、尚更監視しておくべきだと、そういうことである。

もっとも、どちらかと言えば、そっちは建前ではあるが。

怪しいのは確かだが……根は悪くないのだろうと思うし、何か事情があるのだとも思うのだ。

今回再会し、その想いはより強いものとなった。

出来ればそれも見極めることが出来れば、と思うのは、さすがに欲張りがすぎるだろうか。

それをどうにかすることで借りを返すことになればと考えるのは、傲慢がすぎるだろうか。

しかし怪しいというのは明らかにシーラ達も感じていることであり、さらに彼女達自身はスティナに借りはない……自覚がない。

あのことについては話していないので当然だが、そうなるとシーラ達がスティナの旅の同行に賛成する理由はないのだ。

それでも同意を示してくれたというのは、彼女達もスティナが悪い娘ではないのだと思い、ソーマの考えを汲《く》み取ってくれたのだと――

「まあ、実際のところ、彼女の懸念は当然でもあります。と言いますか、ソーマさんと同類扱いされるのはさすがに不本意なのですが？」

「じゃあどうしてあの時は同意しやがったです？」

「反対しても無駄だと思ったからです。ソーマさんのことですから、どうせわたしが反対したところで、何だかんだと言いながら自分の意思を貫くでしょうから」

「……ん、同感」

汲み、取って……？

「ああ……それは何となく分かる気がするですね。そういうことなら、確かに同類扱いしたのは悪かったです」

「いえ、分かっていただけたのでしたら幸いです」

「……ん、でもソーマだから、仕方ない」

「あっれ？　我輩の味方いない気がするのであるが？」

解せぬ、と呟くも……まあ、フェリシア達からは笑みの気配も感じるので、半分ぐらいは冗談だろう。残りの半分は本気だとしても、それでも彼女達が最終的に是と頷いてくれるのならば十分だ。

ソーマはただ自分の勘と、彼女達と判断と……そして、スティナを信じるだけである。

そんなことを考えながら、様々な意味を込め、ソーマは肩をすくめるのであった。

まあ、ともあれ、いつまでも受付の前でしているような話でもない。

というか、そもそも今は依頼の報告の途中なのだ。

興味深げにこちらを眺めている受付嬢に苦笑を浮かべ肩をすくめた後で、討伐完了の報告をしてしまう。受付嬢は何やら聞きたそうにしていたが、それが自分の職務の範囲外だということも理解していたのだろう。

対応は事務的なもののみに終始し、スティナの報告も終わったところで、ソーマ達は一先ずギルドを後にした。

「さて……それではどうするであるか」

「スティナとしては、ここで解散ってなった方が、色々と面倒がなくて一番なんですがね」

「ま、そうであろうな」

色々、の部分を強調したのは、わざとだろう。

スティナも、さすがに何も疑われていないと思うほど楽観的ではあるまい。

それでも逃げも隠れもしないのは、疑いが確定となることはないという自信があるのか……あるいは、自棄《やけ》か。

良心によるものが理由だったりすると、ソーマとしてはとても助かるのだが……ともあれ。

「とりあえず、スティナさんが最終的にどうするにせよ、わたし達と一緒に旅をすることを検討する余地はあるんですよね？」

「……ま、なけりゃとっとと別れてるですしね」

「では、一先ず何処か落ち着ける場所に行くのはどうでしょう？　その方が話しやすいですし……ついでに、今日の宿を決めてしまうのもいいかもしれませんね」

「ああ、それがいいかもしれんであるな」

未だ時刻は昼にすら差し掛かっていないが、ここ二日ほどは野宿が続いたのである。

疲れを取るために今日は宿で休もうと、予《あらかじ》め決めていたのだ。

予想よりも報酬の高い依頼を受けることも出来たので、懐に余裕も出来た。

あまりのんびりすべきではないが、後々のことを考えれば、休息はしっかりと取るべきだろう。

それに昼前であれば、宿も取りやすいに違いない。

たとえ何かするにしてもそれからで問題があるわけもなく、少なくともソーマに異論はなかった。

「……まあ、そうですね。スティナも今日はゆっくり休むつもりだったから、構わねえですが……」

「……ん、じゃあ決定？」

「決定であるな。では宿探しに移行するであるが……スティナは何処か良い宿を知ってたりしないであるか？」

「スティナもここ来たら直《ちょく》で依頼受けたですから、知らねえんですよねえ……ああ、ギルドで聞いとくべきだったかもしれんですね」

「とはいえ今から聞きに戻るのも少し間抜けですよね……？」

「ま、散策がてら探すのもいいであろう」

それにも皆異論ないらしく、一先ず周囲を歩いてみることになった。

ギルドは目抜き通りに面している。

ギルドに向かうために、合計三回――厳密には東側を一回、西側を二回、と言うべきだが――通っているものの、朝だったこともあり、あまりよく見てはいなかった。

しかしそれから時間が経ち、今改めてよく見てみると、意外と言ってしまえば失礼になるだろうが、そこはそれなりに活気があるようだ。

ちらほらと冒険者達が店先を眺めているのは、これからやろうとしていることへの準備のためだろう。

「ふむ……ギルドの周りに冒険者御用達《ごようたし》の店が並んでるわけであるか。合理的ではあるが、若干違和感を覚える光景でもあるな」

一部高級な店ならばともかく、一般的な冒険者が利用するような店は、路地裏などに隠れるように構えているのが普通だ。

これは店そのものの問題ではなく、そこを訪れるのが冒険者であることを所以とするものである。

冒険者がちょくちょく寄り付くような店が大通りにあったら、一般市民達はそれをどう思うか、という話だ。

だからこういった光景は、正直珍しいを通り越して違和感すら覚えるのだが――

「そうです……？　小せえ村とかならともかく、ある程度の大きさの街なら大体こんなものだと思うですが？」

「うん……？」

「はい……？」

スティナの言葉にソーマが首を傾げ、そんなソーマにスティナが首を傾げる。

互いを見て余計に疑問が募るのは、冗談でそうしているわけではない、ということが分かるからだ。

だがそうしているうちに、ふとソーマはあることに気付いた。

同時に、そういうことかと納得がいく。

「なるほど、ここではこれが普通なのであるな。冒険者の地位が高い……いや、低くはない、というところであるか」

ここ、とは、この街のことではなく、ディメントという場所そのもののことだ。

力が法であるならば、力を生業《なりわい》として用いている冒険者が、ただそれだけで一般市民と同格であってもおかしくはない。

そもそも基本的に冒険者がここ以外で下に見られているのは、粗暴な荒くれ者が多いからでもあるが、何よりも税金を払わず市民権を得ていないからなのだ。

しかし力が基本であるここは、粗暴だったりしたところで、それがマイナスになることはない。

だから、冒険者であっても、おそらくは最初から市民権を得ているのだろう。

ギルドが目立つ場所に堂々と建っているのも道理だ。

人々から利用され、認められているのならば、隠れるようにして外れた場所に存在している理由こそがないのである。

「ああ……なるほどです。そっちでは冒険者の地位は低いんですか」

そしてそんなこっちを見て、スティナも気付いたようだ。

場所が違えば、常識も違う。

これはつまり、そんな当たり前のことだ。

ただそれはつまり、ソーマ達がディメント出身者ではない……魔族ではないことを示しているが、そんなものは今更だろう。

少なくともスティナには隠す意味がなく、シーラ達もそのことには気付いていたようだ。

会話を遮ったりすることはなく、なるほどと納得するように頷いてすらいた。

「そういえば、そんな話を聞いたことがあったかもしれんですね。興味ねえですから忘れてたですが」

「興味がないって……スティナさんも冒険者、ですよね？」

「冒険者ですが、そっちに行かなけりゃ関係ねえじゃねえですか。行く予定はなかったですし、今後もねえですしね」

「ふむ……」

まあそんなものと言ってしまえば、そんなものだろう。

人間誰しも、興味がない、関係がないと思っていれば、それがどんな情報であろうとも覚えてはいないものだ。

「ま、とりあえずこの光景に納得はしたであるが、こうなってくるとこの近くに宿泊施設はなさそうであるな」

そこにあるのは主に雑貨であったり、武器や防具などを扱うような類の店だ。

ざっと見ただけでも、そういった場所がないということだけは分かる。

となれば移動が必要だが――

「ふむ……皆、東西南北のどこから行きたいであるか？」

「別にスティナはどこからでもいいですから、オメエらに任せるです」

「わたしも特に希望はありませんね……」

「……ん、ソーマに任せる」

「皆して主体性がないであるなぁ……」

「どこに行きたいかを聞いてきたオメエが言うんです？　大体結局全部回るんなら、どこから行ったところで同じじゃねえですか」

「いや、よさげな宿を見つけたらそこに決めてしまうつもりであるから、全部回るとは限らんであるぞ？」

「では、尚更どこから行っても同じことなのでは？　手掛かりがないことに変わりはありませんし」

「まあそうなのであるが」

というか、だからこそソーマも聞いたのであるし。

ちなみにこの街の目抜き通りは、ちょうど街を四分割するような形で走っている。

中央部分を、東から西へ、そして北から南へ。

ギルドはその二つの道が交差する場所に建てられているのだから、本当に街の中心部に建っているということだ。

そのため、今のソーマ達は街の何処へ行こうとしても苦はないが、そのせいで逆に明確な方針も必要なのである。

だがそんなものはなく……こうなったら仕方ないので棒倒しでもして決めようか、などと考えていた時のことであった。

「あ、基本的にはどこでもいいですが、一つだけ止めといた方がいいことがあったです」

「ふむ……？」

「南だけは止めといた方がいいと思うです」

「ほぅ……その意図を聞いてもいいであるか？」

無意味にスティナがそんなことを言うとは思わないが、だからこそ余計に気になった。

具体的な場所ではなく、漠然とした方角を指定した以上、そこには何かしらの理由があるはずだろう。

「特に理由があるわけじゃねえと思うんですが、昔から伝統的に南側は素行のよろしくない連中を押し込める場所になってやがるんですよ。なんで、南側にはそういった連中用の場所……まあぶっちゃけて言っちまえば、冒険者用の宿があるとは思うです」

「宿があるのでしたら、むしろ行くべき場所なのでは？」

「……冒険者は、基本的にランクに合った宿を選んで泊まる。……それは色々な理由があるけど、素行がよくない人は大体いい宿には泊まれない」

「ま、そういうことです。そっちにあんのは、あんま質のよくねえ宿ってことですし、普通に考えれば質の良い宿はそんなとこにねえですからね」

「なるほど……」

市民権が与えられようとも、冒険者の扱いは大差ない。

そういうことのようだ。

まあ、当然と言えば当然のことなのかもしれないが。

そしてそれは、場所が変われば常識も変わるが、変わらないこともある、ということでもある。

これもまた、当たり前のことではあるが。

ともあれ。

「では、それ以外の三方向の中から、ということになるであるが……あまり状況は変わっていないと言えば変わっていないであるな。これはやはり棒を倒して占うしか……？」

「あ、ではソーマさん、こういうのは如何《いかが》でしょうか？　三方向ということで、三手に分かれる、というのは」

「ふむ……」

なるほど、それならば何処へ行こうかと悩む必要はないし、効率的でもある。

問題があるとすれば、それは効率的に宿を探す必要が今あるか、ということだが――

「そういうことなら、我輩は北を探すであるかな。スティナは東、シーラとフェリシアは西、ということでいいであるか？」

「問題はありませんが……何故わたしは当然のようにシーラと組まされているのでしょうか？」

「どうせ一人ではどう街を探索していいのかも分からんであろう？」

「……確かにその通りなのですが……何となく不満が残ります」

そう言って睨みつけるようにこちらを見てくるフェリシアに肩をすくめつつ、口元を僅かに緩めてしまったのは、好ましい変化だと思ったからだ。

自分一人では探索するのが無理だとは分かっていても、それに挑戦しようとしたことが、である。

先ほどの提案は、つまりそういうことなのだ。

もっともそれが分かってはいても、さすがに本当に一人でさせるわけにはいかないので、シーラをつけたわけだが。

それでも、それが好ましいことに変わりはない。

フェリシアにはどことなく、自身の意思が希薄《きはく》なところがあった。

特にそれは自分にとって完全に未知なものが相手となると顕著で、旅に出た当初はほとんどがこちらの言うがまま動くだけだったのだ。

それが先ほどは自らの意思で提案をし、今度は未知に自ら挑もうとした。

それはフェリシアを連れ出したからこその変化に思え、ならそれが嬉しくないわけがあるまい。

しかしそんなことを考えていると、ふともう一つの視線を感じた。

スティナである。

「どうかしたであるか？」

「……別にどうもしねえんですが、いいんですか？」

「何がである？」

「一人で探索して、そのままスティナはふらっといなくなっちまうかもしれねえんですよ？」

本当にそうしようと思っている人物は何も言わずにそうすると思うが……あるいは、未だにスティナはこちらの意図が読みきれていないのかもしれない。

何故自分と旅をしようとしているのかと、疑っているのだろう。

とはいえそれを語るつもりがないソーマとしては、ただ肩をすくめるだけである。

「ま、そうなった時はそうなった時である。その時は仕方ないと諦めるしかないであるな。というか、そうしたいなら止めんであるぞ？　最終的にはスティナの意思次第なわけであるしな」

「……ふんっ。そうさせてもらうです」

すねるように顔を背けた姿に、ソーマは苦笑を浮かべる。

まあとりあえずは、すぐにいなくなるということはなさそうだった。

「……ところで、集合場所と時間は？」

「そうであるな……」

呟き、ソーマが見上げたのは、ギルドの最上部である。

地上から十数メートル離れたそこはこの街の中で最も高い場所であるらしく、それを象徴するように立派な鐘と時計が存在していた。

一時間ごとに、その時間分あの鐘が鳴らされる仕組みらしい。

ソーマには懐中時計があるが、これならば他の皆も時間が分からなくなるということはないだろう。

「では、昼のことなども考えて、十二時にここ、とするであるか」

「……ん、了解。……姉さんのことは、任せて」

「うむ、任せたであるぞ」

「姉なのに任されるのがわたしではないということがどこか釈然としませんが……まあ、仕方のないことですか。ではシーラ、よろしくお願いしますね」

「……ん」

「じゃ、スティナは気楽に見て回ってくるです。宿以外に何か探すのはあるですか？」

「いや、特にないであるかな。個人的な話ならば別であるが……それは個人で探せばいい話であるしな」

「とりあえず良さげな宿を探せばいいってわけですね。了解です」

「それじゃ、皆また後で、なのである」

そうしてソーマが足を向けたのは、北。

未だ冒険者達と店主がざわめきを作る中、宿と……とあるものを探して、そのまま歩き始めたのであった。

ある意味分かりきっていたことではあるものの、街の中心から離れるにつれ、少しずつ喧騒《けんそう》は遠のいていった。

周囲には変わらず建物は存在しているが、その大半は何の店かは分からない。

辛うじて店だと分かるのは、店先に看板のようなものがぶら下がっているからだ。

もっとも、文字が書かれているわけでなければ、絵などが描かれているわけでもないので、実際に何の店であるのかを判別するのは不可能である。

分かる人には分かるのか、もしくはやる気がないのか。

まあ何にせよ今のソーマには関係がないので、一瞥《いちべつ》するとそのまま通りすぎていく。

「ふむ……これは外れを引いたであるかな？」

そんな中でふとそう呟いたのは、少しずつ周囲の光景に変化が生じてきたからだ。

店先からは看板すらもなくなり始め、ただ建物だけが並んでいる。

人の住む場所、という意味ならば間違ってはいないのだろうが——

「住宅街、といったところであるか？　場所次第では宿などがあってもよさそうな気がするのであるが……」

生憎とそれらしいものは見当たらないまま、遠くには既に、街の外へと通じる門が見え始めている。

このまま進んだところで、目的のものが見つかることはないだろう。

それよりは――

「今のうちに脇に逸《そ》れておくべきであるか……？」

この街は大きな道が二本交差する造りとなっているが、当然のように他にも道はある。

小さなものが脇に幾つも延び、今この場にも左右に細い道が存在していた。

ただしそれはどちらも途中で曲がりくねっており、その先に何があるのかは分からない。

とはいえ普通に考えれば、そこにあるのもまた住居だ。

利便性などを考えた場合、同じ場所に同じようなものを揃えるのは道理にかなっている。

が。

「ま、このまま歩いていたところで意味はなさそうであるしな」

ならば一縷《いちる》の望みに賭けた方がマシだろうと、ソーマは右を見、左を見……結局、右側へと足を向けた。

特に理由はなく、ただの勘である。

まあ敢えて言うならば、そういえばスティナが行ったのはこっちだったな、ぐらいは一瞬思ったが
――

「……お？」

そんなことを考えている間に、周囲の光景がまた少しずつ変わり始めた。

最初の頃はやはり住居ばかりであったのだが、再びちらほらと看板が見え始めたのである。

そして同時に、今度はそれらが何なのか分からない、ということはなかった。

相変わらず看板には何も書かれてはいなかったものの、店の扉が開いていたからだ。

最初に見えたものは、どことなく懐かしさを覚えるものであった。

それは巨大な釜で、その横にいた男が真剣な様子で中身をかき回している。

一瞬魔女かと思ったが、髪の色が緑だったため、多分錬金術師だろう。

ソーマは利用したことはないが、ポーションなどの特殊な効果のある薬品などは彼らが作っているとのことである。

ああして、一見怪しいようにしか見えない様子で、だ。

実際一時は魔女と混同されていたこともあるらしい。

ただ魔女の作るものとは異なり、錬金術師の作り出している薬は言ってしまえば化学によるものだ。

同じ手順で実行すれば、誰だって同じことが出来、同じ物が出来上がる。

最後に術者が一手間加える必要はない、ということだ。

その男は余程集中しているのだろう。

ソーマが通りかかっても視線を向けてくることすらなく、ソーマも何をするでもなくその前を通りすぎる。

別に錬金術師に興味も用事もないのだ。

そうして幾つかの店の前を通りかかった結果、どうやらこの周辺は所謂《いわゆる》職人街であるようだと理解した。何か物を作る者達が集まり、好き勝手に好きな物を作っているようなのだ。

となると、もしかしたら大通りに面していた店もそういう店だったのかもしれない。

ここで見かけた看板の中には、大通りで見たものと似たようなものが幾つもあったからだ。

しかし向こうは場所が場所ゆえに、店の扉を開けっ放しているわけにはいかず閉めていた。

そう考えれば、納得出来ることだ。

「とはいえそうなると、何屋なのかは結局直接確認する以外に方法はないわけであるが……」

一見《いちげん》さんお断り、ということなのかもしれない。

まあそれはともあれ、先に進んでいくと、次に通りかかった店の中では、男が自身の身長と同じ程度はあろうかという刃物を手に持ち、振り被っているところであった。

それだけであればまるで事件のようだが、振り下ろす先にあるものを見れば納得だ。

そこにあったのは、丸太だったのである。

「――キエーーーーーー!」

「……やっぱり通報が必要であるか?」

発せられた奇声に一瞬そんなことを思うも、刃が振り下ろされた先では、丸太が正確に切り刻まれていく。

幾つかの木材に切り分けられ、揃えられ、並べられる。

その太刀筋は見事なのだが、使い道を間違えていないだろうか?

「……ま、剣を何に使おうが、それは当人の自由であるか」

ただあれだと刃こぼれとかは大丈夫なのかとやはりいらん心配をしてしまうが――

「む……？　なるほど、その心配は無用であったか……」

そう呟き、足を止めたソーマの視線の先にいたのは、そのさらに隣の店にいた男だ。

男は熱した鉄の棒を足元に置き、手元の金槌《かなづち》で叩いており――即ち、鍛冶師であった。

たとえ先ほどの木材屋（？）の得物が欠けたところで、隣で直してもらえばいい、ということである。

とはいえもちろんというべきか、ソーマが足を止めたのはそんなことに納得したからではない。

足を止めるのに相応な理由があったから――その男が、ソーマが探していたものであったからだ。

個人的な理由によるものではあるが、ソーマは鍛冶師も探していたのである。

そう、だから明らかに宿がないここを、ソーマは引き続き歩いていたのであった。

しかしそこですぐさま男のところへと向かわなかったのは、鍛冶師であれば誰でもいい、というわけでもないからだ。

その見極めをするため、ソーマはジッと男を見つめる。

そんなソーマに、男はまるで気付いた様子がない。

それだけ集中しているということなのだろう。

ひたすらに槌《つち》を振るい、足元の棒の形を整えていく。

その姿は、まさに仕事人といった感じであった。

ただし同時にそれは、基本中の基本でもある。

自身の仕事に集中して取り掛からないで、何がプロだという話だ。

ゆえに大事なのは、仕事の質である。

鍛冶の腕前、と言ってもいい。

実のところ、ソーマは多少なりとも鍛冶の腕に覚えがあった。

かつて剣を極めるにはまずは剣の気持ちになる必要があるのではないか、などと思い立ち、鍛冶師の門を叩いたことがあるのだ。

まあ結局その腕前はプロと呼ぶには程遠いものにしかならなかったが……それでも、それを無駄だったとは思わない。

自分だけでもある程度の手入れが出来るようになったし、剣の気持ちが分かるようにはならなかったが、それを作り出す者達の気持ちは少しは分かるようになった気がするからだ。

それと同時に、剣を振るうということの意味もまた、少しだけ深く考えられるようになった気がする。

ともあれ、そういったこともあって、ソーマは実際に鍛冶をしている姿を見れば、その者の腕がどの程度かはある程度分かると自負しているのだが――

「……ぬぅ」

その男の腕前に関しては、唸《うな》るしかなかった。

良かったから、ではない。

かといって、悪かったから、でもない。

分からなかったから、だ。

一時は師匠となってくれた鍛冶師の腕前ですら、物凄く良いと分かる程度には判別が付くようになったソーマだというのに、その男の腕前は底が知れなかったのである。

一芸を極めた先にしか辿り着けない、凄み。

そんなものまで感じるような気がするのは、果たしてただの気のせいか。

何にせよ、事実はたったの一つだ。

見極めようと思っていたソーマが、いつの間にか男が槌を振るう姿に見惚《みと》れていた、ということである。

おそらく今作り出しているのは、その形状からいって包丁であろうに、超一流の仕事とはこういうものだという姿を、まざまざと見せ付けていた。

いや、実際には別に誰かに見せ付けているわけではないのだろうが、少なくともソーマにはそう感じたのである。

ゆえにソーマは、男が最後の一振りを打ち終わり、深く長い息を吐き出したのを確認すると、男の方へとゆっくりと歩を進めた。

その口元が緩んでいた理由は、単純にして明快。

この男ならば、自分の目的を違《たが》わず達成できるに違いない……否。

あるいは、こちらの願いの方が不足しすぎているかもしれないと、そんなことを思ったからであった。

11

グスタフ・バルリングは、所謂一流の鍛冶師であった。

いや、事実だけを言ってしまうならば、超一流と言っても過言ではないだろう。

何せ現在魔王と呼ばれている男がその座に着いた時、その象徴となるようなものをと言われ、剣を打ち献上したことすらあるのだ。

事実や実績だけを重ねていけば、間違いなく当代随一の鍛冶師と呼ぶに相応しい存在である。

だが少なくともグスタフは、自分はそんな大した存在ではないと思っていた。

もちろん鍛冶の腕前に自信はあるし、あるいは当代随一なのかもしれない。

しかしグスタフは、まだまだそんな自分に納得がいっていなかったのである。

グスタフが目指している鍛冶の極みとは、まだまだこんなものではないのだ。

ある程度ならば極めたと言うことも出来るのかもしれないが……その頂がこの程度なわけがないと、何よりもグスタフ自身が感じていたのである。

だから、だろう。

一仕事終え、だが満足には程遠く、それでも終えてしまったことに違いはないと、溜息を吐き出し……その時にやってきた少年を見て、目を見開いたのは。

——先人だと、直感的に感じた。

この少年は、きっと分野は違えども、一つの頂に到達した存在だと、そうグスタフの本能が咄嗟《とっさ》に理解したのだ。

見た目が十歳ぐらいであろうとも、関係はない。状況が状況ならば、あるいは伏して乞うた可能性だってある。

どのようにして頂へと到達したのか、と。

その言葉はきっと、自身の万の経験に勝るものであった。

なのにそうしなかったのは、自負ゆえではない。

その目を見た瞬間に、理解したのだ。

彼は客なのである、と。

客であるということは、自分が望みを受ける側だということだ。頂には程遠くとも、鍛冶師であるならば、そこは違えてはいけないところであった。

「すまんが、邪魔するのである」

「……いや、ちょうど一仕事終えたところだ。問題ない。だが、一体この俺に何の用だ？」

素っ気ない態度で接したのは、それがゆえだ。

彼が一つの境地に達した存在であろうと……いや、だからこそ、半端な態度を取るわけにはいかないのである。

目的と態度次第では、毅然《きぜん》とした対応をするつもりであった。

しかし。

「うむ、不躾ですまんとは思うのであるが……汝の鍛冶の腕を見込んで、一つ頼みたいことがあるのだ。これなのであるが……」

そう言って少年が腰から一振りの剣を引き抜こうとしているのを見て、グスタフは小さく息を吐き出した。

もしやと思いはしたが、それが当たってしまった諦観によるものだ。

その時点で少年の頼みを断ることが決まってしまったからである。

グスタフは、本来剣を打つことを専門にしていた鍛冶師だ。

だから少年の頼みが何であれ、それが剣関係のことであれば最低限話をしっかり聞くことぐらいはしただろう。

少年がそれを見抜いたのかは定かではないが……だがそれも、過去の話であった。

というのも、グスタフは今のところ、再び剣を打つつもりはないからだ。

それは言ってしまえば、一流の腕を持っていると自負しているというのに、こんな辺境に引き篭《こ》もり、包丁などを打っている理由でもある。

端的に言ってしまえば、グスタフは剣を打つことに自信がなくなってしまったのだ。

鍛冶師としての腕に自信はあるが、その腕を振るって作り出した剣に、満足がいかなくなってしまったのである。

昔からその兆候はあった。

魔王へと献上した剣も、本当は納得などしてはいなかったのだ。

それでも、今の自分が打てる最高の剣はこれだと思い……そう思い込もうとして、何とか続けてきたのだが、ついに一年ほど前に完全に打てなくなってしまった。

それは自分の打った剣を渡された時の客達の顔が、とても満足したものだからであった。

客が満足するものを打てたというのは、ある意味では鍛冶師冥利に尽きることなのだろう。

だが自身で納得がいっていなかったグスタフは、その程度で満足してしまっていいのかと、勝手ながらにそう思ってしまったのだ。

しかも客達は、口を揃えたかのように同じ言葉を口にした。

さすがだ、と。

その刀身を眺め、試し切りを行って得た感触に、さすがはグスタフの打った最高の剣だと言った。

それが世辞ではないのは、その顔を見れば分かる。

しかしそうではないのだ。

それは最高の剣などではなく、本来であれば、もっと不満を口にしてくれなければならないのである。

そうではないということは……使い手の技量が、そこまで達していないということであった。

グスタフが満足のいく剣を作ることが出来なかったのも、結局のところそれが原因なのだ。

自分がどれだけ納得がいかなくとも、客は皆納得し、最高だと口にする。

ならば……ならば間違っているのは自分なのではないかと、そんなことを思ってしまったのだ。

本当はこの先などはなく、ここが頂で……この程度のものが、最高の剣なのではないか、と。

それを証明するように、定期的な手入れのために戻される自分の打った剣達は、その全てが新品同然な姿であった。

使われていなかった、というわけではない。

剣を見れば分かる。

使われておきながら、それでも新品同然だったのだ。

剣というものは、結局のところ消耗品である。使っていれば、必ず磨耗してしまうものだ。

そうなっていないのは、つまり磨耗しない程度にしか使われることはなかった、ということである。

彼らは、そのいずれもが一騎当千などと名高い者達ばかりであったのに。

なればこそ、グスタフは辺境の地にまで、逃れるようにしてやってきて、剣を打つことはやめたのだ。

……否、間違いなくそれは、逃避であった。

自分の今までの生を全てつぎ込んできたと言っても過言ではないものに、落胆してしまう前に。

自分が間違っていたのだと、諦めてしまう前に。

逃げたのだ。

そして一年が経った今も、それは何一つ変わってはいない。だからこそ、この少年が何を言おうが、しようとも、この話を断ることは確定しており――

「とりあえず、ちと見てほしいのである」

「――っ!?」

だがそれを見た瞬間、息を呑《の》んだ。

少年が引き抜いたのは、どこにでもあるような無骨な剣であった。

しかし同時にそれは、外見だけの話でもある。

ある程度の目利きが出来るものであれば、どこにでもあるような、などとは口が裂けても言えないだろう。

いや……それどころの話ではない。

気がつけばグスタフは、半ば無意識のうちにそれへと手を伸ばし、口を開いていた。

「……触れて確かめてみても？」

「うむ、問題ないのである」

そうして受け取った剣は、やはり無骨なものであった。

それ以外に何も必要としないようなものだ。

そうだ、剣とは、敵を叩き斬るためのものである。

ならばそこには、余計なものなど不要なはずだ。

これはまさにそれを体現したかのようなものであり――だが。

「……こいつは酷いな」

やはり気がつけばグスタフは、そんな言葉をポツリと漏らしていた。

それと共に、少年へと視線を向ける。それは睨むようなものであったが、少年は何故そんなことを言われ、見られたのかを分かっているかのごとく、肩をすくめた。

「ああ……やはりであるか？」

いや、実際に分かっていたのだろう。

そう口にした少年は、事実理解の色を示していた。

故にグスタフも細かいことを説明することなく、ただ聞きたいことだけを尋ねる。

「これは、どれぐらい手入れしていない？」

「そうであるな……少なくとも、我輩が手に入れてからは一度も出来ていないであるから、最低でも一年はされていないであるな」

「……道理で。本当に、酷いもんだ……」

呻《うめ》くように呟くグスタフの視線の先にある刀身は、しかしその言葉に反し、綺麗《きれい》なものであった。

少なくとも、大半のものはそう言うだろう。

だがグスタフは何も、意地悪でそんなことを言っているわけではない。

それに少年自身もしっかりと理解しているようである。

その刀身には目にはほぼ見えないような、それでもしっかりとした小さな罅《ひび》が無数に存在していたのだ。

さらには軽く指で弾《はじ》いてみれば、場所によってほんの少し音が変わる。

見た目には出ない程度に、ほんの少しだけ内部が曲がっているのだ。

この程度ならば放置していたところで、刀身が壊れるようなことになど万に一つも起こりえないだろう。

しかしこの剣としてみた場合、相当に酷い状態だ。

これでは、本来の切れ味など出しようがないだろうに。

この剣は、いいものだ。

いや、いい、などという言葉で済む話ではない。

最上位と言っても過言ではないだろう。

だからこそ、この傷は致命なのだ。

粗悪品であれば多少の罅割れでも問題はないだろうが、最上位であるがゆえにその僅かな罅がかなりの差となってしまうに違いない。

特に、ここまでこの剣を使うことが出来るのならば、尚更だ。

そう、この剣の傷は、剣が使えていなかったからついたものではない。

おそらくは最大限にこの剣を使いこなせていたからこそ、ついたものだ。

自分ですらも打てないだろうこの剣を、である。

そのことに思い至った時、グスタフは我知らず口元を緩めていた。

同時に、自分のあまりの馬鹿さ加減をぶん殴りたくなってくる。

どれほど身の程知らずだったのかという話だ。

自分の打つ剣以上のものを見たことがなかった。

だから自分の打つ剣が最高ではないと分かってはいたはずなのに、多少腕が立つ程度の者達に最高だと言われたくらいで、勝手に勘違いして、落胆しそうになっていたのだ。

そう、彼らもまた最高ではないのだと、分かっていたはずなのに、だ。

あるいは落胆は落胆でも、それは別のものだったのかもしれない。

誰も理解してくれず、誰も追いついてこず……どこにも、自分の望むものがなく、いなかったことに対して。

だが何にせよ、同じことであった。

本当に、我ながら馬鹿にも程がある。どれだけ全てを分かったつもりになっていたのか。

傲慢というよりは、ただただ愚かなだけであった。

しかしそうして自分を罵倒しつつも、やはり口元が緩むのは隠せない。

少年が自分に頼もうとしていることは明らかだろう。

確かにこの剣は最上位のものであるからこそ、手入れにすら相当な腕前が必要なはずだ。

生半可な腕では逆に傷つけるどころか、自分の商売道具を壊すだけで終わるだろう。

少年が今まで手入れを出来なかったのは、しようと思っても出来る者がいなかったからなのだ。

だから少年はきっと自分にこれの修繕を頼むはずであり……それができるということは、素直に嬉しい。

自分が本気になったところで、完璧に出来るかは分からないほどのものだからだ。

だが同時に、ほんの少しだけ思ってしまう。

この剣がこうなっているのは、少年がこれを使いこなしているからだが、同時に、この剣が少年に及んでいないからでもある。

それもまた、この剣を眺めてみれば、はっきりと分かることだ。

ならばこそ……これほどの剣を使いこなすことの出来る少年に、今の自分の最高を込めた剣を打つことが出来たら、どれほどのものが出来るのだろうか、と。

そんなことを思ってしまったのだ。

この剣と少年を見て、グスタフは一つ気付いたことがある。

それは、自分は今まできっと、本当の意味で力を出し切ったことはないということに、だ。

グスタフは鍛冶師だ。

ゆえにグスタフの打つ剣は、その全てが相手のことを考えて作ったものなのである。

グスタフは、確かに間違えていた。

彼らにとっては、グスタフの打った剣は間違いなく最高だったのだ。

そのことと、グスタフの目指す最高の剣というものは別だというだけであり、そこを見誤っていたグスタフが間抜けだったというだけなのである。

しかしそれに気付けたからこそ、グスタフは確信するのだ。

この少年のために剣を打つことが出来れば、それはきっと今まで見たこともないような最高傑作が出来上がるに違いない、と。

とはいえそれは、グスタフの勝手な都合である。

あんたのために剣を打たせてくれなど、言えるわけがない。

それでも――

「……で？　これの修繕が、あんたの望みか？」

「うむ。今まで色々な鍛冶師を見てきたのであるが、それを可能そうなのが汝ぐらいしかいないのでな。頼めると嬉しいのであるが……」

そう言ってくれて嬉しいのはこちらもだが、そこで急いで頷くのはよろしくないことだ。

無駄な自尊心と言われようとも、安く見られていいことなど一つもないのである。

故にグスタフはその言葉に、無意味なほどに勿体《もったい》つけると、重々しく頷いてみせた。

「それが依頼だというのならば、構わん。見ての通り、こんな辺境の街だ。折角持ってこられた依頼を、敢えて断る理由もない」

それは厳密に言うならば、嘘であった。

確かにここは辺境ではあるが、近くにあるのはエルフの森だということもあって、最も戦禍から遠い場所でもあるのだ。

それなりに価値のある者達が引き篭もっていたり、匿《かくま》われたりしていることもあり、一流の職人へと依頼をするためこんな場所にまで人がやってくることも、珍しいことではないのである。

グスタフがここに住むことを許されているのも、実はそういったことが関係していたりもするのだが……要するに、また無駄な見栄のためだ。

そんな事情を相手が知っていたら簡単にばれてしまうようなことではあるものの、どうやら少年は知らなかったようである。

安堵したような様子を見せたことに、グスタフもまた安堵した。

「そうであるか……それは助かるのである」

「それはこちらもだ」

再び無駄に重々しく頷き……そうしながら少年の姿を眺め、ほんの僅かに目を細める。

こうして改めてよく見てみると一目瞭然だが、やはりこの少年は、自分などでは及びもつかないような一つの境地へと至ったのだろう。

しかもそれはきっと、剣の腕でだ。

先ほど剣を手にした時の雰囲気や、剣を前にしている時のそれから考えれば、間違えようもないことである。

そんな相手に剣を打てないのは残念だと、本当に心の底から思う。

しかし。

「……ところで、物は相談なのであるが――」

続けて少年は口を開くと、グスタフが予想だにしなかった言葉を投げかけてきたのであった。

⓬

路地裏の道を、ソーマは機嫌よく歩いていた。

もちろんと言うべきか、先ほどの鍛冶師とのやり取りが理由だ。

その結果として、現在ソーマの腰にいつもの剣は差されていない。

ただ代わりとして別の剣が差されていた。

つまりそれは、代理の剣である。

いつもの剣の修繕を頼んだため、それが終わるまで借りたのだ。

借りる際に見せてもらい、実際に振るいもしたが、それなりに良い剣であった。

いつものものと比べればさすがに格は落ちるものの、適当に店で見つけようと思っても見つけられない程度には良い剣だ。

やはりソーマの目は狂っていなかったらしい。そうとなれば、弥《いや》が上にも期待が高まるというものだ。


無論それは、修繕に関してではない。

修繕に関しては、最初から疑ってはいないのだ。

きっとあの鍛冶師は、完璧に仕上げてくれることだろう。

だから期待しているのは、もう一つの頼みごとであり――

「ふむ……鍛冶師殿は期待するなどと言ってはいたであるが……それは無理というものであろう。そもそも、そんなこと本人ですらも信じていなかったであろうに」

言葉の上では謙遜してみせていたし、あるいは本人もそうだと思っていたのかもしれない。

だが心の中では、間違いなく彼は自分のことを信じていたはずだ。

自分ならば、あの剣以上のものを打つことが出来る、と。

そう、ソーマが彼にしたもう一つの頼みごととは、いつも使っているあの剣以上のものを作り出してくれ、というものであった。

そもそもソーマが本当に探していたのは、実のところそっちなのだ。

確かにいつもの剣の手入れができるような鍛冶師も探してはいたものの……本音を言ってしまうのであれば、あの剣には少々限界を感じ始めていたのである。

もっともそれを感じ始めたのは、割と最近のことだ。

少なくとも、学院に行くまではアレで十分だと思っていたのである。

それが、剣が壊れたわけでもないのにもっと上のものが欲しいと思ったのは……迷宮でそれなりに強力な魔物などと戦ったりしたせいだろうか。

とりあえず、暴走した邪神の力を斬った時には、もっと上の得物があれば、と思ったのは事実だ。

そうであれば、邪神の力を完全に押さえ込むことも出来ていたかもしれない。

もっとも、もしもそこで成功してしまっていたら、ソーマはエルフの森に、というか、魔女の森に行くことはなかった可能性もある。

その場合、フェリシアはほぼ間違いなく死んでおり……ついでに言うならば、エルフ達もどうなっていたか分からない。

何となくでしかないが……あれはそもそも、フェリシアが犠牲になれば全て解決した、という話ではなかったように思えるのだ。

まあ本当に、ただの勘でしかないのだが。

しかし何にせよ、邪神の力を斬るのに失敗してしまったからこそ、今の状態があると言えた。

ともあれ、剣がなかったのは悪いことばかりでもなかったが、不足を覚えているのは確かなのだ。

だからこそ満足のいくような剣を探しており、かといってそんなものがそうそう見つかるわけもない。

なので鍛冶師の方を探し……それはそれでそう簡単に見つかるとも思ってはいなかったが、都合のいいことに見つかったため、頼んでみた。

今回のことは、そういうことであった。

「つと、そういえばフェリシアで思い出したであるが……」

何をと言えば、自分の現状をだ。

即ち、宿探しをしていた、ということであり……ついでに言うならば、勝手に剣を頼んでしまったことをである。

修繕の方は問題ない。

明日には終わっているとのことだったので、普通に明日取りに行けばいいだけだ。

しかし新しい剣の方は、成功するか否かに関わらず、最低でも一月はかかるとのことだった。

ただ作るだけならばもっと早く出来るものの、全身全霊を込め最高のものにしたいため、相応の時間がかかる、と。

そう言われてしまえば、否やなど言えるはずもないだろう。

より良いものを手にしたいのは、ソーマも同じなのだ。

だがそれは要するに、一月はここから離れられないということである。

勝手にそれを決めてしまうのはまずいだろう。

「ふむ……まあ、いざとなれば剣に関しては後で取りに来ればいいだけの話でもあるか」

不満はあるが、今の剣でも十分戦えはするのだ。

実際邪神の欠片《かけら》だろうと、不完全ではあるが斬れはしたし、森神相手でも問題はなかった。

あの剣でも無理となると……余程特殊な相手とでも戦おうとしなければ有り得ないだろう。

それこそ、前世でのヒルデガルドとか……あとは——

「あるいは、あの森神とやらが邪神の力の欠片を手にしていたら、分からんかもしれんであるな。あれならば、本来の力を出し切れそうであるし……」

とはいえ、消し飛ばした以上は、それはもう有り得ないことだ。

考える必要はなく、ならばやはりあの剣でも問題はないということだろう。

学院にまで戻ってから、あとで取りに来ればいい。

もっともそうなると、ここまで来るにはさすがに次の長期休暇あたりまで待つ必要があるだろうから、半年ほどは先か。

随分と先になってしまうものの、仕方のないことである。

「とりあえず、そのことを話してどうするかを決めるべきであるな。……まあ、さすがにここで一月足止めとなると、厳しいであろうが」

というか、普通に考えれば無理だ。

宿代などに関しては稼げばいいだけなのだから、そういう話ではない。

言うならば、自分達の都合以外のことだ。

何せ一月後となると、学院の長期休暇が終わってしまう。

ソーマとしてはまあ別に構わないかな、などと思っているのだが、それはあくまでも授業に出なくとも、という意味だ。

多少の遅れならば取り戻せる自信があるし、そもそも既に習っているので取り戻す必要すらない。

だがシーラまでそれに付き合わせる必要はないうえ、それではシーラの分まで心配をかけてしまう。

それはとても、よろしくないことである。

ついでに言えば、ソーマが無事だということを知らせるのも一月ほど遅れてしまうということであり――

「……ま、さすがにそこまでは駄目であろうな」

ここまでの時点で、十分すぎるほどの時間が経っているのだ。

それにはある程度正当な理由が存在しているものの、新しい剣が欲しいから一月ほど街に留《とど》まっていました、というのはどう考えても怒られる案件である。

そこまでは、さすがのソーマもするつもりはなかった。

となれば、明日修繕された剣を取りに行くついでに、そのことを鍛冶師に話しておくべきだろう。

金を先払いしておけば、その程度の融通はきくはずだ。

とはいえそれを話すためにも、まずは宿を探す必要があるのだが……さて、彼女達の方で見つけてくれただろうか。

「別に我輩もさぼっていたわけでは……」

ない、とも言い切れないものの、こっちでは見つからなかったのも事実である。

そこを責められてもどうしようもない。

が、個人的な用件を優先し、鍛冶師に自らの依頼をしていたのも間違いようのないことだ。

その分の時間を探索に利用していれば、もう少し捜索範囲は広がっていただろう。

「そこをつっこまれないためにも、残りの時間は別の場所を……うん？」

と、そこでソーマが不意に足を止めたのは、とある音が聞こえたからである。

そこは路地裏とはいえ、人の気配のある場所だ。

当然ながら色々な音が聞こえるが……そういうことではない。

聞き間違いでなければ、それは子供の泣き声に聞こえたのだ。

しかも――

「ふむ……この声は……」

聞こえたのは、聞き覚えのあるもののような気がした。

内容はさすがに聞き取れなかったものの……色々な意味で、ここで聞かなかったふりをするほど、ソーマは非情ではない。

声の聞こえた方の見当もついており、それはちょうど今から向かおうとしていた場所の一つであった。

目の前の道は二叉になっており、それらが聞こえたのは、左側の方。

迷いなく進むと、声がさらにはっきりと聞こえてきた。

やはりそれは子供の泣き声であり――

「あー、もー、いい加減泣き止めです！　それでもスティナと同じ女ですか⁉　情けねえですよ⁉」

同様に、聞き覚えのある声が、そんなことを言っていたのであった。

⓭

声の聞こえた場所へと向かい、その光景を目にした瞬間、ソーマは反射的に首を傾げていた。

パッと見ではどういう状況なのかが分からなかったからである。

それは泣いている女の子であり、その前にいたのは顔見知りの少女であった。

女の子は小さく、おそらくは三、四歳といったところだろう。

そんな女の子に対し、少女は何事かを叫んでおり……正直に言ってしまえば、赤の他人が目にすれば誤解されてもおかしくないだろう状況である。

それがどんな誤解であるのかは、いちいち言う必要もないだろうが――

「だから、泣き止めって――あっ」

瞬間、目が合った。

そこで少女――スティナの目が見開かれたのは、その状況を傍《はた》から見るとどう見えるのかを正確に把握していたためだろう。

頬を引きつらせると、慌ててこちらに身体を向ける。

「な、何でタイミングよくこんなとこにいやがんですか⁉　っていうか、ち、違えですからね⁉　スティナは別に――」

「ふむ……子供をいじめるとは感心しないであるなぁ……」

「だ、だからちがっ……⁉」

ソーマの言葉に、スティナがさらに慌てるが、その姿を眺めながらソーマは口元を少しだけ緩めた。

まあ、当然と言うべきか、本気で言ったわけではない。

本当にそうならばもう少し現状は違うことになっているだろうし、そんなことをすると思っている人物を旅に誘うわけがないだろう。

だから今のはただの冗談で、そんなこちらの様子にスティナも気付いたようだ。

弁明をしようとしていた口が閉ざされ、睨みつけるような目を向けられた。

「オメエ……」

「ま、気付いてるとは思うであるが、冗談である」

「こっちが焦ってる時にシャレにならない冗談とか、たち悪いやつですね……！」

「だがおかげですぐに混乱から立ち直れたであろう？」

「……それは否定しねえですが」

それでも納得はいっていないのか、睨み続けてくるスティナに、ソーマは肩をすくめる。

そうしてから、それよりもと、視線を横に移動させた。

この場に居るのはソーマ達二人だけではないのだ。

しかし先ほどまでは泣き叫んでいた女の子は、その時にはもう泣いていなかった。

ただし泣き止んだというよりは、新しく現れた見知らぬ人物の姿に驚き怯《おび》えている、といった様子であったが。

「ふむ……警戒されてるであるなぁ」

「ま、そりゃそうです。たちの悪い冗談を言い出すやつでもあるですし」

「さすがにそこまで含めたものではないと思うであるがなぁ。で、まあとりあえず現状を確認しておくと……そこの子供を助けていた最中、ということでいいのであるか？」

そう判断したのは、状況からの推測だ。

ソーマが目にした時、二人は歩いていなかったが、手は繋いでいたのである。

位置関係的にも、ちょうど迷子の子供を案内しようとしていたような形であり、そこからぐずった女の子をスティナが泣き止ませようとしていた、といった感じであったのだ。

聞こえた言葉がちょっとあれだったのは、単純にスティナの性格的なものゆえだろう。

ついでに言うならば、今二人は手を繋いでいないが、それはこちらに身体を向けた時にスティナが手を離したからである。

おそらくそれは意図的なもので、加えるならば、女の子が不安そうなのはそれも一因だと思われたが。

「は、はあ!?　スティナがコイツを助けようとしてた、です？　そ、そんなわけ、あるわけねえじゃねえですか。スティナはコイツが泣き叫んでたのが聞こえて、それが煩《うるさ》かったから黙るように言いにきただけです！」

唐突にそんなことを言い出したスティナに、ソーマは溜息を吐き出した。

その言い訳にもなっていない言葉を信じるものなど、いるわけがないだろう。

大体――

「ふむ……つまり、まったく助けてなどいない、ということであるか？」

「あ、当たり前じゃねえですか！　スティナはここに来て、うるせえって言ってただけです！　むしろ怒ってたぐれえですよ⁉」

「それはつまり、子供がこんな路地裏に一人で来た、ということであるか？」

「そ、そんなのスティナの知ったこっちゃねえです！　でもいたってことは、そういうことなんじゃねえんですか？　スティナは関係ねえです！」

「なるほど……ところでその割には、随分と懐かれているようであるが？」

「へ……？」

スティナは気付いていない様子ではあったが、女の子はいつの間にか立っている場所を変えていたのだ。

見知らぬ人物――ソーマから逃げ、隠れるように、誰かの庇護下《ひごか》に入り、守ってもらうかのように。

即ち、スティナの足元に、である。

しかもスティナがそれに気付いたのとほぼ同時に、その足に引っ付いていた。

「あっ……⁉　オメエなんでこんなとこにいやがんです⁉　ってか、離れろです！　スティナはオメ

エを怒りに来たんですよ⁉」

「……や」

「や、じゃねえです⁉」

スティナはしつこく離れろと言うが、女の子は必死なほどにしがみつき、離れない。

それはまるで、親に置いていかれそうになった子供が離されまいとしているかのようでもあった。

「ふむ、怒られただけでそこまで懐く子供であるか。マゾじゃあるまいし、そうそうあることではないと思うのであるが？」

「だからスティナは知らねえです！　勝手に懐いてるってことはそういうことなんじゃねえんですか⁉　つーか、だから離れろです！」

その光景を見て、果たして誰がスティナの言葉を事実だと信じるというのか。

というかいい加減無理があると認めればいいだろうに。

離れろと言い、腕を振り上げるようなまねをしつつも、それを振り下ろそうとはしないあたり、あの子供もスティナの本質をしっかりと見抜いているということなのだろう。

そしてだからこそ、懐いているのだ。

そうなると何故ソーマが怖がられているのか、ということになるが……まあ、本質ということであれば、ソーマは抜き身の刃のようなものである。

それが子供には少し刺激が強いのかもしれない。

「ふむ……ま、とりあえず気になって来ただけであるし、我輩の手助けは必要なさそうであるしな。

「ここは任せても大丈夫そうであるか？」

「任せるも何もスティナはコイツを怒りに来ただけですし、その用事ももう済んだわけですが……まあ、だから、好きにしたらいいんじゃねえです？　スティナも好きにするですし……そんでオメエは本当に離れろ、です……！」

ここまで頑《かたく》なに強情を張り続けるスティナにソーマは首を傾げるが……もしかしたら、ただの照れ隠しというわけではないのだろうか。

てっきり照れ隠しなのかと思っていたが、違うのかもしれない。

それはどこか、偽悪的な態度にも見えた。

まあ全然徹しきれてはいないのだが、考えてみれば、これまでの態度にもちょくちょくそういったところが見られた気がする。

何か理由があるのだろうが……それは追い追い、といったところか。

ともあれ、ここは任せてよさそうだと、ソーマは踵《きびす》を返そうとし、不意に、それが視界に入った。

今もスティナの足にしがみついている子供の頭部だ。

そこに隠れるように、それでもしっかりと生えている、角であった。

大半の人類が持っていないだろうそんなものを持っている種族など、一つしかない。

妖魔種だ。

……そのはずなのだが、そう言い切ってしまうには、どことなく違和感があった。

何となくでしかないのだが……見た目通りの子供というだけではないような気がするのだ。

とはいえ、ソーマも妖魔種の者とは交流したことがない。

ディメントに来てから時折遠目に見かけた程度だ。

だからこれはもしかしたら、妖魔種特有のものなのかもしれない。

まあ、違和感はあるものの、嫌な感じがするわけではないのだ。

とりあえずは、それほど気にする必要はないだろう。

それよりも、ソーマは彼女が妖魔種であることで、この状況にもう一つ納得した。

スティナ達が何故こんな路地裏を歩いていたのか、ということである。

普通に考えれば、子供を引き連れて路地裏など歩かないだろう。

余計なトラブルを引き起こしかねないだけだし、迷子だというのならば尚更だ。

しかしそれも、引き連れている子供が妖魔種であるならば話は別であった。

妖魔種の容姿は時に魔物が交ざったようになることがある。

角が生えている程度ならば軽い方で、全身に鱗《うろこ》が生えていたり、腕が四本生えているようなこともあるらしい。

そのため、嫌われることが多く、もっと言えば迫害の対象ともなりやすいのだ。

ある程度の地位を持っていたり職に就くことが出来れば別だろうが、そもそもそこに至るハードルが高い。

そういうこともあって、妖魔種を探すには、路地裏などの人目につきにくい場所に行けなどとも言われていた。

そしてどうやらこの様子だと――

「ここでもそれほど変わらない、ということであるか」

「……ま、そういうことですね」

ソーマの視線から、何を考えているのか察したのだろう。

細かいことを口にせずとも、スティナはそう言って頷いた。

魔族と一括《ひとくく》りにされようと、変わらず差別などは存在している。

そういうことらしかった。

「もっとも、スティナには関係ねえことですが！」

それでもまだその設定を続けるのかと、呆れるように苦笑を浮かべながら、ソーマは肩をすくめる。

それから、今度こそ踵を返した。

と。

「あ。そういえば、宿探しの方はどうなっているのである？　我輩が行った方には一つも見つからなかったのであるが」

「何やってやがるんですか……スティナはもちろんもう見つけたですよ？　しかも、かなりよさそうなところを、です！」

胸を張っている様子からすると、見栄というわけではなさそうだ。

そのことにソーマが息を吐き出したのは、安堵からである。

最悪自分が見つけられなくとも問題ないということと、彼女が真面目に宿を探していたということ……自分の目に狂いはなさそうだと、そう思ったからであった。

「ふむ、そうであるか……ならスティナはそっちに専念できそうであるな」

「何言ってんのか分かんねえですが……そうですね、もう用事は済んだかと思ったですが、まだやることが残ってたみてえですね。泣いてうるせえだけじゃなく、人の身体に引っ付いて離れねえとか迷惑にも程があるです。ちと説教しておこうと思うですから……もしかしたら、少し遅れるかもしれねえです」

「……了解である。ま、遅れても二人には我輩の方から説明しておくゆえ、急がなくてもいいであるぞ？」

「了解です。まあただ説教するだけですから、多分大丈夫だとは思うですが！」

どうしても認めるつもりはないらしいスティナに、ソーマは再度苦笑を浮かべ肩をすくめると、そのまま歩き出す。

「ほら、アイツは行ったですよ!?　だからいい加減離れやがれ、です！」

そんな声を聞きながら、よくやるものだと、苦笑交じりの息を吐き出すのであった。

14

スティナと別れたソーマは、今度はそのまま東方向の探索をすることにした。

路地裏を歩いているうちに、いつの間にか北というよりは東と言うべき場所にまで来てしまっていたのである。

まあだからこそ、スティナ達に会ったわけではあるが。

それは半分狙い通りと言えば狙い通りだ。

道は多少入り組んではいたものの、今大体どの辺を歩いていてどの方角に向かっているのか程度のことは分かる。

敢えてこちらの方にやってくるように歩いていた、ということだ。

では何故北方面の探索をやめたのかと言えば、どうもあっちには宿はないように思えたからである。

実際に大通りに面したものが一つもなかった時点でその可能性が高く、また路地裏にあったものかも考えても、同様のようであった。

だからそこで探索の範囲を広げるよりは、いっそ素直に別の場所へと向かったほうがよさそうだと、そう判断したのである。

問題があるとすれば、スティナがどの辺まで調べたのかが分からない、ということだが……別に被ったら被ったで問題はないだろう。

競い合っているわけでもないのだ。

良い宿が見つかるならば、それで構わないのである。

もちろん、より良い宿を見つけることが出来れば、目的を達成できるうえに自尊心も満たせるという、一石二鳥ではあるのだが……欲張ったところでろくなことにはならない、というのが世の常だ。

何だかんだでそれなりに時間も経過しており、残った時間は一時間程度である。

それを考えれば、やはり無駄に欲張るべきではないだろう。

「ま、とりあえず何の成果もなし、ということにならなければ良しとするであるか」

そんなことを呟きながら、ソーマは周囲を眺めつつ先に進み……ふと、視線を彼方へと向けた。

それは街の中心――否、そのさらに先を見据えるものであり、その方角のどこかにいるのだろう人物達の姿を探すように、目を細める。

「そういえば……あの二人の方はどうなっているのであろうなぁ」

大丈夫だとは思いつつも、やはりどうしたって心配の気は抜けきらない。

ざっと眺めた限りではこの街の住人は割と穏やかな気質のようだし、何かあったところでシーラならばそうそう遅れを取ることはないだろう。

周辺の魔物も大したものは見かけなかったし、余計な心配だと分かってはいるのだが――

「つと……ふむ？　魔物……？」

そこで不意に、ソーマはあることに気付いた。

それはたった今自分が至った思考に関してであり……そういえば、大した魔物も何も、この周辺ではあの討伐依頼のあったアレを除き、一匹の魔物も見ていないのである。

魔物に遭遇するか否かは、ある意味で運任せなところもあるため、今まで気にしてもいなかったのだが……妙と言えば、妙だ。

「うーむ……ま、何かあったら、その時はその時であるか」

しかしその時はどうにかすればいいだけだと、気楽に考えながら、それでも二人のことは気にしつつ、ソーマは宿探しを再開するのであった。

†

眼前の光景を前にして、シーラは目を細めた。

そこに広がっているのは一面の草原であり、どう考えても街中では有り得ないものだ。

しかしそれはある意味で当然でもある。

そもそも街中にいるわけではないのだから、目の前に街中で有り得ないものが存在していたところで、不思議でも何でもなかった。

だからシーラがそれを眺めながら首を傾げたのは、別の要因によるものだ。

文字通りの意味で、そこには草原しかない。

魔物が一匹も見当たらないというのが、それであった。

「……ん、やっぱりおかしい」

「確かに魔物の姿は一匹も見当たりませんが……それってそこまでおかしなことなんですか？」

声に視線を向けてみれば、自身の隣で姉のフェリシアも首を傾げていたが、その理由は今口にしたことが原因だろう。

だがシーラはそれで、姉のことを無知だなどと思いはしない。

姉が時折知っていて当然のことを知らないのは事実だが、これに関しては多分知らない者の方が多いからだ。

「……普通魔物は、特定の場所や状況を除けば、まったく見かけないっていうことはほぼない」

「特定の場所や状況、ですか？」

「……ん、例えば、魔物避けの結界が張ってある街中、とか」

「ああ、なるほど、そういうことですか……ですがそれは、場所、ですよね？　状況、というのは？」

「……ん、例えば……物凄く強い何かがいて周囲に殺気をばら撒いている場合、とか？」

ただしそれは本当に、よっぽどでなければ有り得ないことである。

魔物同士は基本的に争わないものであるため、例えばかつて目にした邪龍とかいう存在がいたところで、魔物が逃げ回り、隠れるようなことにはならないだろう。

無差別な破壊行動に出ればあるいは、といったところだ。

これはシーラが相手でも大差はない。

シーラがそこら辺を歩いたところで、どれだけ戦闘能力に差があろうとも、魔物が逃げ出すことはないのである。

いや……逆に、戦闘能力に差があればあるほど、その傾向が顕著だとすら言えるだろう。

それは単純に言ってしまえば、大半の魔物にはそこまでの知能がないからである。

どれだけ彼我の戦闘能力に差があるのかを、感じ取ることが出来ないのだ。

ゆえにそんな魔物達の姿をまったく見かけなくなるなど、余程のことがなければ起こりえないことなのである。

「それは、ソーマさんが相手でも、ですか？」

「……ん、同じ。……ソーマが殺気をばら撒けば別だろうけど、今までソーマはそんなことをしていない」

「あの魔物を倒した時も、ですか？」

「……ん。……あの程度の魔物を倒すのに、ソーマは殺気を出す必要すらない」

「それはそれでまた別のおかしさがある気がするのですが……なるほど。だからシーラは、わざわざ今外の様子を確認したいとか言い出したんですね」

「……ん、これは明らかにおかしい」

そう、シーラ達がここに来ているのは、宿を探していたら迷子になったとか、そんな理由ではもちろんないのだ。

いや、まったく宿が見つからず、どうしようか、という話になったのは事実だが、そこで外に出たのは、先ほどこの状況を見てずっと気になっていたからである。

宿が決まってから改めて皆で確認に来てもよかったし、最初はそのつもりでもあったのだが、時間に余裕が出来たのであれば確認しない手はなかった。

「これはこの街の周辺ではいつもこう、というわけではありませんよね？」

「……ん、話を聞いてみないと断言出来ないけど、そうだったら多分ここに冒険者ギルドはない」

しかも見た限りではそれなりの数の冒険者がいたし、戻ってきたその全てがいなくなっていた。

まさかあの数が全て雑用や採集依頼だけで食いつなぐことが出来るとは思えない。

となれば、普段は他の場所と同じように、ここにも魔物は出現するはずなのだ。

しかし今はそうではない。

これは明らかな異常であった。

「とりあえず何かがおかしい、ということは分かりましたが……どうしますか？　一旦街に戻ってソーマさん達と合流します？」

「……出来れば一通り見て回りたいところだけど……合流した方が無難？　……何があるか分からないし」

自分の目で確認してみるのが一番ではあるが、これが本当に異常であるならば、既にギルドへと何らかの情報がもたらされている可能性が高い。

周辺に冒険者達の姿がないのも、他の場所へと移動したのでなければ、その報告のために戻ったからだろう。

途中ですれ違うことがなかったのは、路地裏へも宿を探しに行っていたためか。

何にせよ、それを確かめてからでも、遅くはない。

「では、一先ず街に戻りましょうか。本当に何かあった時、足手まといのわたしがいてはシーラの邪魔にしかならないでしょうから」

別にシーラはそんなことは思わないが、敢えてそれに対し何かを言うこともなかった。

単純に言葉が思い浮かばなかったというのもあるし、何かを言ったところで、多分家族であるがゆえの言葉だと受け止められてしまうとも思ったからだ。

何かを言うのは自分の役目ではなく、自分以上に姉へと影響を与えることが出来る誰かの役目であった。

それを考えると、何と言うか、本当に相変わらずだと思う。

一月程度ともに暮らしていたというのは聞いていたが、それだけでこれほどの影響を与えられるようになっているのだから。

しばらく離れていたからか、尚更そう感じた。

まあ何にせよ全ては、適材適所だ。

相応しい人が相応しいことをやればいいのであり、それぞれに向いた役割がある。

それだけのことなのだが……シーラは隣の姉を眺めると、ひっそりと息を吐き出す。

縛られていたものからようやく解放されることが出来たのだから、もっとそのことを自覚してわがままを言って欲しいと、そんなことを思いながら。

目の前の景色に背を向けると、姉と二人で集合場所へと向かうため、その場から歩き出すのであった。

15

ソーマが集合場所へと辿り着いたのは、決めていた時間の五分ほど前であった。

時間が時間だからか、皆と別れた時よりも周囲の人の数は増えているようであり、それなりの賑《にぎ》わいをみせている。

さすがは街の中心部と言うべきか、そんな場所をぐるりと眺めた後で、ソーマは一つふむと頷く。

スティナだけではなく、まだシーラ達も来ていないようであった。

さてどうしたものかと考え……しかしすぐにその必要はなくなる。

もう一度その場から周囲を見渡していると、ちょうど見知った二人組が西の方からやってくるところだったからだ。

向こうもすぐにこっちに気付いたらしく、そのままやってくると頭を下げた。

「すみません、お待たせしました」

「……ん、お待たせ」

「いや、我輩もちょうど今来たところであるし、そもそも集合時間前であるしな。問題はないのである」

そう言いながらふとソーマが苦笑を浮かべたのは、その言い方がまるでデートの待ち合わせのようだと一瞬思ってしまったからだ。

街中とはいえ、周囲にいるのは魔族などと呼ばれる者達である。

なのにそこに流れている雰囲気はソーマの知る他の街のそれと大差はなく、そんな戯言が反射的に思い浮かぶ程度にはそういったことに慣れてきたらしい。

だがその直後、ソーマは首を傾げた。

シーラ達の雰囲気が、少しばかり妙だったからだ。

「ふむ……？　二人とも、何かあったのであるか？」

「え？　どうしてですか？」

「どことなく雰囲気が変だから、であるが……まさか宿が一つも見つからなかったから、というわけではないであるよな？」

「まあ確かに宿は見つからなかったのですが……そうですね、雰囲気が変に感じるのでしたら、別のことが原因でしょう」

「……ん、ちょっとついでに街の外の様子を見てきた」

その意味するところは、すぐに理解することが出来た。

ソーマも気にしていたことであるし、なるほどと頷く。

「つまり、魔物の姿を一匹も見かけなかった、ということであるか」

「今の言葉だけでそこまで分かるんですね……」

「……ん、さすが」

「まあ我輩も思い至ったのはつい先ほどであるから、あまり偉そうなことは言えんのであるがな。しかしそうなると、先ほどのも運がよかっただけ、という可能性はなさそうであるな……」

「……ん」

もっとも、だからどうしたのかと言ってしまえば、それだけの話でもある。

別にこの街に思い入れがあったりするわけでなければ、ここを拠点に活動しようとしているわけでもないのだ。

何か不穏な気配があろうとも、それが自分たちの身に降り注いでくるのでなければ関係のないことである。

が、気付いていながら知らんふりをしてしまうのは、何かがあった場合さすがに寝覚めが悪いし、何よりもソーマはここで剣を注文したのだ。

何かが起こって、例えばこの街が消滅でもしようものならとても困ってしまうのである。

とはいえ。

「ふむ……その件について調べるにしろ首を突っ込むにしろ、まずはスティナが戻ってきてからであるな」

「そうですね、わたし達だけで勝手に話を進めてしまうわけにもいきませんし、そもそも彼女がどうするのかもまだ決まっていませんし」

「……ん。……ところで、ソーマの方は？」

それは気になるようなことがなかったか、という意味ではなく、単純に宿はどうなったのか、ということだろう。

しかしソーマは苦笑を浮かべると、肩をすくめた。

「我輩の向かった方向で見つかったのかと言われれば、二人と同じ、といったところであるな。それに気付いたところで方向転換をしたため、幾つか見つけはしたであるが」

「方向転換って……それはありだったんですか？」

「まあそもそも宿が見つからなかったら意味ないであるしな。もっとも、スティナが既に良いところを見つけていたらしいであるから、必要があったかは何とも言えないところではあるが」

「……スティナ？　……もう来てる？」

「ん？　ああいや、ここで会ったわけではないであるぞ？　途中ですれ違ったのである」

厳密にはアレをすれ違いとは言わないだろうが、細かいことはいいだろう。

と。

「む……」

鐘が鳴り始めたのは、その時のことであった。

身体の芯にまで伝ってくるような、重く大きな音が周囲に響き渡る。

これを聞くのはこれで三度目だが、何度聞いてもつい足を止めてしまうようなものだ。

だがその場を軽く見渡してみる限り、大半の者達はこの音のことを大して気にしていないようであった。ソーマにだけそう聞こえているというわけではなく、単純に慣れている、ということなのだろう。

事実シーラ達も気にしているようであるし、驚いたりしている者達はこの街に来たばかりだということだ。

「コレは確かに時間が分かりやすいではあるが、慣れるまでは結構気になりそうであるな」

「そうですね……まあ、慣れるまでここにいるのかは分かりませんが」

「……ん。……ところで、スティナは？」

次の鐘を突くまでの時間は短く、十二回の鐘の音もあっという間に終わってしまった。

しかしそれが終わっても、スティナが現れる様子はない。

「ふむ……まだのようであるな。結構手間取っている、というところであるか？」

「宿探しに、ですか？　先ほど良いところを既に見つけたらしい、とソーマさんが言っていませんでしたか？」

「いや、宿関係ではなく……すれ違った、と言ったであろう？　その時スティナは、どうも迷子の子供を助けていたようであってな」

「……そのせいで、遅れてる？」

「そういうことである」

「なるほど……そういうことなのでしたら、仕方がないですね」

「うむ。まあ、本人はそのことを認めようとはしなかったのであるが……っと、噂《うわさ》をすれば影、というやつであるな」

そう言ったソーマの視線の先にあるのは、こちらに向かって走ってくるスティナの姿である。

どうやら遅れてしまったことで、急いできたらしい。

別にそこまでする必要はないのにと苦笑を浮かべていると、すぐに目の前までやってきた。

「す、すまねえです……ち、ちと遅れちまった、です」

「別に急ぐ必要はなかったのであるがな。ちょうど事情も話してたところであるし……ところで、ちゃんと送り届けてきたであるか？」

「ふふん、当然です、誰に向かって——って、送り届けてなんていねえです！　だから説教をしただけだって言ったじゃねえですか!?　アイツはあの後すぐにその場に放っておいたです！」

「ほう、そうなのであるか……？　なら何故遅れたのである？」

「そ、それは……ち、ちと、宿探しに熱中しすぎちまっただけです！」

「あの時点で良い宿を見つけたと言っていた気がするのであるが？」

「や、やっぱりあの程度で満足するなんてどうかと思ったからです！　だから、スティナが泊まるのに相応しい宿を探してたんです！」

「ふむ……そうなのであるか」

「そうなんです！」

どことなく必死なほどに言葉を重ねるスティナであったが、ソーマはそれに最終的には肩をすくめて返した。

誰がどう見ても嘘を吐いているのは、明らかだろう。

実際フェリシア達には事情はよく分からないだろうに、二人も呆れたような苦笑をもらしていた。

「……姉っていうだけあって、どことなくアイナに似てる？」

「アイナはあそこまで無駄に意地を……いや、似たようなものと言えば似たようなものであるか。ふむ……彼女達の家はああいう性格を育てている可能性が……？」

「どんな家ですか……」

「つか、そんなことより、それでオメエ達は宿探しの方はどうだったんです!?　スティナはちゃんと良いとこを見つけてきたですよ！」

「我輩は一応幾つか見つけたであるが……何とも言えないところであるな。悪い宿ではないのであるが、良い宿だと胸を張って言えるかは微妙なところである」

「……こっちは、そもそもゼロ」

「まあ、わたし達の向かった方には、そもそも宿がないようでしたからね」

「ふふん、何ですか、だらしがねえやつらですね。なら仕方ねえですから、特別にスティナが見つけた宿に案内してやるです！」

そう言ってスティナは意気揚々と歩き出そうとしたが、ソーマはそこで待ったをかけた。

先に宿に行ってもよかったが、それでは二度手間になってしまうからだ。

「ああ、その前に一ついいであるか？」

「うん？　何です？」

「宿に向かう前に、ギルドに寄ってもいいであるか？」

「ギルドに……？　何か用事でもあったの思い出したんです？」

「ああ、なるほど……確かに、宿に行くよりも先にギルドで話を聞いたほうがよさそうですね」

「……ん、宿に行ってからだと、確かに二度手間」

ソーマの言ったことの意味を即座に理解したらしく、フェリシア達は納得し頷いた。

スティナがどんな結論を出すのかにかかわらず、どうせ魔物のことに関しても話し合う必要があるのだ。ならばそれをギルドに確認してから宿で話し合ったほうが、色々と手間が省けるだろう。

しかし当然事情を知らされていないスティナには分かるわけがなく、どうやらそれが不満のようだ。

口には出さずとも、一目でそれと分かる視線がこちらに向けられている。

それにソーマは苦笑を浮かべると、先ほどフェリシア達から聞いたことも含め、スティナへとそのことを説明するのであった。

16

真昼間の冒険者ギルドというものは、基本的には暇を持て余しているものだ。

その理由は単純で、ギルドを利用する冒険者が昼間にやってくることがほぼないからである。

利用者が皆無というわけではないものの、それでも暇と言ってしまえる程度にはその数は少ない。

反面ギルドが忙しいのは、朝っぱらと夕方以降だ。

朝は依頼を受けるため、夕方はその報告をするために冒険者達がギルドを訪れるため、必然的にそうなるのである。

稀に日を跨いで依頼をこなしてきた冒険者が朝に報告に来たり、依頼を早く終えた冒険者が昼間にやってくることがあったりもするが、フェルガウは辺境ということもあって、そういったことは非常に珍しい。

まだ酒場の方が忙しいかもしれない、と言えるぐらい、本当に昼間のギルドというのは暇そのものなのだ。

と、本来ならばそのはずなのだが、今日のギルドは違っていた。

何せいつもであれば閑散とした光景が広がっているというのに、今日に限っては冒険者で溢《あふ》れているのだ。

まあそれも、当然のことではあろうが。

「とはいえ雁首《がんくび》そろえて何してるかっていえば、原因不明のことについて騒いでるだけにゃんだから、正直邪魔なだけにゃんだけど。そんなことしてるぐらいならこっち手伝えにゃ」

「無茶言ってやるんじゃないわよ。まあ気持ちは分かるけど、これはこっちの仕事でしょ」

「そうなんにゃけどさー」

それでも言いたくなってしまうのが人情というものだろう。

人類じゃなくて魔族だけど。

「その自虐あんたらの中で流行ってるの？　それとも、流行らそうとしてるの？」

「よくないかにゃ？　魔族なら誰でも使える鉄板ネタになると思うんにゃけど」

「スベるだけだから止めておきなさい。ていうかあんたこそくだらないこと言ってる暇があったら手を動かしなさいよ。嘆いてたって忙しさが変わるわけじゃないのよ？」

「分かってるんにゃけど、だからこそ愚痴の一つや二つ言ってないとやってられないにゃ……」

そう言って溜息を吐き出しながら、エミリは資料の一つを手に取った。

それは今までこの街で冒険者達が達成してきた、あるいは達成することが出来なかった依頼の詳細が記されたものだ。

受付嬢が話を聞き、纏《まと》めたものであり、何か変わったことがあった際、それが後に何らかの役に立つかもしれないと考え、残されているものなのである。

とはいえ——

「魔物が急にいなくなったなんて前例、やっぱどこにもないにゃー」

魔物がいなくなった。

それは、つい先ほどギルドに届けられた情報である。

しかも特定の場所からとかいう話ではなく、街の周囲全てから消えたという話なのだ。

これが一人か二人が言っているのならば与太話を、ということになるのだが、討伐依頼を受けた全員が早々に戻ってきて、しかもその全員が口々に言っているとなれば冗談では済まされない。

事実ギルド側でも確認してみたところ、誰一人として魔物の姿を一匹たりとも見つけることが出来なかったのだ。

考えるまでもなく、異常事態である。

本来受付嬢としての仕事だけをするはずのエミリまでもがこうやってギルドの資料を漁《あさ》っているのは、そんなことにどうやって対処していいのかが分からず、てんやわんやになっているからなのであった。

「っていうか、前例あったらあちし達が聞いたことないわけないと思うにゃー」

「それはその通りではあるけど、だからって何の情報もあるわけがないって決め付けるわけにもいかないでしょ？」

「あー……あちしもあいつらみたく無責任に気楽に騒いでいたいにゃー」

「無責任なのはそうだけど、あいつらも気楽に騒いでるわけじゃないでしょ。何せ飯の種がなくなるかもしれない……っていうか、現在進行形でないんだから」

「それはあちし達もだけどにゃー」

魔物がいなくなるというのは、住人からしてみれば危険が減って万々歳とでもなりそうなものだが、実際にはそうそう上手い話ではない。

少なくとも冒険者の大半は、魔物を討伐し、その素材の換金も含めた報酬でもって何とか日々を暮らしているのだ。

その飯の種がなくなってしまえば、困るとかいうレベルではない。

街にとっても冒険者がいなくなっては困るだろうし、それはギルドにとっても同様だ。

いや、どちらかと言うならば、ギルドにとって魔物がいなくなるというのは、もっと直接的に困ることなのである。

何せ魔物というのは、ギルドにとっても飯の種なのだ。

ギルドは国が運営しているという建前があるものの、その実態は非営利ではない。

ギルドは雇っている者達が暮らせる程度には稼がなければならず、特に上に明確に国というものが存在していないフェルガウ支部にとっては尚更だ。

補助金などが存在しない以上、全て自分達で稼ぐ必要がある、ということである。

だがギルドにとって依頼の仲介手数料などというものは微々たるものだ。

そもそも街の住人からの依頼も請け負ってはいるが、その大半は雑用である。

受ける者が少ないうえ、報酬が安ければ手数料も安い。

それだけでやっていけるわけもなかった。

だからギルドが得ている利益の大半は、魔物の素材を卸した際に発生しているものだ。

しかもそれはこの街ではなく、他のギルド支部に対してである。

もちろんこの街の職人たちにも卸しているのだが、その儲《もう》け分は少ない。

あまり高額で売ろうとすれば、職人達が冒険者から直接買い付けようとしてしまうからだ。

ギルドが品質等を保証する分を遥かに超える手数料は、転じて自分達の不利益にしかならないのである。

しかし遠方の支部に対し売る場合は話が別だ。何せわざわざ遠方から仕入れるということは、それは自分達では手に入らない魔物の素材ということである。

限度はあるものの、多少ふっかけたところで問題はない。

もっとも、やりすぎてしまえば向こうから仕入れる場合にふっかけられてしまうし、それを職人達に卸す際に高すぎて買えないなどということにもなってしまう。

何事も程ほどに、ということだ。

ともあれ、そうして利益を得ているがゆえ、魔物がいなくなってしまったというのは一大事なのである。

冒険者達が騒いでいる以上に、自分達にとっても大変なことであるため、こうしていつもは暇な昼間に一生懸命働いている、ということなのであった。

「何せいつもは何だかんだでサボりまくってる代行が仕事してるぐらいだもんにゃー。本当に一大事って感じにゃ……受付嬢にこんなことさせて自分は受付嬢の真似事してるのが心底納得いかにゃいけどにゃ」

「冒険者の不満が爆発して危険かもしれないから、とかそれらしいこと言ってたけど、どう考えてもあれ自分が楽したいだけよね。ぶっちゃけ今受付嬢としては暇だし」

「マジでそのうちぶっ飛ばすことになる気がするにゃ」

冒険者が沢山居るのに何故受付嬢としては暇なのかといえば、冒険者達は先に言ったように今は騒いでいるだけだからだ。

情報は既に受け取っているし、他の依頼に向かおうとする者達は既に向かっている。

受付嬢がするべきことは、現状存在していないのだ。

もちろん他の冒険者がやってきたらその限りではないが、この騒ぎが始まったのは二時間ほど前である。

大半の冒険者は一度戻ってきただろうし、戻ってきていないのは依頼を優先した者達ぐらいだろう。

そしてその者達はおそらく、夕方ぐらいまでは戻らない。

つまり今受付でだらけきっているあの代行は、そこら辺のことも考慮したうえであの役目を引き受けたに違いなく――

「ま、そのうち報い受けるでしょ。っていうか受けなきゃ納得がいかないっていうか、それを祈るし視線を向ける。


「にゃ？　どうかしたにゃ？」

代行を睨みつけるように見ていた同僚の動きが不自然に止まり、エミリは首を傾げた。

もしかして代行が何かやらかしたのかと思い、エミリも手元の資料から顔を上げると、そちらへと視線を向ける。

途中、そういえば騒いでたはずの冒険者達の声が聞こえないなと、そんなことを思い――瞬間、同僚の現在の心境が、痛いほどよく分かった。

「えっ……ちょっ……にゃん……？」

いつの間にか代行は、冒険者の相手をしているようであった。

エミリが居るのは、三階の資料室だ。

下の様子は見ようと思えば見れるものの、逆に言えば見ようと思わなければ見えないのである。

だから新しく冒険者がやってきたところで、気付かなくとも不思議はない。

だがそこに居たのは、『あの』冒険者達だったのだ。

ギルドカードは確認できなかったものの、確か仲間からはソーマなどと呼ばれていた――

「……あー、かなりびっくりしたけど……でも、いい気味、ね」

「……確かににゃー」

いい気味というのは、下であからさまにテンパってる代行のことだろう。

今回は下がろうとしたところで、代われる者は誰もいない。

皆エミリ達と同じように、今回の件を調べるのに忙しいのだ。

何か粗相をしてしまったら、などと考えたら気が気ではないのはよく理解出来るが……だからこそ、ざまあみろ、である。

「早速報いを受けて胸がすく思いだけど……あれってこっちに飛び火してきたりしないわよね？」

「そんなことはないいって思いたいところにゃけど……ま、代行に任せりゃいいことにゃ。たまには代行らしく働けって話にゃし」

「……それもそうね。アレの時だけ働くってだけでは割に合わないし。こっちはこっちで、自分のことをやりましょうか。……何となく、無意味に終わりそうな気もしてるけど」

その感覚は理解出来るものであった。

というか、今まさにエミリも同じことを考えていたのである。

本当に何となくでしかないのだが……仮に何かが分かったところで、あるいは分からなかったところで、あの人達がそんなことは無関係に解決してしまいそうな、そんな気がしたのだ。

そして同時に、ふとあることに気付く。

今回のことは、改めて言うまでもなく異常事態である。

しかしだというのに、エミリは特に危機感などを覚えてはいなかったのだ。

こうして文句を言いながらも、普通に仕事をしていたのは……もしかしたら無意識のうちに、その必要がないと思っていた、ということなのかもしれない。

「まあ問題があるとすれば、あの人達がこの件が解決してくれるまで残ってくれるかどうか、ってところだけどにゃー」

「そこはそれこそ代行の腕の見せ所じゃない？　代行なんだから、さすがにそこら辺のことは気付いてて、何とかここに残らせようとするだろうし」

「ああ、なんか必死になって説明してるっぽいし、みたいにゃねー。あまり危機感を煽《あお》りすぎると逆にいなくなる気もするんにゃけど……」

「それも含めて腕の見せ所、ってところね」

それが本当に上手くいけば、今までのサボりは帳消しにしてもいいかもしれない。

そんなことを思い、話しながら、とりあえずエミリは自分の仕事をするため、階下の様子を気にしつつも、資料を読み進めていくのであった。

17

「んー……話を聞いてみた限りでは、確かにちと怪しい感じですねえ。正直運がよかっただけかと思ってたですが……考えてみりゃそんなわけねえですか。さすがに都合がよすぎるです」

ギルドから一通りの情報を得たソーマ達は、早々にギルドを後にし、その時の話を思い出しているらしいスティナを先頭にして、街の大通りを東へと進んでいた。

今聞いたことをしっかりと話し合うためにも、まずは宿へと向かうべきだからである。

とはいえ、ギルドから得られた情報は正直それほど多くはない。

さすがに魔物がいなくなっている、ということは分かっていたようだが、それ以上となるとギルドもほぼ分かっていないも同然の状況だったのだ。

どうやらギルドも未だ事実確認が出来た程度で、原因の特定はもちろんのこと、状況の把握もあまり出来ていないらしい。

対応してくれたのが何故かギルド職員代行だったため、幾つかそれらしい話をすることが出来たものの、むしろ何か分かったことがあったら教えて欲しいとこっちが頼まれる始末である。

言い方は悪いが、あまり期待するべきではないのかもしれない。

「ま、こんな辺境のギルドじゃ、何かをするにはどうしたって冒険者を使うしかねえんですから、仕方ねえとは思うですがね。そもそも手足とすべき冒険者の質があんまよくねえんですから」

「ふむ……人手は余っていそうであったが、肝心の使える場面がない、ということであるか」

「資料探しに使おうにも、下手すりゃ資料がどうなるか分かったもんじゃねえですからねえ。盗まれる危険性というよりは、資料がボロボロになる的な意味で。単純作業ならさすがに使えるとは思うですが……そもそも何をすべきなのか、ということも分かってない状況みてえですし」

「周辺の様子をもっと詳細に確認する等、やることはある気がするのですが……？」

「……やることはあるけど、それが出来るかが問題？」

「何が起こるか分からない以上、冒険者側も自分の身に余りそうなことはしねえでしょうしね」

「なるほど……そういったことも含めての質、というわけですか」

「まあ、一応周辺の様子を一通り確認することだけはしたみたいであるし、それ以上を求めるのは酷という気もするであるがな」

宿を探してる最中にソーマが他の冒険者達とすれ違うことがなかったのも、それが理由であるようだ。

この街には東西南北にそれぞれ狩場が存在しているが、魔物が見つからなかったため、おかしいとは思いつつも他の場所へと移動していたらしい。

そのせいで戻って来るタイミングが、ちょうど路地裏を散策している時になり、すれ違うことすらなかった、ということだ。

それはつまり、少しでもタイミングが違っていれば、もっと早くにこのことに気付いていたかもしれない、ということでもあるが……まあ大差ないと言えば大差ないことである。

そもそも早く知ったところで何か変わっていたかと言えば、変わっていないだろう。

結局話し合いをするためにも引き続き宿を探そうとなり、多少順番が変わっていただけだ。

あるいは、それが宿を探し始める前などであれば、探し始める時間がずれることにより、スティナがあの子供を見つけることがなかったかもしれない、という程度の違いはあるかもしれないが——

「ちなみにスティナ、これは宿の案内をしている、ということでいいのであるよな？」

「ん？　何当たり前のこと言ってやがるんです？　それ以外にあるわけねえじゃねえですか」

「……確かに思い返してみれば、ギルドを後にしたらそのまま自然な感じでスティナさんが先導していましたね。そのため、何処に行くかなどは言っていませんでしたが……何か気になることでもあるのですか？」

そう言ってフェリシアが僅かに目を細めたのは、おそらく懸念を覚えたがゆえだろう。例えば、スティナが何かよからぬことを考えており、変な場所へと連れて行こうとしているのではないか。

そんなことをソーマが思ったのではないかと、フェリシアは考えたのだ。

しかしそれは考えすぎである。

ソーマがスティナにわざわざ確認を取ったのは、そういったことが理由ではなく……苦笑を浮かべると、肩をすくめた。

「いやまあ、気になることがあると言えばあるものの、大したことではないであるぞ？　ただ……何となくこの周辺に見覚えがある気がするだけであってな」

「……見覚えが？　……さっき来た、とか？」

「ま、まあこの辺はちと似たような造りが多いみてえですし、勘違いじゃねえですか？　つか、仮に見覚えがあったらどうしたっていうんです？」

「だから大したことではないと言ったであろう？　確かに見覚えがある場所だったとしても、何がどうだというわけではないであるしな」

ただ……そうただ、この辺は確か、ちょうどスティナとあの子供がいたあたりではなかったかと、そう思っただけのことだ。

そしてそれが気のせいであったのかどうかは、今のスティナの反応が全てである。

どうやらやはり気のせいではなかったらしい。

とはいえそれがどういう意味を持つかと言えば……何となく想像はつくものの、それ以上の言及をするつもりはなかった。

多分すぐに分かるだろうと、そう思ったからである。

果たしてその予感は正しかった。

「で、ここがスティナが一番良いと思った宿であるか？」

「今まで見てきた全てで言うならもちろんちげえですが、少なくともこの街で見た中では間違いねえです！」

「ここが、ですか……正直に言ってしまうならば、少し予想とは違いましたね」

「……ん、ボロい」

スティナが案内し、立ち止まった先にあったのは、確かに宿屋ではあるようだった。

ただしその外見は正直あまり褒められたものではない。「北方の硝子亭《ガラスてい》」と書かれた看板も含め、シーラの放った言葉が端的にその状態を示している。

少々言葉を選ぶのであれば、非常に趣《おもむき》のある建物、などというべきか。

少なくともお勧めと言われても一瞬躊躇《ちゅうちょ》してしまうような雰囲気を、その宿は漂わせていた。

怪しいとかそんなことは感じないのだが、とても古そうに見えるが色々と大丈夫かとか、そんな感じである。

別にそこだけが古めかしいわけではなく、どうやらこの周辺は大体がそういった建物ばかりであるようなのだが、それで不安が和らぐわけではない。

むしろ寂れた印象を受けてしまい、余計に悪化するほどだ。

「ふ、ふふん、そんなことを言ってられるのも今のうちだけですよ！　中を見たらきっとスティナを見直すに違いねえです！」

「ふむ……そこまで言うならば、期待しておくであるか」

「そうですね……まあ確かに、中を見ずに判断するのは失礼というものですか」

「……ん」

そんなことを言いながら、スティナを先頭に中に入り……そこで、ほぅ、と思わず声を漏らしたのは、いい意味で予想外だったからだ。

外見から受ける印象と同じく、そこもまた古めかしい感じではあった。

入ってすぐのそこは受付なのか、あまり広くない部屋に、木製の受付台のようなものが存在している。

周囲の壁も木製であり、滲《にじ》んだシミなどが経過した時間を伝えていた。

一目見て、どれもこれも古いということが即座に分かるようなものである。

しかしそういったものを上手く利用しているというか、単純に古いというわけではなく、それがゆえの落ち着きのようなものをソーマは覚えたのだ。

宿というのは、休息を得るための場所である。

そこに入るなり、それに相応しい空気を感じるというのは……なるほど確かに、これは見直す必要がありそうであった。

「……申し訳ありません。どうやらわたしはあなたのことを見くびっていたようです」

「……ん、ごめん。……確かに、見直した」

「うむ……正直半分、いや八割方口だけだろうと思っていたのであるが……これは素直に見直したのである」

「オメエはもうちょっと信じてろです！　まあでもこれでスティナの目が確かだって分かったですよね？　もっと褒め称えればいいです！」

と、そうやって騒いでいれば、知らせる必要もなく誰かがやってきた。

奥の方から足音が響き、やがて姿を見せたのは、中年かその少し手前といった年齢の男性であった。客だということは、言わずとも分かったのだろう。

その顔には笑みが浮かんでおり、だがスティナを見た瞬間、その表情に驚きが交ざった。

「いらっしゃいませ……っと、あなたは？」

「ふふん、約束通り来てやったですよ！」

「これはこれは……本当に来ていただけるとは思っていませんでしたが、ありがとうございます。先ほどの件も、改めてありがとうございました」

そう言って頭を下げた男性に、シーラとフェリシアは揃って首を傾げていた。

まあ前半はともかく、後半に関しては何かがあったのだろうという推測をすることしか出来ないのだから、当然ではあろう。

ソーマとしては、それを聞いてやはりかと納得する思いではあったが。

そして直後に、それをさらに補足することが起こった。

奥から小さな足音が響き、男性の後ろから、その音に相応しいような、小さな影が姿を現したのだ。

「……あっ。……やっぱり、お姉ちゃん」

「ふんっ……約束しちまったですからね。仕方ねえから来てやったですよ」

そっぽを向きながらスティナがそんなことを言ったその相手は、間違いなくあの幼女なのであった。

18

別に迷子を案内して連れてきたわけではなく、宿を探してたらここに行き着き、その後をついてきていたあの幼女の家が偶然ここだった。

そんな戯言をほざいたスティナのことは華麗にスルーしつつ、ソーマ達は宿の一室に集まっていた。

もちろん、スティナのことと魔物のこと、ひいては今後のことを話すためである。

しかしそれは分かっていても、この宿には今来たばかりなのだ。

自然とその場を見渡してしまい、ポツリと感想を漏らす。

「ふむ……それにしても、本当に良い宿であるな」

「そうですね……手入れが行き届いているため、古いことがそのまま落ち着く雰囲気へと変わっています。店主の方も、いい人そうでしたし」

「……ん、それに、夜はまだ分からないけど、今のところ静か」

割とこの宿は、路地裏の中でも奥まった場所にあった。

それが故に、騒がしさから遠ざかっているのだろう。

大通りに面しているような場所では、有り得ないことだ。

内装を見て問題ないだろうと判断し、異論なくここに決まったわけだが、本当に――

「あの子様々、であるな」

「……ん。……話を聞いてる限りだと、あの子が迷子にならなければここには来れなかった」

「迷子になってくれたおかげ、と言ってしまうと少しアレですが、わたし達からすればまさにその通りですね。あ、もちろん、あの子をここまで送り届けてくれたスティナさんのおかげでもありますが」

「だからスティナは送り届けてねえって言ってんじゃねえですか！　素直にここを見つけたスティナを褒めやがれです！」

「だから素直に褒めているであるが？」

それはスティナの望み通りかはともかく。

それと確かに、スティナが見つけたというのも間違いではないのだろう。

ただしその目的が、宿を見つけるというものではなかった、というだけで。

ちなみにあの幼女は、父親であるここの店主と一緒に買い物に行った際、はぐれて迷子になってしまったそうだ。

買ったものを一度持って帰り、それから改めて捜そうと思っていたところで、ちょうどスティナが連れてきてくれたのだとか。

　一瞬目を離した隙だったそうで、先ほどもスティナに何度も礼を言っていた。

　尚、男性は妻とは既に死別しており、この宿は彼一人で経営しているらしい。

　娘とは異なり人類種であるように見えたが……まあ、あくまでもそう見えたというだけだ。妖魔種の中には外見上は人類種とほぼ変わらない者もいるらしいので、彼もその一人ということなのかもしれないし、あるいは死別してしまったという妻の方が妖魔種だったのかもしれない。

　そのどちらでもない可能性もあるが……だとしても、ソーマが気にすることではないだろう。何故わざわざこんな場所で宿を、などということも気にはなるものの、ソーマ達は所詮客の一人である。

　余計なことは聞かずに、とりあえずここに泊まることだけを告げ、現状へと至る、というわけであった。

「ま、とりあえず時間は有限であるし、スティナのことだけであればともかく、魔物のことなどもあるであるしな。出来るだけ早く結論を出すに越したことはないであろうから、早速話し合うとするであるか」

「……正直ちと納得できねえんですが、まあそれそのものに異論はねえですし、構わねえです」

「今後どうするかによって、準備するものなども変わってきそうですしね……もっともわたしは基本的にお任せする立場なのですが」

「……ん、任せて」

そんなことを言いながら、適当な場所に座る。

ここはソーマの部屋となる予定の一人部屋なためそれほど広くはないが、ちょうど椅子は三つあった。

ソーマがベッドに腰をかけ、三人が椅子に座れば、話し合いの態勢の出来上がりだ。

しかしその前にとばかりスティナが首を傾げると、フェリシア達のことを眺めながら口を開いた。

「ところで、二人は部屋の中だってのにフードはとらねえんですか？」

「っ……それは……」

それはある意味で当然の疑問だろう。

ついでに言うならば、共に旅をしようという相手に対して顔を隠し続けているというのは失礼でもある。

まあそれはソーマが勝手に決めたことでもあるので、二人がそれに従う理由はないと言えばないのだが――

「まったく、意地の悪い言葉であるな」

「確かにそれは認めるですが、こっちから話振らねえとこのまま進みそうだったじゃねえですか。さすがに相手の顔も見えねえまま話を進めるのは勘弁です」

「ふむ……別にこの状況でも大体どんな顔をしているのか、というぐらいは推測出来ると思うのであるが？」

「それは慣れた相手にしか出来ねえことですし、ついでにそれを簡単に出来るのはオメエぐらいです」

「あ、あの……ソーマさん……？」

そこでフェリシアが声をかけてきたのは、ソーマにスティナの要求を拒絶する様子が見られなかったからだろう。

シーラはフェリシアに合わせているのと、多少の面倒を回避するために顔を隠しているだけだが、フェリシアは顔を……というか、その髪の色を見られてしまうだけで問題だ。

少なくともフェリシアはそう考えているのだろうし……こっちをジッと見つめてきているシーラも、おそらくは同様の考えである。

どういうつもりなのかと、向けられている視線が語っていた。

だがソーマとしてはそれに苦笑を浮かべるだけである。

話していないのだからその態度は当たり前なのだが……やれやれと溜息を吐き出す。

「無駄にトラブルを作り出さないで欲しいのであるが？」

「ふふんっ、スティナと一緒に旅したいとか言うんですから、このぐらいは受け入れてもらわねえと無理ですよ？」

その言葉に再度苦笑を浮かべ、肩をすくめる。

それから、さてどこまでをどうやって話したものかを考え――

「ま、とりあえず、二人とも顔を晒しても問題ないであるぞ。スティナは二人の素性を知っているはずであるからな」

「えっ……？」

「……それは、本当？」

「まあ、事実ですね。ただ、どうしてだとか、そういう質問には答えねえですよ？　力ずくで聞こうとしたところで、逃げるだけですし。刀術特級相手でも、逃げに徹するならばその程度は可能な自信はあるですからね」

「……なるほど。……確かに知ってるみたい？」

言うや否や、シーラはフードを下ろした。

あらわになった金色の瞳が、真っ直ぐにスティナのことを見つめている。

まるでこの先のことで、変なことをしたら許さないと語るように。

「……はぁ。分かりました。確かに、失礼ではありますしね」

そして続けてフェリシアも、フードを下ろす。

久しぶりに目にする白い髪が僅かに揺れ、スティナへと向けられていた赤い瞳が、数度瞬いた。

「なるほど……嘘ではないみたいですね」

「本当のことなんですから当たり前ですが、今のだけで何か分かったんです？」

「……動揺がなかった。……どれだけ平静でいようとしても、普通ならそこに魔女がいるなんて思わない。……だからそうだったんだと分かれば、絶対に動揺してたはず」

「見てるだけでそれが分かる……少なくともその自信があるってことですか。怖えと言うべきか、頼もしいと言うべきか、ってとこですねえ」

怖いなどと言いながら、スティナにそんな様子は見られない。

それだけこういうことに慣れているのか、それとも先ほど自分で口にしていたように、どうにか出来る自信があるのか。

しかしそんなことよりも、ソーマはもう一つの言葉の方が気になった。

「ふむ……頼もしい、ということは、もしかして？」

「まあ、時間は有限ですから、先に結論を言っちまうですが、とりあえずオメエと一緒に行くことにしたです。色々考えたですが、そっちのが都合がよさそうですし。もっとも、怪しさ満点のこのスティナとまだ一緒に旅をするつもりがあるならば、ですが」

そんなことを言い出すスティナに、ソーマとしては肩をすくめるだけだ。

何度も言っているが、スティナが怪しいことなど、最初から承知の上なのである。

そして。

「……ん、そういうことなら、よろしく」

「そうですね。では、これからよろしくお願いしますね」

「って、えっ……!?　い、いいんですか……？　ソーマはともかくとして……自分で言うのも何ですが、スティナ相当に怪しいですよ!?」

二人が頷いたことは、スティナにとってかなり予想外のことだったのだろう。

逆に慌てだし、その姿に苦笑を浮かべる。

「まあ確かに怪しいですが……あなたがどういう人なのか、ということは短いながらも見てきましたから」

「……ん。……それに、怪しいだけなら、きっとソーマは一緒に旅に行こうなんて言わない」

「ちと我輩も面映《おもはゆ》いであるが……そういうことらしいであるぞ？　まあこの二人のことを甘く見すぎたであるな」

「ぬぅ……まさかあっさりと受け入れようとするなんて予想外にもほどがあるです。……さすがはソーマの連れだけはあるってことですか」

「我輩は特に関係ないと思うであるがな」

ただ、ソーマはこれでもそれなりに人を見る目があるつもりであり、この二人もそうだという、それだけのことだ。

あとは、フェリシアも言った通りである。その人となりを目にして、共に旅をしてみたいと思ったのだ。

もしもその姿が演技だというのならば、それはそれで仕方ないと、思う程度には。

「……まったく、物好きなやつらです。じゃあ、まあ、そういうわけでよろしくですが……で、次です！　魔物のことですが――」

そうして即座に話題を転換したのは、きっと照れによるものだろう。

それを指摘するのはさすがにあれなので、苦笑を浮かべるだけに留めると、その話に乗る。

実際のところ、今回の話し合いで焦点となるのは、結局はそれなのだ。

「ふむ……とはいえ、ギルドも大したことは分かっていないようであったしな。我輩達も何か気付いていたら、そのまま戻ってきていなかったであろうし。ちなみに、スティナは何か心当たりがあったりはしないであるか？」

「謎多き美少女であるスティナにそう聞きたくなる気持ちは分かるですが、残念なことに心当たりはねえですねえ。こんな話聞いたこともねえですし」

冗談っぽく言ってはいるものの、それは本当なのだろう。

少なくともそこに、嘘は感じ取れなかった。

「魔物が唐突に姿を消す、なんてことがあれば話題にならないわけがないですしね。昔話や伝承などであれば、聞いたことはあるのですが……」

「あー、まあ、確かにそっちにまで範囲を広げるんなら別ですが、それが参考になるかってーと、って話ですしねえ」

「……話し合いをするにしても、いきなりつまずきましたね」

「……ん、結局のところ、情報が足りない？」

「そういうことであるな」

ここに来る途中にも少し話したが、やはりどうしたって情報不足なのだ。

何を判断するにしても、色々と足りなすぎる。焦点とするべき話なのに、肝心の話せることがほとんどない、ということである。

もっとも。

「まあ実のところそれも、あまり問題はないと言えば問題はないのであるがな」

「それは……どういうことですか？」

「話せることがなけりゃ話し合いとか出来ねえですよ？」

「いや、話せることはあるであるぞ？　一つだけであるが、同時にそれこそが最重要なことであり、最終的にはそれだけが問題となるようなことが」

「…………その問題に関わって、ここに残るかどうか？」

「そういうことであるな」

情報が多ければそれだけ判断材料となるものが増えるが、別にそれがなければ判断出来ないというわけでもない。別に足りないなりに判断することは出来るのだ。

「そもそもそれがどういった類のものであれ、関わる気はないとなれば、明日そのままここを発《た》つだけであるしな。逆にどういった類のものであれ、関わる気があるとなれば、それが結論となるであるし。ま、少なくとも我輩はそう言えるほど、ここと関わりはないわけであるが」

「わたしもですね。もっとも、絶対関わらないと言えるほどの何かがあるわけでもないですが」

「……ん、私も。……敢えて言うならば、一ヶ月も残ることになると厳しい、ぐらい？　……長期休暇が終わる」

「ああ、それを言うならば、我輩も同じようなものであるな。まあ要するに、皆割とどっちでもいい、という感じなわけであるが……それで、スティナはどうである？」

水を向けると、スティナは何かを口にしようとして、止めた。

開かれかけた口が閉じ、しかししばらくしてまた開き――

「スティナは……スティナも、まあ、ぶっちゃけどっちでもいいです。別に……思い入れとか、ねえですし」

「ふむ、しかしそうなるとどっちつかずになってしまうわけであるが……ちなみに、どっちかと言えばどっちであるか？」

「んなもんソーマが決めりゃいいと思うですが……まあ、そうですね。敢えて……敢えて言うならば、ですが……残る方、ですかね」

「では、とりあえず残るとするであるか。それから具体的にどうするかは、得られた情報等から逐次判断していく形でいいであろう」

「異論ありません」

「……ん、ない」

「……え？」

あっさり下された結論に、スティナは唖然《あぜん》とした様子を見せた。

一応意見を言ってみたものの、本当に通るとは思わなかった。

そんな顔をしている。

「そ、そんな簡単に、しかもスティナの意見で決めちまっていいんですか⁉」

「いや、皆の意見はちゃんと出揃ったであろう？　どっちでもいい、と。その上でスティナだけが残ると言ったのであるから、必然的にそれに決まるというものであろう？」

「……すげえ詭弁《きべん》な気がするんですが？　スティナにだけ敢えてとか聞いてたですし」

「気のせいであろう？」

そもそも、気になっていることではあったのだ。

だが同時に、どうでもいいと思っていたのも事実である。

誰にも残る理由がなければ、きっと気になりながらも去っていただろう。

しかし口では何だかんだ言いながらも、スティナはこの件について気にしているようであった。

だからそれを言わせた上で残ったという、それだけのことである。

ソーマの目的とは何の関係もないことではあるが、ソーマはスティナに借りがあるのだ。

この程度の便宜を図るぐらい、何ということもない。

そんなことを思いながら、睨みつけるように自分のことを見てくるスティナへと、ソーマは肩をすくめてみせるのであった。

19

とりあえずの方針が決まったとなれば、次にやることは言うまでもないだろう。

腹ごしらえだ。

「狭い場所で申し訳ありません」

そう言って店主が頭を下げたのは、昼食をとる旨を伝え、案内された先でのことだ。

一階の受付の奥に食堂はあったらしく、確かにそこは決して広いとは言えないような場所である。

テーブルは三つしかなく、椅子もそれぞれに三つしかない。

部屋の大きさも相応であり、宿であることを考えればこぢんまりとしている、とすら言えるだろう。

だが。

「いや、食事を取れるのであれば問題はないであるし……それに、別に狭くもないであろう？」

ソーマがそう返したのは、それがただの事実だからだ。

こぢんまりとはしているものの、相応なことに違いはないのである。

少なくとも今のソーマ達が食事をとる場所として考えるならば、十分すぎるものであった。

「そうですね、あまり広すぎると逆に落ち着きませんし」

「……ん、ここの雰囲気にも、合ってる？」

「まあ確かにこんな古臭え場所で食堂だけが広かったら、そっちのがおかしいと思うです」

「そう言っていただけますと助かります。では、すぐに食事をお持ちいたしますので」

ソーマ達が席に着いたのを確認すると、店主は頭を下げながら別の部屋へと向かった。

どうやら他に従業員はいないらしい。

まあちらっと聞いた話だと、この周辺はこの街の中では比較的古い場所だということだ。

建物もそうだが、店にしろ何にしろ、人の集まる新しい場所へと行くことの出来なかった、取り残されたもの達が集まる場所。

そんなところにわざわざ来る人など物好きな旅人ぐらいであり、必然的にここに泊まろうとする者はかなり稀だということである。

だからこそ、従業員を雇う必要もなければ、その余裕もないということなのだろうし――

「娘を助けてくれただけではなく、客としてやってきてくれたとなれば、感謝されて当然であろうなぁ」

「だから助けてねえって言ってんじゃねえですか……！」

「まあそれはともかくとして、ここもやはり良い雰囲気ですね。わたしは宿というものに泊まったことがほとんどありませんが、それでもここが良い宿だということは分かります。わたしでさえそうなのですから、場所さえ移せばもっと人が来そうなものですが……」

「そう言っていただけるのは嬉しいのですが、従業員を雇う余裕はなくとも日々を何とか凌ぐ程度の蓄えはあるものでして。この建物にもそれなりに思い入れがありますし……まあ、娘にはもう少し贅《ぜい》沢《たく》をさせてやりたいと思ってもいるのですが……」

そこで店主が何とも言えない表情を浮かべた理由を察すると共に、ソーマは納得もした。

ソーマもフェリシアと同じことを考えていたのだが、娘のことを考えていたということか。

ここだから比較的穏やかに過ごすことも出来るが、移動した先ではどうなるか分からない、ということだろう。

住人はもちろんのこと、泊まりに来る客のことも考えなければならない。

思い返してみれば、あの幼女が姿を見せた時、店主からは少し緊張感がにじみ出ていたのだが、それも納得である。

そしてフェリシアもまた、同じことに思い至ったらしく、申し訳なさそうな表情を浮かべていた。

「あ、いえ、申し訳ありません、事情も知らないくせに勝手なことを言ってしまって」

「いえ、こちらこそ、お客様の歓談の邪魔をしてしまい申し訳ありません。それとこちら、お口に合うかは分かりませんが、本日の昼食となります」

店主が運んできたものは、どちらかと言えば質素と呼ぶべきような食事であった。

野菜のスープに、硬すぎずとも柔らかいとも言い切れないパン。

それと大きな皿に載せられた、様々な野菜やキノコなどを煮詰めたようなもの。

ただ昼食であることを考えれば十分であるし、値段を考慮に入れても相応だろう。

ここは宿泊費に食事代も含まれていたため、宿代は相場よりも若干上ではあったが、昼食がこれならば宿泊費は相場よりも安いぐらいである。

「ふむ……味も絶品というほどではないであるが……」

「……ん、美味《おい》しい。……ここの雰囲気と同じで、どことなく安心出来る感じ？」

「うむ、そんな感じであるな」

家庭の味、とでもいうようなものか。

これ一つで評判になるものではないだろうが、ほっと一息を吐けるような味だ。

宿の雰囲気とも相まって、とても安心が出来る。

と。

「……どうぞ」

下手をすれば聞き逃してしまいそうなほど小さな声と共に、テーブルへとコップが置かれた。

中に入っているのは水のようであり、視線を向けてみれば、そこにあったのは小さな影が背伸びをしながら両手を伸ばしている姿だ。

どうやらこのテーブルは彼女には少々大きすぎるらしい。

まあそれは正直ソーマ達にとってもそうなのだが。

そうしてその姿を何となく眺めていると、目が合った。

が、すぐに逸らされると、そのまま幼女は隣のシーラへとコップを渡しに行ってしまう。

「……ぬぅ」

「オメエは何唸ってやがんです？」

「いや……我輩特に怖がられるようなことをした覚えはないのであるが……」

最初の時は仕方ないにしても、いい加減慣れてもいい頃ではないだろうか。

明らかに避けられていて、ソーマは地味にショックを受けていた。

「一、二回会っただけのやつに対する反応なんてそんなもんじゃねえんです？　むしろスティナに対する反応のが解せねえです」

「別に汝に対しての反応は欠片も不思議ではないであるがな。ただ……シーラ達に対する反応も……」

当然のように、シーラやフェリシアはここではフードを被っている。

つまり怪しさで言えば、正直二人は相当なものだ。

そんな二人に対し、幼女が何らかの隔意《かくい》を持ってしまうのは当たり前のことだろう。

事実二人には目すらも合わせないように見える……だがそれは正直過剰なようにも思える。

警戒しているというよりは、怯えているようにも見えたのだ。

しかしそんなことを考えながら、スープに浸したパンをかじっていると、ふとシーラが別の部屋へと引っ込もうとしている幼女の後姿を見つめているのに気付く。

やはりシーラもあの幼女に何か思うところでもあるのだろうか、などと思っていると――

「……む。……らいばる？」

「何を唐突に言い出すんですか、あなたは……？」

本当に唐突すぎる発言に、フェリシアが呆れたような溜息を吐き出した。

だがそれに対しシーラは、首を傾げる。

「……ん、きゃらかぶり？」

「……ソーマさん？」

「その、シーラが変なことを言い出したら我輩に原因がある、みたいな判断は止めて欲しいのであるが？　まあ今回は合っているのであるが」

いつだったかは忘れたが、そんな言葉をシーラの前で口にした記憶がある。

切っ掛けも覚えてはいないが……学院での放課後のことだ。

まあ、学院というのは様々な人材が集まるところであるため、似通った性格のものもそれなりにいるということである。

そして確かに比べてみれば、シーラとそこの幼女は似通っていると言えば似通っているのかもしれない。

何せ二人とも口数が少なく、無表情気味だ。

もっとも、幼女のはどちらかといえば、警戒心からきているもののような気がする。

要素だけを抽出してみれば似てはいるものの――

「うむ……別にキャラ被りはしていないから問題はないであるぞ？」

「……ん。……安心？」

「わたしは逆に不安になりましたが？　まったく、人の妹に何を教えているんですか……」

「いや、我輩は教えているつもりはないのであるが……」

「覚えちまってるんですから違いはねえと思うですが？」

「ぬぅ……」

どうやら圧倒的にこちらが不利なようなので、何か話題を転換するようなものはなかったかと考え、ふとそれを思い出した。

鍛冶師のことである。

「そういえば、見て分かる通り、実は我輩愛用の剣を今修繕に出しているのである」

「え？　いえ、見て分かると言われましても、今初めて知りましたし、改めて見ても分かりませんが……？」

「あー、何となくそうかとは思ってたですが、やっぱそうなんですか」

「……ん、分かってた」

「……気付かなかったわたしがおかしい、みたいな感じになっていますが、おかしいのはむしろ皆さんの方ですよね？」

「そうであるか？　確かに割と似通ったものを借りたではあるが……ほら、ローブの中にシーラではなくあの幼女が入っていてもすぐに気付けるであろう？　そのぐらい違いがあると思うのであるが……」

「その例えはまったく適切ではないと思います」

「んー、適切か否かで言えば何とも言えないところですかねえ……違う気もするですが、ちと納得もしちまったですし」

「……割と的確な気がする？」

「うむ、結論から言ってしまえば、やはりおかしいのはフェリシアだということになるであるな」

「全然納得が出来ないのですが……」

しかし少なくともこの中で言えば、フェリシアが少数派だというのは事実なのだ。

納得してもらうしかない。

「というか本当に言いたいのはそれではなく、そのついでに新しい剣も注文した、ということなのであるが」

「……新しい剣、必要？」

「あれでも十分と言えば十分であるが、まあ十全ではないであるからな。半分以上は念のため、というところである」

「一度見ただけですが、あれもかなりの業物だったと思うですが……あれ以上を求めるとか、オメエは本当にアレですね」

「褒め言葉と受け取っておくである」

「わたしは少数派らしいのでその辺はよく分かりませんが、それは完成までにどの程度かかるものなのですか？」

「うむ、最低でも一月、と言っていたであるな」

「一月、ですか……」

呟きと共にジト目を向けてきたフェリシアに、肩をすくめる。

勝手にそういうことを決めて、という批難のものであろうし、それは正当でもあるが――

「勝手に決めてしまったのは悪かったであるが、今回のことがなければ後で取りに来るつもりだったであるしな。修繕は明日終わるらしいであるし。ただ今回のことでどれだけここに留まるか次第では、それを取りに行くこともあるかもしれんであるから、一応伝えておいただけである」

実際のところ、さすがに一月はいないだろうし、言う必要はないと言えばないのだが、情報の共有は大切だ。

それを怠ったせいで何かがないとも限らない以上、しておくに越したことはないだろう。

「ま、こっちに影響はなさそうですし、好きにすればいいです」

「……ん、ソーマが強くなること自体は歓迎？　……ちょっと悔しいけど」

「……まあいいです。それよりも、ついでですから、これからのことを簡単にでも話しましょうか」

「ふむ……そうであるな」

今のところ決まったのは方針だけで、この後何をするのかすらも決まってはいないのだ。

とりあえずそれぐらいは、決めておくべきだろう。

そう結論付けると、ソーマ達は昼食をとりながら、その話し合いを始めるのであった。

20

昼食の時の話し合いにより、午後からは一先ず街の周囲を見て回ることになった。

人に尋ねたところでまだ分からないことばかりだろうし、やはり一度自分達の目で確かめてみるべきだろうという結論に至ったからだ。

ただし宿を探した時とは異なり、今回は全員での行動となった。

何が起こっているのか分からない以上、警戒は最大限にすべきだからである。

もっとも正直なところ、ソーマは一人でも大丈夫というか他は足手まといにしかならないとは思うのだが――

「……だからこそ、ですか」

「うん？　何がである？」

「いえ、ただの独り言ですから気にしないでください」

思わず漏れた声が聞こえたらしく、首を傾げたソーマにそう返しながら、フェリシアは小さく溜息を吐き出した。

今の声は本当に小さなものだったはずだ。

事実シーラ達の耳には届いた様子はなく、二人は不思議そうな様子を見せているだけである。

それはつまり、ソーマがそれだけこちらに意識を向けているということであり、フェリシアの想像が間違っていないという証左だろう。

それが嬉しくないと言ってしまえば嘘になるだろうが、どちらかと言えば申し訳なさの方が大きい。

他とは言ったものの、最も足を引っ張る可能性が高いのは、間違いなくフェリシアだからである。

というかそもそも、役に立てるかどうかすらも怪しかった。

呪術を使っていいのならばまだ手はあるのだが、エルフの森を出て以降、フェリシアはソーマからなるべく呪術を使わないように言われている。

もちろん、フェリシアが魔女だとばれてしまわないように、という理由からである。

というのも、呪術というのはかなり特殊なものであるため、分かる者にはその痕跡がはっきりと掴めてしまうのだ。

これは魔女の書に書かれていたことではあるが、ソーマが実際に確かめたことでもある。

ソーマ曰《いわ》く、呪術の存在を知っており、魔導スキルの上級程度を持っていれば、比較的楽に感じ取られるだろう、とのことだ。

さらには、やろうと思えばそこから行方を辿ることなども出来るかもしれない、ということらしい。

当然フェリシアは自分が魔女であることを周囲に知らせるつもりはないし、そもそもそうなればソーマ達に余計な迷惑がかかってしまう。

だから呪術を使わないということは納得できるのだが……そうなると、フェリシアはただの一般人……否、それ以下の存在である。

足を引っ張るのも、役に立てないのも、ある意味当然のことではあった。

とはいえフェリシアはそこで自分を卑下したりはしない。

それは自分だけではなく、ソーマ達に対する侮辱でもあるからだ。

少なくともソーマは、フェリシアにそんな思いをさせるために助けたわけではあるまい。

ゆえにフェリシアはそんなことを考えるつもりはなく、しかし事実は事実。それは認める必要がある。

シーラなどは、そんなことを思ってすら欲しくないようではあるが、事実から目を背けていたのではろくなことにならない。

フェリシアは役に立たない、ということは認め、だがそこで立ち止まってしまえば、結局のところ同じである。

その上で、何が出来るのかを考える必要があるのだ。

まあ普段であれば、ソーマはもちろんのこと、シーラも割と常識に疎い。フェリシアも精通しているなどと豪語することは出来ないが、二人に比べればマシだろう。

そこを補うのが自分の役目だと考えれば、悪くはないはずだ。

問題は、今回のようなことが起こった場合である。

自分には一体何が出来るのか。それを考え、見極める必要があった。

……それに今回に関して言えば、他にも気になることがある。

「んー、本当に魔物の姿まったく見かけねえですねえ。かといって他に変なことがあるわけでもねえですし……まあそれだけで十分変なんですが。それにしたってもうちっと何か……ん？　どうかしたです？」

「……いえ、何でもありません。申し訳ありませんでした」

「いやまあ別に何かされたわけでもねえですし、構わねえですがね」

そう言って肩をすくめたスティナは、こちらが疑いの目で見ていることを分かっているのだろう。

分かっていないはずがない。

だがそれを気にしている様子が見られないのは……さて、どういうことなのだろうか。

ただ少なくとも、こちらに敵意を抱いているように見えないのだけは確かだ。

もっとも、それで彼女が怪しくなくなるわけではないのだが。

まったく……本当にソーマは、どういうつもりなのだろうか。

確かにフェリシアは、彼女が同行することに反論しなかったが、結局のところそれは何を言ったところで意味がないと思ったからにすぎない。

彼女のことを認めたわけではない……というと若干語弊が生じてしまうが、要するにフェリシアは、未だにスティナのことを怪しいと思い、疑っているのであった。

シーラはおそらく、既にその辺のことは受け入れているに違いない。

基本的に直感で動くタイプだし、ソーマに全幅の信頼を寄せているのは見ていれば分かる。

そのソーマが判断したことだ。

多少の疑惑はあるかもしれないが、それを含めて受け入れているのだろう。

そして肝心のソーマは、何を考えているのか分からない。というか、たまに何も考えていないのではないかと思うことすらある。

実際にはそんなことはないのだろうが……それでもソーマだって、完璧な人間ではない。

時には重要な何かを見落としてしまうようなことも、あるかもしれないのだ。

だから万が一のことが起こらないように、フェリシアは仲間として迎えたはずの少女へと疑惑の目を向ける。

それが、今自分に出来る唯一のことかもしれないから。

と。

「ふむ……ここも特に異常なし、であるな」

「……ん。……魔物がいないっていう異常を除いて、だけど」

「それ自体がもう別の異常な気がするですが、まあそれは既に分かってることですか」

一通り周囲を確認し終わったソーマ達が、そう言って溜息を吐き出した。

それにならうようにフェリシアも視線を向けてみるも、そこに広がっているのは相変わらずの草原だけである。

魔物の姿など、影も形もない。

これで、四箇所目であった。

街の東側から始まった調査は、北、西と続き、ここ南へと至っていた。

だというのに、未だ何かが見つかるということはなく――

「せめて何かしらの痕跡程度は見つかるかもしれないと思っていたのであるが……さすがにそう簡単にはいかんであるか」

「簡単に見つかるなら誰かが見つけてるでしょうしね」

「……魔導士がいれば、別だったかも？」

確かに、魔法であれば探知系のものなどがあるし、それでしか見つけられないようなものもあっただろう。

一応呪術でも似たようなことは出来るが……ソーマに視線を向けると、同じく視線で否定されてしまったため、小さく溜息を吐き出す。

まあ絶対何かを見つけなければならないような状況ならばともかく、今はまだ不必要に使うべき場面ではないのだ。

分かってはいるのだが、思わず溜息が漏れてしまうのは止められず、何となく反射的にスティナへと視線を向けてしまう。

別に今何か思うところがあったわけではないのだが……と、そこでふと、思い出したことがあった。

「……そういえば、この状況って何処まで続いているのでしょうか？」

「うん？　どういうことである？」

「だってスティナさんと出会った場所には、少なくとも魔物がいましたよね？　ということは、あそこにまではこの状況が届いていない、ということだと思うのですが……」

そう、思い出したこととは、スティナと出会った状況のことだ。

あの時魔物に襲われていたスティナをソーマが助けたわけだが、つまりあそこには魔物がいたわけである。

この周辺には魔物が一匹たりとも存在していないのに、だ。

「そういやそうだったですね。ならあそこまではこの状況は届いていないか……もしくは、あの時間にはまだ魔物は存在してた、ってことです？」

「……いや、後者に関しては違うであろうな。我輩達は、あそこに行くまでの間に一匹たりとも魔物に遭遇していなかったのであるからな」

「……ん、あと前者も、多分違う。……理由は、ソーマが言ったのと同じで、あそこではあの魔物以外に遭遇することはなかった」

「それは、つまり……あの場所にもこの状況は届いていて、あの時間から既にこの状況は起こっていましたが、その中であの魔物だけが例外だった、ということですか？」

それは有り得るか否かで言えば、有り得ることだろう。

むしろあの状況にきちんとした説明が付くことでもある。

だがそうなると――

「何であれだけが例外だったのか、ってことになってくるですね。戦ってみた感じ、普通のジャイアントフロッグだったと思うですよ？　いえまあ、比較できるほどに他のジャイアントフロッグと戦ってはねえですし、あれを戦ったと言えるかは微妙なとこですが……」

「ふむ、我輩はそもそも他の同個体を知らんであるし……しかし考えてみれば、そういえばあの依頼は今朝張り出されたものだとか言っていたであるな」

「……いつ見つかったのかとか、その時の周囲の状況とか聞いてみる？」

「そこまでの記録が残っているのかは分かりませんが……とりあえず聞いてみて損はありませんか」

「では、そうするであるか。ちょうどもう少しで一周してしまうところだったであるしな」

一応ここから東側へと向かうまでの道程《みちのり》は残されているが、さすがにそれで何かが見つかるとは思えない。

シーラの提案に誰も異論なく、街へと戻るため草原に背を向ける。

そのまま歩き始め――瞬間、背筋を悪寒が走り抜けた。

「――っ⁉」

それが何なのかは、分からなかった。

フェリシアにはスキルがない。

だから危機察知系のものでは有り得ず……それはきっと、純粋に本能が伝えた警告だ。

それゆえに、フェリシアは同時に悟っていた。

気付くのが遅すぎたということに、だ。

フェリシアが動くのよりも先に、シーラが反応していたのを視界の端に捉えたが、それでもやはり遅すぎる。

森神という存在に間近で触れたからこそ分かることだ。

この身に迫った危機は、どうしようもなくて――

「――我は魔を断つ剣なり」

直後、背後からガラスが砕け散ったような音が聞こえた。

それから一呼吸遅れ、振り向くが、そこには今の悪寒が気のせいだったのではないかと思えるぐらい、何もなく、何も起こらない。

だがそうではなかった証拠として、シーラが刀の柄《つか》に手を添えている体勢で止まり、ソーマが剣を振り抜いた体勢で止まっていた。

何が起こったのかは……まあ、見ての通りだろう。

呆れたような溜息が、スティナの口から漏れた。

「今ほんのちょっと見えただけですが、襲ってきたのってシャドウテイカーだった気がするですが？」

「……シャドウテイカー、ですか？」

「非物質系なうえに影のような形を持った非常に性質の悪い魔物です。確か、専用の装備に身を包んで、万全の態勢で上級の冒険者達が挑んで、ようやく何とかなる、とかいう相手だったはずですが。不意打ちくらったら上級の冒険者達だろうと簡単に全滅するって話だったはずです。こんな場所に出てくるようなのじゃねえですし、出てこられたらそれこそ冒険者総出で何とかしねえといけねえようなやつなはずなんですが……」

「ふむ……そこまで危険なやつだったのであるか。危ないところだったであるな」

「いやだから危ないとかで済ませていいやつじゃねえんですが……はぁ、まあいいです。なんか跡形もなく吹き飛んだみてえですし。こっちが反応したと思ったら既に消し飛んでるとか、本当に出鱈目《でたらめ》なやつです」

「……ん、同感。……相変わらずおかしい」

「フェリシアを助けたはずなのに、何故か我輩貶《けな》されてないであるか？」

「……気のせい。……褒めてる」

そんな、いつも通りのやり取りが交わされて、それを耳にしながら、フェリシアは流れ落ちる冷や汗と共に、大きな溜息を吐き出す。

ソーマが何とかしてくれると思ってはいたものの、非常に心臓に悪かった。

もう一度息を吐き出しながら……ふと、スティナと目が合う。

その顔に苦笑が浮かび、肩がすくめられた。

「やれやれ……この調子じゃ、怪しいのを見つけた瞬間ソーマがどうにかしちまいそうですね」

「……ん、出番がない」

「いや、我輩一人で出来ることなど限られているであるしな。我輩だけではどうにも出来ないことが出た時こそ、汝らの出番であろうよ」

「どの口が言ってるんですかね、まったく……」

そう言って溜息を吐き出す姿を眺めながら……フェリシアの口元にも、不意に苦笑が浮かんだ。

今彼女が口にした言葉の意味が、理解出来たからである。

自分が何を企もうとしたところで、ソーマに斬り捨てられて終わり。

きっと、そういう意味だ。

ちゃんとそれを分かっていると、そういう意味でもある。

それに関しては、フェリシアも同感であった。

今のを見て——まあ正確には見えなかったのだが——改めて実感する。

しかし、ソーマは今こうも言ったのだ。

自分一人では出来ることは限られている、と。

だから、フェリシアは今はまだ同じことを続けるのである。

変わらぬ目で見つめたフェリシアに、スティナが苦笑を浮かべ……フェリシアもまた、その口元に再度苦笑を刻むのであった。

21

シャドウテイカーとやらはソーマが瞬殺したので問題はなくなったが、それはそれとして新たな問題が発生していた。

他の魔物の姿は相変わらず影も形もないというのに、その魔物が現れたということに変わりはないからだ。

しかもそれは、非常に強力な魔物だったという。

これが問題にならないわけがなく――

「は……？　シャドウテイカー……？　嘘でしょ……？」

それを報告したギルド職員代行の顔は、驚きを通り越して完全に素だった。

先ほどソーマ達がギルドに情報を求めにきた時は、取り繕った顔で何処か焦っている様子すらあったのに、今はその全てが抜け落ちている。

何となく分かってはいたことだが、やはりかなりのことであるようだ。

「いや……この際嘘でも本当でもいいから、ちょっとだけ嘘って言ってくれないかなー？　そうすればほら、わたしが余計な仕事しないで済むし？」

「アホなこと言ってないで仕事するにゃ！」

と、あまりの事態に取り繕うことを止めたらしい代行が全身から面倒くさいオーラを出している中、どう対応したものか迷っていたら横合いからツッコミが入った。

それは最初ここに来た時ソーマ達の対応をしてくれた亜人種の受付嬢であり、代行が相手だからかこちらも仮面を脱ぎ捨てている。

いや、普通に考えたら代行相手でも仮面は必要だと思うのだが、ここの代行はそういう人物だということなのだろう。

最終的にギルドに能力があると認められればいいのだし、その代行が自分の支部をどうまとめようともそれは代行次第なのだ。

「ちょっ、わたしギルド職員代行だよ？　受付嬢如きがそんな口をきいて――」

「ぶっ飛ばされた後で仕事するのと、大人しく仕事するの、好きな方を選ぶといいにゃ」

「ぬぅ……うちのギルドの受付嬢、ちょっとわたしに厳しすぎじゃない？　もうちょっと労《いたわ》ってもいいんだよ？」

「普段から真面目に仕事してればちゃんと労るし、これが終わった時も労ってやるにゃ。分かったらさっさと働くにゃ！」

「ちぇっ……はいはい、分かりましたよーだ。じゃ、わたしはわたしのお仕事をしてくるから、そっちはよろしくねー」

「……えっ？　あっ、ちょっ……!?」

割とあっさり引き下がった代行は、手をひらひらと振りながら奥へと向かい、この場に残されたのは亜人種の受付嬢ただ一人だ。

他の受付嬢の姿がないのは、相変わらず忙しいからなのだろうが……きっと彼女も彼女で忙しいのだろう。

それが代行を注意するためにやってきたら、まんまと仕事を押し付けられた、という感じのようだ。

状況からの推察だが、おそらく間違ってはいまい。

一瞬途方に暮れたような表情を浮かべた受付嬢だが、すぐに表情を取り繕ったのはさすがというべきか。

僅かに笑顔が引きつっているものの、その辺は見てみぬふりをしてあげるのが優しさというものだろう。

「えーと、それで……今回はどのようなご用件でお越しくださったのでしょうかにゃ？　シャドウテイカーが出たとかいう話は聞こえていたのですがにゃ」

「うむ、先ほど告げた内容はその通りであるな。街の南側の草原に、シャドウテイカーとかいう名前の魔物が出たのである。まあそれはもう倒したのであるが……」

「シャドウテイカーを倒した……ですかにゃ……？」

「討伐証明を出来る部位などが残らなかったゆえ、証明しろと言われるとちと困るのであるが……」

「ああいえ、別に疑ってるわけではないですから、問題はないですにゃ。ただ、さすがだと思ったのと……それと、色々とまずいと思っただけですからにゃ」

「まあ、まじいでしょうねえ。魔物がただ出ないわけではなく、代わりとばかりに本来ならば出ないような強力な魔物が出たんですから」

新たな問題とは、つまりそのことであった。

これで単純に魔物が出ないだけの異常ではないということが、はっきりしてしまったのだから。

さすがにこれを無関係とするのは、難しいだろう。

「それで、その報告にいらしてくれた、ということですかにゃ？」

「……それが、一つ目。……もう一つ、ジャイアントフロッグが発見された時の情報とかを出来れば教えて欲しい」

「ジャイアントフロッグ？　どうしてそんなことを……あ、なるほど、そういうことですかにゃ」

どうやらこの受付嬢はかなり頭の回転が早く、理解力に秀でているらしい。

今のやり取りだけで、こちらが何を考えているのかを把握できたようだ。

「ですが、すみませんにゃ。あの依頼は、とある冒険者からジャイアントフロッグを発見したという話を聞いて作ったものなんですにゃ。しかしその冒険者は他の街で依頼を受けてこの街に来ていただけで、既に旅立ってしまった後なんですにゃ」

「その冒険者の身元は、確かなんでしょうか？　その……こう言ってしまっては失礼だとは思いますが、その冒険者が怪しい、ということは？」

「ランク四の冒険者ですし、それは大丈夫だと思いますにゃ。どこかのお抱え冒険者らしく、定期的にこの街に来ている人ですにゃし。あの付近に行ったのも、こちらから採集依頼を頼んだからですから、ただの偶然のはずなんですにゃ」

「ふむ……」

それでも疑おうと思えば疑えるレベルではあるが、一先ず置いといていいだろう。

何にせよ、あれがいたのと今回のことが関係あるのかは分からないまま、ということである。

ただ、ぶっちゃけそれは既に必要がないとも言えるが。

少なくとも、シャドウテイカーに関しては確実に例外的な存在だからだ。

もっともあれが普通のと比べて何か違ったのかどうかに関しては分からないままだが……これがどういう状況なのかを推測するには、かなり大きなヒントとなるだろう。

「まあとりあえずは、こんなところであるかな。大した情報は提供できなかったであるが……」

「いえ、情報を提供してくれるだけで助かりますにゃし、それにかなり重大な情報でしたにゃ。ご協力、感謝しますにゃっ」

そう言って頭を下げた受付嬢に、そこまでされるようなことではないと苦笑を浮かべながら、背を向ける。

「さて……では我輩達はこれから、どうするであるかな」

†

ギルドを後にしたソーマ達は、そのまま宿へと戻ってきた。

何だかんだでそれなりに時間を使った結果、既に日が沈み始めていたからである。

これから何をするにしろ、とりあえずまた話し合う時間が必要だし、動くにしても今日はもう時間がない。

そういうわけでの帰還であった。

ちなみに集まったのは、またソーマの部屋である。

ソーマは先ほど同様ベッドに腰かけると、皆が椅子に座るのを待ってから口を開いた。

「結論から言ってしまえば、今回の件は他の雑多な魔物を代償として、強力な魔物を召喚する類のことが行われている、ということでいいのであるかな？」

「まだ確定するには情報が少なすぎますが、今のところその可能性が高そうですね」

「……ん、とりあえずその可能性が濃厚」

「もう一匹出てくれたらほぼ確定となるのであろうが、出たら出たで下手すると大惨事が起こるであるからなぁ。あまり望むわけにもいかんであるし」

「望もうと望むまいと、その推測が正しかった場合は出てきてしまいますけどね」

「まあそうなのであるが」

そして問題なのは、それが分かったところで、相変わらずどうしようもない、ということである。

誰が何のためにそんなことをしているのかが、まるで分かっていないのだ。

というか――

「そもそも人為的なものなのであるか?」

「自然に起こったとは考えづらいですが……かといって、何の痕跡も発見出来なかったわけですしね」

「……仮に誰かが起こしたものだとしても……この街が困る、ぐらい?」

「その程度、と言ってしまうには影響を受ける者が多いであるが、割に合うかと言えば間違いなく合わないであるよなぁ……」

この街には魔物避けの結界があるのだ。

どれだけ周囲に強力な魔物が出たところで、究極的には街の外に出なければいいだけのことなのである。

もちろんいつかは食料が尽きてしまうだろうし、特に今回のシャドウテイカーとかいうものは、出会ったのが他の冒険者などであったら人的被害も発生していただろう。

だがそれも含めて、その程度、となってしまうのだ。

少なくともこんな大々的なことをやらかすには、道理が合わない。

「あー、とりあえずですね。少なくともこれは、人為的な現象だとは思うです」

「ふむ……？　そう言えるということは……？」

常識的に考えれば、今回のことは人為的なものではないと判断するはずである。

状況から考えるだけならばまだしも、痕跡がまったく見つからないのだ。

これを人為的だと断言するには、最低限それを可能とする手段を知っている必要がある。

そして。

「ま、そういうことですね。スティナはこれを人為的に可能とする手段を知っている、ってことです」

あっさりと、当たり前のことのように、スティナはそれに頷いてみせたのであった。

22

「とはいえ、知ってるってだけで、それが容易かは別の話ですがね。少なくともスティナには出来ねえですし」

肩をすくめてのその言葉は、事実であった。

実際にスティナはかつて試してみたことがあり、失敗したのだから間違いない。

もっとも、自らの失敗談を得意気に話す趣味はないので、それを口にすることはないが。

「ふむ……何故それを知っているのかを聞いてもいいであるか？」

「別に構わねえですよ？　つーか、単に父親から教えてもらったってだけですし」

とはいえ、さすがに何故あの人がそんなことを知っていたのか、ということに関しては分からない。

当時はそんなことに興味がなかった……というと語弊が生じるが、大体そんな感じだったのだ。

聞いていないことは知りようがないのである。

「それで……具体的にそれは、どういう方法なのですか？　それ次第では、誰が今回の件に関わっているのかを調べやすくなると思うのですが……」

「あー、まあ、それが出来るやつはかなり限られるでしょうねえ。何せ神の領域に踏み込むような話ですし」

「………神？　……どういうこと？」

さすがにそんな言葉を聞くとは予想外だったのか、シーラ達の反応が一瞬鈍る。

まあ、それは単純に神という言葉そのものによるものでもあるのだろうが……敢えて気付かないふりをすると、そのまま言葉を続けた。

「どういうことも何も、そのままの意味ですよ？　さっきソーマは、雑多な魔物を代償として強力な魔物を召喚する、とか言ってたですが、多分それは正確には正しくねえです。正確には、雑多な魔物の代わりに強力な魔物が出現するようにした、ってところでしょうか。まあ、スティナの推測が正しければ、ですが」

「うん？　その言い方からすると……もしかして、魔物の生態について知っているのであるか？」

「魔物の生態に関しては、確かそのほとんどが判明していないはずですよね？」

「うむ、生殖についてすら……いや、その必要があるのかも分かってはいないである」

確かに、それが一般的な認識だろう。

分かっているのは、魔物というのはどれだけ倒したところで絶滅することはないということだけ。

しかも気がつけば、その数は元に戻ってすらいるのだ。

とはいえ倒しまくれば一時的に見かけなくなったりはするため、それだけの数の魔物が何処かに潜んでいるのではないか、などと言われてはいるが。

だがそれは別に、何ということはないのだ。

ただ単純に――

「まあ、知ってるですよ？　というか、単に神の権能だってだけの話なんですが。何故そうなるかも何も、神がそうやって管理しているからってだけです」

厳密には神の力によって、そうやって管理されるようになっている、ということらしいが、大差はないだろう。何にせよ、魔物の管理をしているのが神であることに違いはないのだ。

「それはつまり……その力によって、魔物が作り出されている、ということですか？」

「そこまではさすがにスティナも知らねえですねえ。まあそうなんじゃねえかとは思ってるですが。じゃないとどうやって補充してるんだってことになるですし」

「……それが本当なら、何故知られていない？」

「さあ？　それもスティナの知ったこっちゃねえですが……まあ、予想は出来るですかね。というのも、この権能は本来邪神って呼ばれてる神のものだったらしいです。で、昔は一時期邪神って名前を口に出すことすら禁止されてた時代があったらしいですからね。その時に色々な資料も失われたらしいですから、そこに混ざってたんじゃねえですかね？」

「ふむ……邪神の権能『だった』であるか」

「あー……そこに反応しちまうですか？　さらっと流すつもりだったんですが」

そこら辺はやはりさすがというべきか。

色々な情報を流し込まれながらも、的確に必要な情報を掴み取る。

直感で動いているようなところもあるのに、そういったところでは目敏《めざと》かったりもするのだから、本当に食えないやつだ。

「そもそも、条件はあるようであるが、それをどうにか出来る、という口ぶりだったであるしな。スキルか何かで干渉するか、権能を誰か、あるいは何かが受け継いでいて、それで以てどうにかするか。そこら辺だろうと推測するのは難しいことではないであろう？」

「いや、普通は難しいことだと思うですが？　実際そこの二人は半ばついてこれてねえじゃねえですか」

「……申し訳ありません。後で整理すれば理解も追いつくとは思うのですが、色々と知らない情報が出てきているため、それを纏めるので精一杯です」

「……ん、何となくしかまだ分かってない」

むしろそれが普通だというか……いや、普通ではないか。

そこまで出来ているだけで、二人も十分以上に優秀だろう。

スティナがこんな話を出来るのは、あくまでも知っているからなのである。

しかもこの知識は、年単位の時間をかけて叩き込まれたものだ。

何も知らなければ、多分スティナこそがついていけなかっただろう。

しかしそれが普通なのだ。

何せ話しているのは神の力に関することである。

知るわけがないし、理解が追いつくわけもない。

知っていて理解が追いつくどころか、こちらを追い越しそうな気配すら漂わせているソーマこそが、異常なのだ。

「……ま、知ってたことですが」

「うん？　何がである？」

「何でもねえですよ。ついでに言うならば、ソーマの推測は当たってやがるです。その権能は魔導具……と呼ぶには力を持ちすぎですが、まあ、物の形となって存在してるです。ただ、使うにはスキルとはまた別の、生まれ持った才能が必要らしいですが」

「スティナさんには出来ないと先ほど言っていましたが、つまりスティナさんはそれを使うことが出来なかった、ということですか？」

「そういうことですね」

「……それは、何処に？」

「スティナが最後に見たのは、魔王城の宝物庫ですね。まあこの様子では今そこにはねえんでしょうが」

「それはつまり……今回の件に、魔王が関わっている、ということであるか？」

「んー、本人は無関係だと思うですよ？　多分それ宝物庫から盗まれたんでしょうし」

「……はい？　盗まれた、ですか？　そんなものが……？」

呆然、といった顔を向けられるが、スティナはそれに肩をすくめるだけだ。

確かに事情を知らなければ、そう思うのも無理はないのだろうが――

「あー、そうですね、まず前提としてですね、今から一年前……いえ、そろそろ二年になるですかね。その時に魔王城で反乱が起こったんですよ」

「反乱、であるか？」

「まあ魔族も一枚岩じゃねえですからね。その反乱の首謀は所謂《いわゆる》前魔王派とか呼ばれてるやつらでですね、そいつらが現体制のやつらを気に入らないと襲い掛かったわけですよ」

「……直接？」

「直接です。まあそんなことしたら逆に叩き潰されるのは目に見えてたんですが……それでも予想以上に頑張ったって言うべきですかね。やつらはその時に、ドサクサに紛れて宝物庫も襲ったらしいんですよ。で、そっちはある意味では成功しちまったらしくて、幾つかのものが盗まれたって話です」

どこまで話すべきか迷いながら話を進めて行くも、正直核心に至る部分以外は喋ってしまっても構わないのではないかとスティナは思ってもいた。

確かに魔族の中ですら知っている者は限られていることではあるが、どうせ向こうにはアイナが居るのだ。

アイナがこっちに戻ってくれれば自然と誰かが教えることだろうし、そう考えれば隠す意味は薄い。

むしろ変に隠して不自然な話となってしまうよりは、一通りのことを喋ってしまった方が話が早いだろう。

「何が盗まれたか、というのは分からなかったんですか？　少なくとも、盗まれてはまずいようなものが一つ盗まれているようですが……」

「盗まれたらまずいって言ったら、全部がそうですからねえ……宝物庫にあったのはそんなもんばっかだったって話ですし」

「……さすが魔王城？」

「ふむ……まあ、道理と言えば道理ではあるな。ちなみに、他にはどんなものがあったのである？」

「あー……どうでしたかねえ……」

スティナは確かに宝物庫に行ったことはあるが、見ただけでは何なのか分からないようなものが大半であった。

件の物のことが分かったのは、それ以前に見たことがあったからにすぎない。

同様の物が他にもあったとは思うが――

「確か、本来使えないはずのスキルを使えるように出来る、みたいなのもあったですかね」

「本来使えないはずのスキルが……？　――それはもしかすると、魔法も、ということであるか？」

「……興味深い」

言った瞬間、ソーマとシーラが異様なほどに食いついてきた。

身を乗り出してきそうな勢いであったが、それを押しとどめるように肩をすくめる。

「……まあ、可能性はあるかもしれねえですが、どんな理由があるにしろ、正直試すのはおすすめしねえですよ？　不可能を可能にするってことは、当然相応の代償を払う必要があるってことですからね」

「ふむ？　その程度の覚悟はあるであるが？」

「その代償を払うのが、自分だけではないとしても、ですか？」

「……なら、いい」

「で、あるな。魔法が使えるようになるならば何でもする覚悟はあるであるが、それは違うであるし」

「……そうですか」

二人がそう言ったことに僅かな安堵を感じ、小さく息を吐き出した。

直後、そんな自分に気付き、自嘲で口元を歪《ゆが》ませる。

我ながら、随分と都合のいいことだ。

そんなことを思いながらも、話を続ける。

「話を戻しますが……あとは、無造作に色々なもんが放り込まれてたってのと、引き継ぎが上手くいかなかったこともあって、元々全部は把握しきれていなかったってのもあるですかね。さらには、直接襲い掛かってきたのはぶっ潰したんですが、宝物庫のものを盗んだやつらも含めて、全部は潰しきれなかったらしいんですよね」

「あー……ゲリラ化でもしたであるか？」

「似たようなもんですね。忘れそうになった頃になると嫌がらせのようなことをしてきて、その対応とか、あとはそもそも磐石《ばんじゃく》の態勢で引き継げたわけでもねえですし。そこら辺のこともあって、宝物庫に関しては後回しにせざるを得なかったらしいです。何があったのか分からない以上、何を盗まれたのかを把握することなんて不可能ですし」

その時点ではスティナは疎遠になりつつあったので話に聞くぐらいであったが、実際かなり大変だったようだ。

まあ、ようやく落ち着いてきたと思った時での反乱である。

それを狙っていたとはいえ、向こうにしてみればたまったものでなかっただろう。

と、そんなことを思い出し、考えていると、フェリシアが控え目に手を挙げた。

「あの……先ほどから一つ疑問に思っていることがあるのですが、聞いてもよろしいでしょうか？」

「はい？　何です？　まあ確かにざっと流れを話してるので分からねえことも多いとは思うですが……わざわざ改まって聞かねえといかねえようなことってあったですか？」

「その、当たり前のように引き継ぎ、という言葉が出てきていますが……誰から何を引き継ぐのでしょう？」

「誰からも何も、そりゃ倒した側が倒された側のものを引き継ぐ、ってことに決まってるじゃねえですか。幾ら魔王一派とはいえ……いえ、だからこそ、倒されたら倒しっぱなしにされても困るですよ？　ちゃんとそれまでやってたことを引き継いでくれねえと。厳密には魔王が魔族を率いているわけじゃねえですが、一応象徴的な存在ではあるですしね」

「え……魔王って、倒されたんですか？」

「倒されたって言っても、もう十年以上前のことですよ？」

つまり落ち着くまでに十年以上かかったということでもあるが、それはそれで仕方のないことであったのだろう。

何せ魔族でも何でもないものが、魔王を倒し、その座を引き継いでしまったのだ。

魔王の血縁の力を使ったりして色々やったとはいえ、むしろその程度でよく落ち着かせることが出来たものである。

もっともそれが完全ではなかったからこそ、反乱などが起こるのを許してしまったわけであるが。

「魔王が、倒された……シーラ、知っていましたか？」

「……ん、初耳」

「あれ……？」

二人の言葉に、今度はスティナが首を傾げる番であった。

当時はかなり大騒ぎになったという話だし、当然知っているものだとばかり思っていたのだが――

「ソーマも、知らねえです？」

「知っていたかいないかで言えば知らなかったであるが、まあそうだろうと思っていた、というところであるかな。ただ少なくとも、こっちでは周知されてはいないであるな」

「そうなんですか……」

ということは、敢えて外には知らせなかった、ということだろうか？

いや……考えてみれば当然のことだ。

不安定だということを知らせるなど、攻めてくれと言っているも同然である。

そんな危険を犯すぐらいならば、落ち着くまで黙っているのが得策だ。

「それはすまなかったです。まあですが、そういうことです」

「はい……分かりました。ありがとうございます」

「こっちの落ち度ですから構わねえです。で、えーと、何処まで話したんでしたっけ？」

「もう大体話したのではないであるか？」

「そうですか？　……ああ、そうかもしれねえですね。まあそういうわけで、今回の件にはその時に盗まれたであろうもんが使われたんじゃねえかってのがスティナの予想、ってわけですね」

色々と一気に喋って疲れたため、そこで一つ息を吐き出す。

さて、しかし語ってみたものの、どこまで把握してくれたのだろうか。

正直後半は蛇足といえば蛇足であったが――

「ふむ……で、その予想が正しかったとして、結局そんなものを使ってここで何をしてると思っているのである？」

ソーマがそう問いかけてきたのは、全てを理解したからなのだろう。

それはある意味で語った甲斐《かい》があったということであり、嬉しくもあるのだが……まったく本当に、と、溜息を吐き出す。

「まあ多分でしかねえですが、実験だと思うですよ？　ここは辺境ですからね、そういったことを試すには、悪くねえ場所です」

「実験……ですか。ところで、その力を使った場合、どんなことが出来るんですか？」

「ああ、そういえば肝心なそれ言ってなかったですか。えーと、何でも魔物が出現する場所は、幾つもの区画に分かれてるらしいです。スティナ達の目には見えねえし感じられもしねえですが、それは確かにあって、その中ではどんな魔物がどのぐらい出現するのか、というのが決まってるとか」

そして彼《か》の権能を宿した魔導具は、それを書き換えることが出来るのだそうだ。

ただし自在には不可能であり、場所によって容量が決まっているらしい。

弱い魔物であれば使用する容量が少ないため数を増やせるが、強い魔物であれば使用する容量が多いため数は限られるとか。

「……今まさに行われてるのが、それ？」

「ってことでしょうねえ。とはいえここでんなことをしてもさっき話してたように意味はねえですから、スティナは実験だろうと思ったわけですが」

「実験して、どうするんですか？」

「それを持ってるのが前魔王派のやつらの可能性が高いですからね。それで魔王城周辺の魔物を何とかして混乱でもさせようって魂胆なんじゃねえんです？　あの人達をその程度でどうにか出来るとは思わねえですが、それで諦めるぐらいなら最初から反乱なんて起こしちゃいねえでしょうし」

「それが使えているのは……偶然使える者がいた、というところであるか？」

「だと思うですよ？　今頃こんなことをしてるのは、藁《わら》にもすがる思いで試してみたら偶然使えた、とかいうことだったのかもしれねえですね」

それは半ば口からのでまかせではあったが、意外とその通りなのかもしれない。

……昔から使えるのを知っていたのであれば、スティナが知らなかったはずはないだろうから。

「とりあえず、それを使っている可能性が高い、ということは分かりましたが……特徴のようなものはないのですか？」

「そうですねえ、掌《てのひら》に乗る程度の黒い球体だったんですが……まあ、少なくともスティナが見れば分かると思うですよ？　あとあれは近くの場所に対してしか干渉できねえはずですから、この近くにいるはずです。っていうか、この街にいる可能性が高いですね」

「……それが分かれば、十分？」

「で、あるな。この先どうしようかは迷っていたであるが、ここまで分かったのであれば、その人騒がせな連中をどうにかするまで付き合うとするであるか。問題があるとすれば、これをギルドに知らせるかどうか、ということであるが……」

「んー……知らせてもいいですが、ちと面倒なことになりそうですねえ」

「では、一先ずわたし達だけで動き、無理そうでしたらギルドに話す、ということでどうでしょうか？」

「……ん、異議なし」

「ないであるな」

「了解です。ところで、具体的にはどうやって動くつもり――」

†

明日以降の動きも決め、夕食をとれば、心地いい疲労感が身体を襲ってきていた。

自分の部屋に戻って来たスティナは、それに逆らうことなく、そのままベッドへと倒れこむ。

「……はぁ」

そこでふと溜息が漏れたのは、疲れたという思いと共に、色々なことがあったという感想を抱いたからだ。

なんか今日は、一日が妙に濃かったような気がする。

……いや、気のせいではなく、実際にそうだった。

目的の物を手に入れ、魔物に襲われてあわやというところで助けられ。

その助けられた相手があのソーマで、そのソーマ達と旅をしないかと誘われ……返事を一旦保留にして街に戻って宿探しをしたら変な場面に遭遇して、ついやっちゃって。

その一部をソーマに見られるわ、幼女に妙に懐かれるようになってしまうわ、ソーマ達の旅についていくことを決めるわ、前魔王派の実験に遭遇したっぽいわで――

「……本当にちと濃すぎじゃねえです？」

数日どころか、一月に起こったことだとしても濃いと思うだろうに、それが一日で起こるなど摂取過多で死にそうだ。

しかも下手をすれば、この先もこんなことが起こるかもしれないのである。

「……まったく、何をしてんですかねえ」

それは色々なことに対しての言葉だった。

今日やった色々なことに対するもので、そんな自分に対するもので……こんなことで、僅かにでも安らぎを覚えてしまっている自分に対するもので。

「……はぁ。ま、とりあえずはいいです。今日は本当に疲れたですし、とっとと寝ちまうですか」

言い訳のような呟きと共に、瞼を閉じる。

しかし疲れていたのは本当であったため、すぐさまスティナの意識は闇の底へと落ちていくのであった。

23

「失敗した、だと？」

たった今耳にしたばかりの言葉を反芻《はんすう》しながら、男は眉根を寄せた。

目の前で下げられている頭を眺めながら、有り得ないはずのその結果に目を細める。

「どういうことだ……まさか邪魔でも入ったというのか？」

「申し訳ありません……そのまさかです。やつの注意が逸れた隙に攫うことは出来たのですが……路地裏に入り込んだところで、偶然冒険者と思われる女に遭遇してしまいまして……」

「ちっ、それはまた運の悪い……ん？　いや、待て……相手は一人だったのか？　女達、ではなく？」

「はい……一人でした」

そこで男が驚いたのは、こちらは少なくとも三人は向かわせたはずだからだ。

しかも目の前の人物は中級スキル持ちであり、他も下級スキルは持っていた。

この街にろくな冒険者がいないことは確認済みなため、相手が一人であれば負けるはずはない。

いや、それは相手が同数以上いたところで同じだったはずだ。

だが騒がれるのは避けようがなく、それを嫌って諦めたのかとばかり思っていたのだが――

「まさか……」

「……手も足も出ませんでした。こちらは私含め五人いましたが、瞬殺です。少なくともアレは、上級スキル持ちだったと思います」

「そんな冒険者はこの街にいないはずだが……偶然来ていた、ということか？　ちっ、本当に運がない……」

とはいえ、本当に相手が上級スキル持ちだったのであれば、こうして逃げ出せただけでも僥倖《ぎょうこう》といったところか。

下級スキル持ちが他に四人いようが、それは上級相手では何の役にも立つまい。

「というか、よく無事に逃げ出せたものだな。傷を負っているようにも見えんが……」

「咄嗟に荷物を放り投げたのがよかったのでしょう。アレはそっちの保護を優先したようで、その隙に逃げることが出来ました。もっとも、私以外は重傷とは言わずとも、それなりの傷を負ってしまいましたが」

「上級を相手にしておきながら、全員逃げ延びられただけでも十分だろうよ」

「はっ……ありがとうございます」

その言葉は本心からのものであった。確かに失敗してしまったのは痛いが、部下を失うよりはマシだろう。それに、完全に失敗したとも言い切れない。

「まあ、いい。失敗したとはいえ、こちらの意思は十分に伝わったはずだ。そのうえで今の今まで姿を見せていないということは、交渉は決裂したと考えていいだろう。愚かなことだ」

「まったくですね。血の繋がらない子供など、さっさと渡してしまえばいいものを。夫婦揃って本当に愚かなものです」

「妻の命を犠牲にして逃げ出しておきながら、結局こうして我らに見つかってしまったあたりも含めて、な。ふん、そういう意味では、やつの方が余程運がないか」

「逆に実験のためにここに来たというのに、偶然にもやつらを見つけた我々は運がいい、ということですね」

「これが偶然使えたということも含めて、な」

そう言いながら男は懐から黒い球体を取り出すと、それを掌の上で弄《もてあそ》ぶ。

反乱に失敗した時点でもう終わりだと思っていたが……人生分からないものだ。

これを使い、さらにアレも手にすれば、まだまだ幾らでもやりようはある。

「まあとはいえ全てが順調にいくわけもない。今回の失敗は、その教訓を得たと思えば悪くないだろう。あいつらには悪いがな」

「いえ、確かに最近順調で私達の気が抜けていたのは事実です。気を引き締めるのに、ちょうどよかったかと」

「そうか……あいつらの傷は、どれほどで癒える？」

「そうですね……三、いえ、二日もあれば十分かと」

「分かった。では今から二日後に、やつのところへと仕掛ける」

「……よろしいのですか？」

意外そうに聞いてきたのは、それが下手をすればこの街どころか、ギルドすら敵に回しかねない行為だからだろう。

街の住人を襲撃するということは、そういうことだ。

だが。

「なに、何の問題もない。二日後はオレも出る。仮にその女がまた現れたところで、同じ上級ならばオレが負ける道理があるまい？」

「それはとても心強いと同時にありがたいのですが……よろしいのですか？」

「構わん。さすがにあと二日もあれば実験は十分だろうし、アレさえ手に入れればもうここに用はない。ある程度のかく乱をするにしても、オレが一緒の方が都合もいいだろう」

「……ありがとうございます。しかしそうなると、やつには少し気の毒になるほどですね」

「ふん、我らを裏切り、温情すら無視したのだ。その程度のことは当然だろう」

「それもそうですか。……そういえば、やつは確か今宿をやっているはずですが、客がいた場合はどうしますか？」

「気にする必要はない。邪魔をするようならば殺して構わんし、逃げるならそのまま放っておけ」

状況次第では派手なことになるかもしれないが、それも気にする必要はない。

コレを使い適当な魔物を配置しておけば、この街の連中ではどうしようもないのだ。

むしろ多少派手にやった方が、後々逃げやすくなるかもしれない。

唯一気になることがあるとすれば……この街のギルド職員代行と、部下達に怪我を負わせしたとかいう女が一緒に来てしまった場合ぐらいか。

さすがにその場合は男でもどうなるかは分からず……しかしそんなことは幾らなんでも起こらないだろう。

悪いように考えすぎである。

何より今や自分達は乗りに乗っている状態なのだ。

一度や二度の失敗で臆するなど、馬鹿げた話である。

自分にそう言い聞かせると、男は立ち上がった。

「さて、二日あるとはいえ、やることは多い。お前にも働いてもらうぞ？」

「はっ、お任せください。失敗した分は働きでもって返させていただきます」

「ふんっ、そうか。では、期待しておくとしよう」

「はっ」

そうして歩き出すと、部下を伴いながら、その場を後にするのであった。

†

明けて翌日。

朝食を摂った後で街へと繰り出したソーマは、そこに流れている空気に首を傾げた。

昨日よりも、何処となく街全体がピリピリしているように感じられたのだ。

しかしそれを気にしながらも、ソーマは街の中心とは逆の方角へと足を向ける。

今日こうして一人でいるのは昨日話し合った結果であり、自分の役目はそういったことを気にするのとは別にあるからだ。

だが意図せずして、ソーマはすぐにその理由を知ることとなった。

街の東側から外に出ようとしていたのだが、そこは武装した二人組によって封鎖されていたからだ。

もちろんそれが不当なものであるならばソーマが一蹴するだけなのだが、そうではないことも即座に分かる。

彼らは自分達の方へと向かってくる者達のことを眺めると、次のように叫んだのだ。

「現在この街から外に出ることは禁止されている！　どうしてもという者、理由を知りたいものは冒険者ギルド支部へと行ってくれ！　そこで今回の件に関する説明や、必要と判断された場合は許可証の発行が行われている！　許可証がない者はここを通ることは出来ず、これに例外はない！」

あまりに唐突且つ理不尽な内容に、そこかしこから反発の声が上がるも、彼らは同じ言葉を繰り返すだけだ。

朝ということもあってか、そこそこ外に出ようとする者はいるようだが、その誰もが通ることを許されていない。

急いでるんだと叫び、強引に外に出ようとした者の前に、槍の穂先が突きつけられた。

どうやら見た目通り、武力行使も辞さないという構えであるようだ。

「ふむ……」

今叫ばれた内容からして、これはギルドによって行われたものだということが分かる。

とはいえ、ギルドは基本的には国からの出向機関だが、その職務は端的に言ってしまえば冒険者の管理だ。

当然のように、街の自治権などは与えられていない。

特にここには明確な国が存在していない以上、尚更だろう。

こんなことをする権限も、存在しているわけがない。

だがそこには幾つか例外もある。

街がギルドへとそうするよう依頼するか——ギルドがその必要があると判断した場合であった。

もっとも、前者にしろ後者にしろ、そうそう行われることではない。

特に後者は、責任は全てギルドが負うことになるのだ。

余程の緊急事態とでも判断されない限り、起こることではなく……だが、起こすべき状況だと判断された、ということなのだろう。

そして何を以てそう判断したのかは、考えるまでもないことであった。

「思ってた以上に迅速であるな……」

もちろんと言うべきか、それは昨日のシャドウテイカーとやらが出たのを発端とすることが理由だろう。

つまりギルドはそれをある程度の持続性のある脅威だと判断したのだ。

それは正しいことではあるが、昨日の今日で判断されるとは思わなかった、というのが正直なソーマの感想だった。

てっきり二、三日はかかると思っていたのだ。

しかも今の時点でここまで対応出来ているということは、もしかしたら昨日には既に判断が終わり、冒険者へと依頼をしていたのかもしれない。

そう、あの武装している者達は、明らかに冒険者だったのだ。

気のせいか、昨日見たことのある顔のような気もする。

ギルドが使える者など限られているし、武力を必要とする場面もあることを考えれば正しくはあるが――

「これはちと、見くびってたかもしれんであるなぁ」

あの代行、大分やる気がなさそうな様子ではあったが、並の者では今の段階でここまでのことは出来るものではない。

さすがは代行として認められるだけはある、ということか。

「ま、とりあえずは……」

このままではソーマも外に出られないことだし、一度ギルドに向かうべきだろう。

本来は一度外に出て周囲を確認し、またあのシャドウテイカーやそれと同等の魔物が出現していたら叩いておこうと思っていたのだが、この調子ではすぐにやらずとも大きな問題は起こらないはずだ。

ギルドが何か新しい情報を得ている可能性もあるし、無理に通るほどのことでもない。

まあ、外を見回った後でギルドにも行くつもりだったので、多少順番が前後するだけだ。

問題はない。

そう判断すると、未だ騒ぎが聞こえるそこへと背を向け、ソーマは一路ギルドへと足を向けるのであった。

ソーマがギルドに辿り着くと、異様なほどに混んでいた。

何せ外にまで列が作られるほどなのだから、相当なものだ。

当たり前のことではあるが、やはりこの街の全ての出入り口が封鎖されているようである。

並んでいる者達は一目見て冒険者以外の人物が多いことが分かり、中でも多いのはやはり商人だろうか。

外からでも怒鳴り声や叫び声が聞こえてくるほど、ギルドの中では白熱した状況が展開されているようだ。

ただし簡単に許可を出してしまったら、ここまで大掛かりなことをやった意味がない。

数分眺めているだけで、意気消沈したり、顔を真っ青にした者が、何人もギルドを後にしていた。

「さて……」

しかしソーマも他人事《ひとごと》のように見ている場合ではない。

今からこれに並んで、何とか許可を勝ち取らねばならないのだ。

昨日の話し合いによって幾つかのことが決まったが、そのうちの一つである各々の役割の話はそう難しいことではない。

ソーマが街の周囲の警戒と、魔物が出た場合の殲滅役《せんめつやく》。

他の三人が今回の件を引き起こしている犯人を捜す役だ。

警戒及び殲滅はソーマ一人で十分なのと、調査には人手が必要なことを考慮した上での振り分けである。

ともあれ、三人も既に調査に動き出しているはずだし、ソーマもここでのんびりしているわけにはいかない。

これに並んで待つとなると若干辟易《へきえき》するものの、そんなことを言っている場合ではないのだ。

しかもこうしている間にも、少しずつ列は伸びている。

「ま、さっさと――うん？」

と、列に並ぼうとしたソーマが足を止めたのは、ちょうどそのタイミングでギルドの中から外に出てきた人影に見覚えがあったからだ。

見覚えのあるネコ耳は、間違いなくあの受付嬢である。

ついでに言うと、何故だか慌てているように見えた。

何かあったのだろうかと眺めていると、周囲をキョロキョロと見回していた彼女と目が合い――

「あっ、やっぱ見間違いじゃなかったにゃっ。あ、あの、申し訳ありませんが、一緒に来ていただけませんでしょうかにゃ？」

それはソーマに言ってきているように見えたが、もし違ったら赤っ恥だ。

念のために周囲を見回し、後ろを振り向いてみたが、他にそれらしい人物はいない。

「ふむ……我輩に言っているのでいいのであるか？」

「はい、間違いありませんですにゃ」

どうやら合っていたようではあるものの、意図は不明だ。

別に呼び出されるようなことをした覚えはないのだが……しかし、列に並ばずとも中に入れるというのならば願ったり叶《かな》ったりである。

断る理由もないので素直に頷くと、周囲からの訝《いぶか》しむような、羨ましそうな視線を受けながら、ソーマは受付嬢に案内されつつギルドの中へと足を踏み入れた。

†

何となくそうなるんだろうと思ってはいたものの、ソーマが案内されたのは受付ではなく、そのさらに奥であった。

普段は関係者しか来ないだろう場所を進み、辿り着いたのはそれなりの広さを持つ部屋だ。

テーブルが一つに、それを挟んで向かい合うようにソファが二つ。

おそらくは応接室であった。

ただしそこには今誰も座っていない。

ここまで案内してきた受付嬢が座るのだろうか、などと思っていると——

「やー、遅れちゃってごめんねー。まさかこんな早く来るなんて思ってなくてね。ちょっとサボ……いや、他のことやってたからさー」

聞き覚えのある声に振り返ると、そこにいたのはギルド職員代行であった。

予想外とまでは言わないまでも、予想していた中では割とまさかという位置にあった人物の出現に、さすがのソーマも驚く。

街の人間を外に出さないようにしている中で、代行が直接会う。

その意味を察せないほど、ソーマは鈍くなかった。

「いや、我輩も今ちょうどここについたところであるし、ピッタリのタイミングであろう」

「あ、そう？　ならよかった。それにしても、なんか今の会話ちょっとデートの待ち合わせっぽいよねー」

「……代行？　分かってるにゃよね？」

「分かってる分かってるって。ちゃんと真面目にやるってばさー。じゃ、そういうわけであんまふざけてると怒られちゃうからね……わたしここで一番偉いはずなのに怒られるっておかしくないかな？　ってちょっと思うけど、まあいいや。とりあえず座って座ってー。あんま話を長くするつもりはないけどねー」

ここまで来た以上、それを断る理由もない。

それにある意味、手間が省けたとも言えた。

代行の勧めに従って右側のソファーに座れば、その直後に代行が左側のソファーに座る。

受付嬢はどうするのかと思っていたら、代行の後ろに移動しそのまま立っていた。

秘書のようにも見えるが、代行を監視しているようにも見えるから不思議だ。

その視線がこちらではなく、代行の頭頂部に向けられているからかもしれない。

「ねえねえ、なんかわたしすごい見られてるっていうか監視されてるような気がするんだけど、気のせいかなー？」

「気のせいだからさっさと話進めるにゃ。あちしもあの人も代行と違って忙しいにゃ」

「あれあれ？　やっぱわたし蔑《ないがし》ろにされすぎじゃない？　ま、その分楽だからいいけどー」

いいのか、とか思っていたら、代行はおもむろに懐に手を突っ込むと、何かを取り出した。

それは木で出来ているように見える、掌サイズの長方形の物体だ。

一目見ただけでは何なのか分からないものだが……ソーマは多分アレなのだろうなと予想していると、代行はそれをそのまま差し出してきた。

「はい、とりあえずこれ、街の外に出るための許可証ねー。見張りの人に見せればそのまま通してくれるよ。別に高価な素材とか使ってるわけじゃないからなくしちゃってもいいけど、再発行するのが面倒だから出来ればなくさないでくれると嬉しいかなー」

「ふむ……いいのであるか？」

「おお、全然動じてるように見えない。さっすがだねー」

「ここに来るまでの間に大体予想できていて、代行が来たと分かった瞬間にほぼ何故我輩がここに連れてこられたのかは分かったであるからな。つまりそれを使って外に出て、周辺の様子を探ると共に昨日と同じような魔物が居たら殲滅して来い、ということであろう？」

「うわー、話が早ーい。楽ー。まあ正確にはさすがに殲滅とまでは言うつもりはなかったんだけどね」

つまりは、彼女達もソーマ達と一部分では同じ結論に達したということだ。

外に危険な魔物が出て、今のここの戦力ではろくな対処が出来ない。

だから外はそれが可能な人物にだけ任せ、街は実質的に封鎖する。

不満は出るだろうが、誰かが死ぬ可能性が高い状況なのを指をくわえて眺めているよりはマシ、ということろだ。

それが予想できた理由は単純である。

ソーマは外を見て回った後、それをここに提案に来るつもりだったからだ。

正直一顧だにされない可能性すら考えていたというのに、既にここにまで至っているとは、やはり見くびっていたということなのだろう。

許可証だというものを受け取りながら、ソーマは小さく息を吐き出した。

「やれやれ、我輩もまだまだ、ということであるな」

「うん？　えっと、やっぱ駄目、かなー？　さすがに勝手すぎるしねー……」

「代行の頭が高いせいなんじゃないかにゃ？　ほら、さっさと地面に頭擦《こす》りつけて頼み込むにゃ。それぐらいしか役に立たないんにゃし」

「くっそ、この受付嬢絶対そのうち首にしてやるからなー」

「それでギルドが回せるならやってみるがいいにゃ」

「……くっそー」

「で、これは我輩に対しての依頼、ということでいいのであるか？」

寸劇をスルーしそう問いかけると、二対の瞳がこちらに向けられた。

元よりこちらから提案しようと思っていたことではあるが、それはそれだ。

報酬が得られるならばそれに越したことはないし、向こうから言ってきた以上はそうなるのが道理だろう。

「ま、そういうことになるねー。ちょっと色々と不明瞭すぎるから依頼書はないけど、報酬は相応のものを支払えるとは思うよ。これはもうこっちを信用してもらうしかないんだけどね」

「ふむ、それは問題ないのであるが……期限はどの程度を想定しているのである？」

「そうだねー……最悪でも一月、ってところかなー？　緊急事態ってことで本部に応援頼んだから、多分それまでには何とかなるはず。食糧の備蓄もあるから、それぐらいなら何とかこもっていられるだろうしね」

「街の人からの不満が酷いことになりそうだけどにゃー」

「それはもう耐えてもらうしかないかなー。聞きに来た人には説明してるしね」

「ああ、そういえばそれなのであるが、一斉に知らせるわけにはいかんのであるか？　そうすれば不満もマシになるであろうし、ここもこんな状態にならんで済むと思うのであるが」

「今分かってるのは、外には雑多な魔物がいなくなった代わりに強力な魔物が出るようになったかもしれない、ってことだけだしねー。人為的か否かも定かじゃないし、多分余計に不安を煽るだけだと思う」

「だから直接関係があり、聞きに来た人のみに、ということであるか……」

一応納得できることではあったので、頷く。

この街の住人が納得できるかは別であるが、今の状況を考えれば悪いものではないだろう。

「そういうことだねー。あ、他にも聞きたいことがあれば、教えられるものなら教えるよ？　こんな依頼しちゃってるわけだしねー」

「他に聞きたいこと、であるか……特には……あ、いや、では、何故この依頼を我輩にしたのであるる？　昨日のことが理由だということは分かっているのであるが、それならば我輩達となる気がするのであるが……この依頼、我輩のみが対象であるよな？」

それは話の内容であり、二人の様子からであった。

誰が倒したなどとは言っていないのに、それでも二人がそれが当たり前のように、今回の依頼をソーマのみにしていたのである。

「んー、何故って言われるとちょっと困るんだけど……まあ、分かるから、かなー。皆凄そうではあったけど、あの中では君が明らかに頭一つ以上抜けてたからねー」

「ふむ……」

受付嬢に視線を向けてみると、頷きが返ってきた。

それで間違いない、ということだろう。

戦いぶりを見せたわけでもないのにそれが分かるとは……さすがは力が法な魔族、というところだろうか。

「それで、聞きたいことはそれだけってことでいいのかなー？」

「そうであるな……とりあえず問題はないと思うのである。まあ、何か気になることがあったら報告しに来るゆえ、その時はその時に聞くのである」

「りょうかいー。ま、多分その時聞くのも答えるのも、わたしじゃないだろうけどねー」

そんなことを言いながら、代行が立ち上がる。

差し出された手は、依頼書の代わりか。

まあとりあえずこれで懸念の一つは解消されたようだと、そんなことを思いながら、ソーマはその手を握り返すのであった。

25

ギルドを後にしたソーマは、そのまま東側へと足を向けた。

どの方角でもよくはあったのだが、あの後あの場がどうなったのか、少し気になったのだ。

もっとも、辿り着いた先で広がっていた光景は、先ほどと大差ないと言えばない状況であった。

強引に外に行こうとした者を冒険者が押さえる中を、怒声が飛び交っている。

あそこに行くと面倒なことになりそうだとは思ったものの、行かないわけにもいかない。

溜息を吐き出し向かい、だが予想に反しソーマはあっさりとそこを抜けられた。

許可証を見せると、男達はソーマのことを簡単に通したのだ。

その呆気なさは、男達と言い争っていた者達まで一瞬唖然としたほどである。

もっともその直後、何故あいつはいいんだとか後ろで叫んでいるのが聞こえてきたりしたが……ソーマには既に関係のないことだ。

「ふむ……事前に話を通しておいたにしても、随分スムーズだったであるな」

そこは少し気になったことではあるものの、スムーズだと問題が発生するわけでもない。

まあいいであるかと呟き……だからそこで振り向いたのは、そこを気にかけたからではなかった。

意識を向けたのは、そのさらに先だ。

「そういえば、あっちはどうなっているのであろうなぁ……」

こっちは最初から予想外の出来事が起こっていたのである。

向こうでもそういった何かが起こっている可能性は否定出来ない。

だがそんなことを考えながらも、ソーマは前方に向き直る。

たとえ何かがあったところで、彼女達ならば大丈夫だろうと、そう思える程度にはあの三人を信頼しているのだ。

ならば今ソーマがやるべきことは、向こうのことを気にして足を止めることではない。

自分のやるべきことを果たすため、ソーマはそのままさらに足を進めるのであった。

†

端的に言ってしまうのであれば、街での捜索は難航していた。

とはいえこれは、何か予想外のことがあったからではない。

むしろ予想通りだったからこそ、難航しているのだと言えるだろう。

そもそも探している相手の特徴などが一切分からず、分かることといったら特定の魔導具を持っている可能性が高い、ということだけなのである。

部屋に閉じこもられてでもいたら探しようがないし、仮に外を出歩いていたとしても、普通に考えれば魔導具を分かりやすく外に出しているわけがない。

必然的にそれと分かるためには、その魔導具を使用している現場を押さえるしかないのだが、現場を押さえられるのであれば、その時点で捜索は終了しているだろう。

となれば、そんな状況で出来ることなど限られている。

ひたすらに足を使って歩き回り、偶然手掛かりが得られるのを待つことぐらいだ。

つまるところ――

「……死ぬほど地味ですねえ」

思わず、といった様子でスティナはそう呟いていた。

左右にあるのは代わり映えしない建物ばかりであり、怪しいと言えば怪しいが、怪しくないと言えば怪しくない。

要するに何処までも普通の場所だ。

捜索開始からずっとこんな光景ばかりを見ているのだから、ぼやきの一つや二つ漏れようかというものである。

「まあ、仕方がないかと。そもそもこうなるであろうことは、予測できていたことですし」

言葉に視線を向けてみれば、そう言った本人であるフェリシアの様子にも、若干の辟易さがにじみ出ていた。

ゆえにそれには、肩をすくめて返す。

「ま、そりゃそうなんですがねえ」

大体これは元を辿ればスティナが出した案だ。

つまりは自業自得と言えなくもなく……だがスティナが言わなければ、誰かが言っていたことでもあるだろう。

そのぐらい今やっていることは、何の面白味もなければ工夫も存在しないことなのだ。

まあ、本当にただ歩き回っているだけなのだから、当たり前のことではあるが。

だからこそフェリシアも、そしてシーラもそれに同意を示したのだろうし――

「……ん、地味だけど、その分確実。……それに、ソーマが出した案に比べれば、マシ」

「ああ……怪しいと思った場所に問答無用で踏み込んでぶっ飛ばす、とかいうやつですか。アイツ別に脳筋じゃねえはずなのに、たまに物凄く馬鹿にならねえです？」

「何を根拠に怪しいと判断するのか、という問いには、勘、とか言い出しましたからね。まあある意味ではソーマさんらしい気もしますが……」

「……ん、しかもそれで解決しそう」

それが否定出来ないのが怖いところであった。

実際ソーマは何も知らないはずなのに、天運としか呼べないような行動で、今までも数度、放っておけば確実に大惨事となるような出来事を防いでいる。

そのことをスティナはよく知っているし、そんなソーマの勘だ。

馬鹿に出来るわけがない。

とはいえ、さすがに本当にそれに頼るわけにはいかないだろう。

結局はこうして地味なことをやり続けるしかないのである。

「さて、とりあえずこれでこの周辺は終わりですかね」

「……そうですね」

「……うん？」

と、そこでスティナが首を傾げたのは、フェリシアの返事からどことなく陰のようなものを感じた気がしたからだ。

事実よくよくその姿を眺めてみれば、先ほど見つけた辟易さ以外のものもそこには感じ取れ……肩をすくめる。

当たり前のように顔は隠されているものの、それでも何となく、何を考えているのかを悟ってしまったからだ。

「あんま考えても仕方ねえですよ？　究極的に言っちまえば、スティナ達には関係のねえことですし」

その言葉で、フェリシアも悟られたことに気付いたのだろう。

何事かを言おうとしたのか、そんな気配が感じられ、しかし最終的には苦笑のような形となって落ち着いた。

「……すみません。分かってはいるんですが……」

「別に謝ることっちゃねえですよ。それに……」

その気持ちは少し分かる、と続けようとして、止めた。

それを口にしたところで、何の意味もないからだ。

代わりとばかりに周囲に視線を向け、小さく息を吐き出す。

そこにあったのは先ほども言ったように、代わり映えのしない景色……自分達の泊まっている宿よりも余程ボロい建物であった。

怪しいというよりは、倒壊の危険性が先に頭に浮かぶ、そんな場所だ。

ただし問題なのは、これでもここまで来た建物の中では比較的マシな方だということだろう。

しかもここも含めてその全ては放棄されたわけではなく、現在進行形で誰かが住んでいるはずだ。

言葉を選ぶならばスラム、選ばなければ廃棄場といったところか。

南の南側、そのさらに路地裏の奥へと進んだ先でのことだ。

もっともこんな光景は、何処の街でだって存在しているような、珍しいものではない。

あるいはないとするならば、それは村などの限定された集落ぐらいだろう。

そういった場所では、こんな光景が作り出される余裕はないからだ。

こんな場所に住む人間などは決まって底辺の人間であり、そんな者を養う余裕はどこにだってない。

だからそんな人間は街にまで繰り出し、その大半が道中で魔物に食われて死ぬが、運良く辿り着けた者はこういった場所に潜り込む。

やがていなくなったり上に這《は》い上がったりするものの、その頃にはまた別の人間がやってくる。

そうやって続いていくからこそ、こういう場所がなくなることもないのだ。

そしてそんな場所だからこそ、脛《すね》に傷を持っていたり、何か怪しげなことを企んだりするのには格好の場所なのである。

ここを真っ先に、重点的に調べるのは当然のことだろう。

とはいえ、知識と経験は別物である。

知識としては知っていただろうが、初めてこういったものを目にしただろうフェリシアが相応の衝撃を受けていることは想像に難くない。

もっとも、そこでスティナが何かをするかといえば、肩をすくめるだけだ。

何かをするのはシーラの役目であり、ソーマの役目である。

仲間とすら呼べないだろうスティナの今の役目は、この二人では見逃してしまうような、あるいは気付けないようなものを見つけ、手掛かりとすることであって――

「……む？」

瞬間、視界の端を人影が横切った。

それそのものは、別に何の不思議もない。

先ほども述べたように、ここには身元が不確かな者も多いとはいえ、普通に人が暮らしているのだ。

冒険者なども、ここよりもう少しだけマシな場所ではあるも、住んでおり、人が出歩いているのはむしろ自然なことである。

だが気のせいでなければ、スティナはその顔に見覚えがあったのだ。

「……二人とも、ちといいですか？」

「はい？　どうかしましたか？」

「……怪しいの、見つけた？」

疑問系ではありながらも、確信を持って聞いているように思えるシーラに、スティナは苦笑を浮かべる。

ソーマも怖いが、この少女も十分すぎるほどに怖い。

まあ、今は頼もしいというべきなのかもしれないが……そう思いつつ、頷く。

「そうですね、今回のことと関係があるかは分からねえんですが……少なくとも、怪しいのだけは確実です」

「そうですか……まあ、今のところ、他に手掛かりもありませんしね」

「……ん、任せる」

話が早くて助かると、再度苦笑を浮かべながら、もう一度頷くと、足早に移動を開始した。

向かうのは当然、先ほどの人影が向かった先だ。

向こうはこっちに気付かなかったようだが、気付かれれば間違いなく逃げられてしまうだろう。

そのためこっそりと、片目だけを出すようにして角から顔を出せば、道の先には先ほど見たのと同じ背中があった。

「あの人ですか……？　まあ確かに、怪しいと言えば怪しいですが……」

「いや、間違いなく怪しいと思うです」

何せ全身を黒いローブで覆い、フードまで被っているのだ。

あれを怪しいと言わなくて誰を怪しいと言うのかという話である。

もっとも、フェリシアの言いたいことも分かるが。

色は白であっても、外見だけであればフェリシアもシーラも似たようなものなのだ。

怪しいと断言するのは少し抵抗があるだろう。

しかしそれでも、スティナはアレを怪しいと断言する必要があった。

フェリシア達のことを考慮して見逃すわけにはいかないし……何よりも、その姿に見覚えがあったからだ。

「……まあ、怪しいか怪しくないかで言えば、怪しい？　……どことなく、周囲を警戒してるし」

「のんびりと話してる暇はないんで、詳細は省きますが……まあ、アイツがろくでもねえことやろうとした現場に、偶然スティナが遭遇したんです」

姿を見たのは数秒程度だが、忘れてはいない。

最初から殺すつもりはなかったものの、あっさりと無傷のまま逃がしてしまったのだ。

その後ろ姿が忘れられるわけもなく……そして視線の先にあるのは、間違いなくそれだった。

もちろん黒いローブを纏っているだけなので、背丈が似たような人物であれば別人ということもないとは言わない。

だがこの場所で、この状況だ。

たとえ別人であったとしても、明らかに怪しい以上は見逃す理由にはならないだろう。

正直に言ってしまえば、あれらと魔物の件とが関係あると思っているわけではない。

少しだけではあるが、話を聞いた限りでは別件であるように思えたからだ。

とはいえ、さすがに放置しておくわけにはいかないだろう。

別人ではなかった場合、見つけておきながら放置しておいたら、またあの娘が——

「……いえまあそれは別にどうでもいいし、関係ねえんですが」

「はい？　何か言いましたか？」

「……ただの独り言ですから、気にするなです。それよりも、後追うですよ」

ここはあまり複雑な地形をしていないようだが、それでもこちらが見つからないよう、敢えて角を曲がるまで待っているのだ。

あまりのんびりとしていたら見失ってしまいかねない。

「……ん、急ぐ」

こちらをジッと見つめていたシーラが、そう言って前を向いたことに、ほんの少し安堵の息を吐き出しながら。

スティナはあの後姿を追い、音を立てないよう気をつけつつ、駆け出すのであった。

追跡を続けながら、スティナはふと首を傾げた。

視線の先の男の向かう先が、どうにも妙だと思ったからだ。

「……アイツ、どこ向かおうとしてんですかね？」

「街の外……にしては、確かに変ですね」

「……ん。……でも何となく、何処かの建物に向かってるって感じでもない」

「ですよねえ……」

この街には、所謂市壁と呼ばれるようなものが存在している。

街をぐるっと囲い、外と内とを遮る石の壁だ。

魔物避けの結界があるとはいえ、外の様子が見えていたら安心して日々を暮らすことが出来ないし、万が一の可能性もないとは言い切れない。

そういったわけで、この世界の街には大抵存在している、馴染《なじ》み深いものだ。

だからこそ、街の出入りにはそれぞれに設けられた門を利用する必要がある。

市壁の高さは二十メートルもないので、やろうと思えば飛び越えることも出来るが、やろうとする者はほとんどいないだろう。

そうすることで通行料を支払う必要はなくなるものの、見つかれば通行料の十倍近い罰金を支払わされることになるからだ。

しかも、見つかる可能性はかなり高い。

そもそも通行料が安いこともあり、そんな危険を犯すぐらいならば素直に通行料を支払ったほうがマシなのだ。

そんな門であるが、この街には東西南北の四箇所に設置されている。

だが男の向かう先は、どう考えてもそのどこにも該当しないような場所なのだ。

現在地は南西というところなので、外に行こうとするならば、向かう先は南か西の門といったところのはずだが……男はちょうどその中間ぐらいの地点に向かおうとしているように見えた。

「まさか、飛び越えようとしているのでしょうか……？」

「確かにありそうですが……」

越えられるか否かで言えば、越えられるだろう高さではある。

しかしそれで見つかる可能性は高いし、デメリットも大きい。

とはいえ実のところ、そうすることでメリットもあるといえばあるのだ。

門を通過するということは、確実に顔を見られるということでもある。

まあシーラ達がそうであるように、実際には一緒に居る誰かの顔が見えてさえいればいいので、割と抜け道はあるのだが、それでも一人の場合はどうしようもないし、どちらにせよ身元は明らかになりやすい。

要するに、他の街にも情報が知らされるような犯罪者などにしてみれば、都合が悪いのだ。

そういった者達からすれば、街の中に入るには多少の無理をしてでも市壁を越える必要があるし、実際には見つかりにくい方法というのも存在していたりする。

もちろん一般市民達には知る由もないだろうが、犯罪者だったり裏の人間だったりには、それなりに横の繋がりというものがあるのだ。

それによって情報が共有されることもあり……スティナも幾つかは知っている。

ただ、この街の市壁は確か、前魔王の時代に造られたもののはずだ。

この街の性質とも合わさって、抜け道などは存在していないはずなのだが――

「……位置的に、あの先はもう市壁？　……どうする？」

シーラがそう言って問いかけてきたのは、角を曲がってから今までのように追いかけたのでは、飛び越えるなり何なりして市壁の向こう側に行かれてしまった場合、姿を見失ってしまう可能性があるからだろう。

そして確かにスティナの見立てでも、あの角を曲がったすぐそこが市壁のはずだ。

見失ってしまう可能性が高い。

「そうですね……っていうか、スティナが決めていいんです？」

「……今更な気がしますが？　そもそもこの追跡をすると決めたのも、スティナさんではないですか」

「……ん、今更」

言われてみればその通りだが……向けられている二人の視線に、苦笑を浮かべる。

シーラは何の迷いもなく、フェリシアは僅かな疑いをその瞳に乗せているが、そもそも本当に疑っているのならば自分に決定権など与えないだろう。

それを自分の役目として、こんな時にもそれを忘れていない、ということなのだろうが……どっちにせよ甘いことに変わりはない。

まったく誰も彼も甘いと思い……自分もこんなに甘いとは思いもしなかったと、溜息を吐き出す。

しかしここまで来れば、もう色々と今更だ。

前方の背中を睨みつけるように目を細め、決める。

「仕方ねえですね……気付かれたらもう諦めて捕まえるとするです」

「了解しました」

「……ん、分かった」

今まで尾行ですませていたのは、何をしようとしているのかを確認するためであった。

だからここまで泳がせていたのだが、見失うよりはマシだろう。

……というか、未だに何故あれを怪しいと思ったのかは話していないのだが、それでも二人の頷きに躊躇《ためら》いはなかった。

まったく本当にと、再度苦笑を浮かべ、角から身を晒す。

あとはもう、気付かれないようにと、祈るだけだ。

息を吸い、吐き、ジッとその背中を見つめる。

やがてその背中が、角の向こう側へと消え——

「今ですっ」

スティナの合図と共に、三人は一斉に身を躍らせた。

直後にシーラが先頭に立ち、スティナが少し遅れ、フェリシアがさらに遅れるも、これは仕方ない

し、気にする必要もない。

要するに、誰か一人でもあの男がどうするのかを見ることが出来ればいいのだ。

ただしその速度での移動のため、さすがに音は殺しきれない。

気付かれてしまう可能性も高く、その場合は捕らえる方向に状況を変更、というわけだ。

果たして真っ先に辿り着いたシーラは、その場で動きを止めた。

捕縛へと移行しなかったということは……気付かれなかったということだろうか。

あるいは、それでも追いつけず既に姿が消えていたという可能性もあるが……数秒遅れて追いついたスティナは、シーラの横に並ぶと、首を傾げた。

何となくではあるが、シーラが困惑しているように見えたからだ。

「どうかしたですか？　何となく、ただ見失ったってわけじゃねえみてえに見えるんですが……」

「……ん、一応最後まで姿は追えた」

「ってことは、やっぱここから外に行ったわけですか？　他にすぐ入れそうな建物はねえですし……」

「……ん、確かに外に出たけど……」

と、何やらシーラが言いあぐねている間に、フェリシアがようやく追いついて来た。

それほどの距離はなかったはずなのだが、肩で息をしているのは……まあ、仕方ないことだろう。

魔女が自分達についてこようと、全力で走ったのである。

相応に疲れるのは当然だ。

今回は誰か一人が見れたらよかったのだから、フェリシアは後からゆっくり歩いてきてもよかったのだが……そうしなかったのは、性格だろうか。

そんなことを思い、苦笑しながらその姿を迎える。

「つ、はぁっ……それで、どうなったの、ですかっ？」

「無理せず息整えてりゃいいですよ。まあスティナもそれを今聞いてるとこなんですが。で、外に出たのは分かったですが、何でそんな困惑してんです？」

別に勿体ぶっている、というわけではないだろう。

そもそも外に出たというのならば、自分達も後を追わねばならないのだ。

ここで諦めては、追ってきた意味がないからである。

さすがに自分達も飛び越えるわけにはいかないので、今から門に行ってこの向こう側へと移動して、と考えると、余裕はない。

この向こう側はだだっ広い草原が広がっているだけなので、すぐに見失うことはないとは思うものの、こんな場所から外に出たぐらいなのだ。

何をしようとしているのか分からない以上、絶対はない。

が、それを分かっているだろうシーラは、それでも中々口を開こうとはしなかった。

それはまるで、今自分の見たものがどういうことだったのか、未だに飲み込めていない、といった様子であり――

「……あの人は、歩いて外に出て行った。……飛び越えたわけじゃなくて、他の何かをしたのでもなくて……そのまま、歩いて。……まるで、壁なんかないみたいに」

そしてそのまま、そんな言葉を口にした。

†

「んー、結局どういうことだったんですかねえ」

先ほどのことについての話をしながら、スティナ達は西門へと向かっていた。

南ではなかったのは、単に気分だ。

どっちにしようかと思ったところで、何となく西の気分だったからそうしたにすぎない。

……別に南門に向かうと、途中でまたボロい建物とかが目に入ってしまうからとかが理由ではないのだ。

ともあれ、先ほどシーラから聞き、確かめた壁のことであるが――

「確認してみたら普通の壁でしたし……魔法を使った、とかでしょうか？」

「……そんな感じじゃなかった」

「そもそも市壁には魔法が使われたら反応するようになってるはずですしねえ……あ、いえ、あの周辺だけそうなってなかった、って可能性はあるですか。まあスティナが使って試すわけにはいかねえですから、すぐに結論は出せそうもねえですが」

「スティナさんが使って、ということは、スティナさんは魔法が使えるんですか？」

「ま、一応程度ですがね。探知系のものとかは使えねえですから、以前話に出た時は何も言わなかったですが」

「……むぅ」

そこでシーラが少し不満そうなというか、羨ましそうな気配を向けてきた理由を、スティナは知っていた。

色々とエルフのことを探っている途中で、知ってしまったからである。

とはいえ本人から聞かされていないことを知っていたら、怪しいだけだ。

何となく既にそうしても気にされないような気もしているのだが、念のために知らないふりをして首を傾げておいた。

「ふーむ……あとは考えられるとしたら、何か特別な仕掛けが仕込んであった、とかですが……何か変な動作をしてたりはしてなかったんです？」

「……少なくとも見た限りでは、なかった？　……でも何か呟いてるように見えたから、やっぱり魔法かも？」

「それだけだったら何らかの仕掛けを使った可能性も残ってるですが……ま、どうでもいいっちゃどうでもいいことですか」

摩訶不思議《まかふしぎ》だとはいえ、それが分かったからどうだというわけでもないのだ。

実は壁に見えていたが幻覚でそう取り繕われていただけで、そこには穴が開いていた、とかならば利用させてもらうのもやぶさかではなかったが、通れないのであれば関係ない。

普通に門から外に出て、追いかけるだけだ。

と、そんな風に考えていたのだが――

「……はい？　通っちゃ駄目、です？」

「今言ったように、ここを通るには許可証が必要だ。事情は冒険者ギルドに行ってくれれば説明されるし、許可証も必要と判断されれば発行される。以上だ。さあ行った行った」

にべもなく拒絶され、しっしと追い払われるように手を振られる。

正直むっとしたが、ここで言い合ったところで無意味なのは明らかだ。

仕方なく素直に引き下がった。

別に強引に通ろうと思えば可能ではあるが……そこまでする必要があるかと言われれば、微妙なところだろう。

「これは……どうしましょう？」

「……諦める？」

「しかねえでしょうねえ。今からギルド行ったところで間に合うわけねえですし、そもそも許可証もらえるとは思えねえです」

いや、あるいはあのことを話せば可能かもしれないが……今までソーマ達にも話していないのは、何となく大事《おおごと》にされたくはないのだろうと思ったからなのだ。

でも本当にあの娘達のことを考えるならば話したほうがいいのかもしれず――

「……いえ、別にあいつらのことなんてどうでもいいんですが……」

「……スティナさん？」

「ああいや、何でもねえです。……ま、残念ですが、諦めるとするですか。また地道に……今度はついでにこっち側でも捜索しますか」

「……ん、分かった」

「了解しました。……それにしても、もうこんなことになっているなんて、ソーマさんが何かした、というわけではないですよね？」

「さすがのソーマでもここまで迅速に何かをするのは…………まあ多分出来ねえと思うです」

否定しきれないことではあるが、さすがにないだろう。

それよりは、もう一つの可能性を考えた方が自然だ。

「……ギルドの人達が、予想よりも優秀だった？」

「ってことでしょうね」

「しかしそうなりますと……ソーマさんは無事、外に出られたのでしょうか？」

「……出られた気がする」

同感であった。

強引にではなくとも、何となくソーマは何故だか外に出られるような気がするのだ。

自分で疑問を口にしていながら、フェリシアも同感だったらしく、苦笑をしながら頷いていた。

「さて……ま、アイツの心配よりも、こっちの心配をすべきですね。こっちはこのままだと手掛かり得られねえ可能性が高いんですし」

「先ほどのは惜しかったですが……言っても仕方ありませんか」

「……ん、頑張る」

一度だけ南西の方角へと視線を向けるも、フェリシアの言うように、こうなってしまってはもう仕方のないことだ。

気を取り直すように前方に向き直ると、スティナ達は捜索を再開するのであった。

27

ソーマが宿に戻ってきたのは、外とギルドの間を三回ほど往復し終えた後のことであった。

わざわざ外を一周するごとにギルドに寄ったのは、情報交換をするためだ。

まあ、一周目の時に偶然手土産とするものが見つかった、というのも要因の一つではあるが、何よりも現状互いに分かっていることが少なすぎる。

少しでも得られるものがあればと、そういうことであった。

もっとも、結論から言ってしまえば特に向こうから得られるものはなかったのだが……どちらにせよ一周目の時は手土産の関係もあって一度寄る必要があったのだ。

さらには礼儀として最後にも寄るべきだったことを考えれば、大した手間が発生したわけでもない。

気にするようなことでもないだろう。

ともあれ、そうして戻ってみれば、既にシーラ達は宿に戻っていた。

となれば互いの成果についての報告を行うべきだが……外ではそろそろ日も沈もうかという頃合である。

食堂で夕食をとりつつ、ということになったのは、そういう理由によるものであった。

「……ま、とりあえずこちらとしてはそんなところであるかな」

とはいえ、ソーマが報告するようなことはほとんどない。

都合三周、最後はそこそこ街から離れた場所まで歩いてみたものの、何か変わったようなことは見つけられなかったのである。

精々が、昨日得られた推論が補強出来たという程度のこと——昨日に引き続き、似たような魔物を街の周辺で見かけたという程度のことだ。

これで今回のことはほぼ人為的に引き起こされたものだという確信が得られたものの、それほど重要かと言われるとそうでもないだろう。

元よりそれは確定したこととして動いていたのである。

それを解決するための手掛かりでも得られたのでなければ——

「あ、いや……手掛かりとは言えぬまでも、何もなかったと言ってしまえば語弊があるかもしれんであるな」

「え、何か見つけたんですか?」

「見つけたというか結果的には拾ったというか、という感じであるか……?」

それは一周目の時のことであった。

街を出てから一度も魔物すらも遭遇せず、これはさすがに暇すぎるなどと思い始めた矢先のことだ。

人の気配と魔物の気配、その両方を察知したのである。

推論通りであるならば、その何者かは危険な状況であるかもしれない。

少し急ぎ向かうと……そこには、少々予想外の光景が広がっていた。

動かない魔物と、そこから少し離れた場所に黒いローブ姿の人物が立っていたのだ。

魔物は倒されたのかと一瞬思ったが、感じる気配からそうではないということが分かる。

ならば刺激しなければ大人しいタイプのものなのだろうと判断し……そうなれば問題はローブ姿の人物だ。

どう考えても怪しいものの、正直ソーマ達も人のことは言えない。

何か理由があるのかもしれないと思いつつ、さてどうするかと思っていると、こちらが声をかけるよりも先に向こうが気付いた。

これは都合がいいと、何をしているのかを尋ねようと思ったのだが……何故かその人物は舌打ちをするとおもむろに襲い掛かってきたのだ。

「で、もちろん撃退しやがったんですよね？」

「何故もちろんなどと言ったのかは解せんのであるが……まあ、結論から言ってしまえばその通りであるな」

「……その人は、何故襲った？」

「さて、それは我輩も気になったところではあったのであるが……」

「え、まさか、勢いあまって殺してしまったんですか……？」

「だから汝らは我輩のことを何だと思っているのである？」

そもそも殺すどころか、意識を失わせるつもりすらなかったのだ。

単純に無力化だけしておこうと思い、軽く地面に叩きつけ――

「……勢いあまって弾き飛びやがったです？」

「最早何も言わんであるが、むしろその方がよかったかもしれんであるな。分かりやすいという意味で」

「……どういうこと？」

「直後に意識を失うと、何をしようとも目覚めなかったのである」

仕方なく、明らかに怪しかったため、ついでにギルドへと持っていったのだが、最後に寄った時すら意識が戻ることはなかったのだ。

ちなみに手土産とはその人物のことだが、そんな状況だったため、厳密には手土産たりえたのかは微妙なところだろう。

「それは、頭をぶつけたから、ということですか？」

「いや、叩き付けたのはうつ伏せに、しかも腹のみが地面に叩きつけられるように狙ったであるからな。その可能性はないはずである」

「すげえ痛そうなんですが……それはともかく、じゃあ何で急に意識を失ったんです？」

「それが分かれば苦労はしないのであるが……地面に叩きつけられた瞬間、口元が動いていたような気がしたのであるよな。ついでに、何かを飲み込むような感じも」

「……薬？」

「の、可能性が高いであろうな」

どんな手段を用いるにしろ、自白させるには相手の意識があるのが前提となる。

だからそれを封じるために自身を仮死状態にさせたり眠ったままにさせる、などというのは稀に行われることだ。

もちろん一般人には遠い世界の話ではあるが――

「余計怪しくなったですね」

「うむ、もうその時点で半ば自白したも同然であるな。ただ、それはつまり、そうと判明してしまったとしても、それ以上の情報の流出をどうしても防ぎたかったということであるし……しかもどうしたところで、いつかは目覚めてしまうものである」

「つまり、近日中に何かをしようとしていた、ということですか？」

「あるいは今何かをしており、近日中に撤退予定だった、とかであるな」

何にせよ全てが終わった後ならば、ばれてしまっても問題はない、ということだ。

そしてそれに該当しそうなことを、ソーマ達は知っている。

「……今回のことに、関係あり？」

「少なくともギルドではそう判断したようであるな」

それを根拠として、今回のことを人為的なものと確信を深めたようだ。

もっとも最初からそう判断していたからこそ、今回の街の封鎖という手段を強行したのだろうから、あくまでもその補強として周囲への説得の材料とするためなのだろうが。

「ところで、三人とも今の話に妙に食いついていなかったであるか？」

「それは……その話をする前に、その黒いローブの人物が何処で見つかったのかを聞いてもよろしいでしょうか？」

「ふむ、構わんであるが……そうであるな、確かあれは街の南……より正確には、南西に一キロほどいったところであったかな？」

ソーマの言葉に、三人は顔を見あわせると、頷きあった。

そして首を傾げるソーマに向けて、口を開く。

今日彼女達が体験したことと、見かけた人物のことを。

「……なるほど、そっちも黒いローブの人物を見つけていて、しかもその人物は街の南西から外に出た、と」

「同一人物の可能性は高いと思うです」

「まあ、それを偶然と捉えるのはちと難しいところであるな……時間も大体同じ頃のようであるし」

「問題は、結局その人物が今回の件に関係があるのか。あったとしても、話が聞ける状態ではなくなってしまった、ということですが……まあ、これに関してはもう言っても仕方のないことですね」

「……ん、誰の責任でもないし、全員の責任でもある」

「そう言ってもらえると助かるであるな」

まあ最低でも近日中に何かが起こる可能性がある、ということが分かっただけでも十分とすべきだろう。

悠長にしていていいのかという思いはあれど、それこそ焦ったところでどうにかなるものでもない。そもそも何も起こらず、ただ今の騒動が終わるだけ、ということも有り得るのだから。

それはそれで禍根が残るかもしれないが、それはソーマの気にすることではない。

あくまでも今気にすべきは、今起こっていることの解決であり、それ以上でも以下でもないのである。

「ふむ……とりあえず、互いに報告すべきはこんなところであるか？」

「そうですね……まあ、つまりあまり進展はなかった、ということですが」

「仕方ねえっていうか、こんなもんじゃねえんですか？　ろくな手掛かりもねえんですし。ギルドの動きも早いみてえですし、こっちはこっちでやれることをやってればいいと思うです」

「……ん、スティナの言う通り」

「ま、それもそうであるな」

と、話が一区切りつくのを待っていたのか、そこで今日の食事の締めとなるデザートが運ばれてきた。

見た目は純白の如き氷菓……シャーベットだ。

夜の食事にのみ出てくるものであり、昨日も食べたのだが……ひとさじ掬《すく》い口に運ぶと、爽やかな風味が走り抜ける。

他の食事はそこそこ美味《うま》いというか、値段を考えると十分満足できる、というものなのだが、これだけは別格で、絶品であった。

正直な話、今日もここに泊まっているのは、ここで十分満足しわざわざ別の宿に移動する理由がなかったから、というものではあるが、これがまた食べられると思ったのも、割合にして三割程度はあっただろう。

そのぐらい、これは美味いのだ。

「ううむ……これ本当に美味いであるな」

「ありがとうございます。そう言っていただけますと、娘も喜ぶかと思います」

そう、しかもこれを作っているのは、なんとあの幼女なのだという。

他の料理は主人が作り、デザートだけは幼女が作っているのだとか。

思わずどうやって作っているのかと聞きたくなってしまうが、さすがに教えてはくれないだろう。

「これだけで十分客が来る理由になると思うんですがねえ」

「はは……褒めていただき親としては誇らしいですが、あまり数が作れるものではないですし。この生活にも満足していたので、特にどうこうする、というつもりはなかったのですが……」

「過去形ですし、言いよどむということは、大通りに移転でも？」

「いえ、昨日もお伝えしたとは思いますが、それは考えていませんし……どちらかと言えば、むしろ逆ですね。……実は、ここを畳もうかと思っているんです」

「……それは、人が来ないから？」

「そうではなく、別の理由から、ですね。……実はお客様達がいらっしゃらなければ、今日あたりにでも店を畳み、この街を後にしようかと思っていたんです」

「それは……もしかしなくとも、邪魔をしてしまったであるか？」

「いえいえ、本当にそうであったならば、お断りしていましたから。これも縁かと思い、最後にしっかりとおもてなしをさせていただき、畳もうと思ったのです」

そう言った主人の顔からは、嘘は感じられなかった。

何かを隠しているような気も同時にしたものの、それ自体は本当のことなのだろう。

「ここは本当に良い雰囲気ですし、勿体無いと思うのですが……もう決めてしまっているのでしたら、仕方がありませんね」

「本当にそう言っていただけますとありがたいのですが……はい、決めてしまいましたので。ですが最後にそう言っていただけたのですから、やはり請け負って正解だったと思いますね。それに、どちらにせよ今日は出られなかった可能性が高いですから」

「ああ……知ってんですね」

「買い物に行った際、自然とそういった話は耳に入りますから。とはいえ、ほぼここにこもっている私達にはあまり関係のないことですが……色々と大変みたいですね」

「そうであるな……」

ギルドでちらっと聞いた話であるが、外に出るための許可証は本当に一部例外を除いて出すつもりはないようだ。

それは誰が下手人であるか分からないからであり、懇意にしている商人にすら出していない、などと言っていた。

つまり確かに主人達は今日街を出ようとしたところで出れなかった可能性が高く、また街が大変だというのも事実だ。

数日程度ならばまだ抑えておけるだろうが、一週間も経ったらどうなるか分かったものではない。

その前に何とかしたいものだが……さて、これぱっかりは力ずくでどうにか出来るものでもないので、どうなるやら、というところである。

しかしそうなるとよくソーマには渡されたものだと思うが……それだけ人畜無害そうに見えた、ということだろうか？

「単純にソーマを敵に回したらろくなことにならねえって悟ってただけなんじゃねえですか？」

「……ん、ありえそう」

「それか、ソーマさんならばこんな悠長なことをする必要がない、と判断されたのかもしれません。ソーマさんならばこの程度の街はあっという間に滅ぼせるでしょうし」

「……ん、それもありえそう」

「だから汝ら、今日は妙に我輩に対して失礼な気がするのであるが？」

三人で行動している時に何かあったか、そういった話で盛り上がりでもしたのだろうか。

まあ、三人の仲が良くなるのはいいことではあるのだが、自分をダシに使うのは勘弁願いたいところである。

そんなことを考えながら、ソーマはシャーベットの最後の一口を口に運び、三人の笑い声に肩をすくめるのであった。

28

夕食をとり終えたソーマ達は、そのまま一先ずソーマの部屋へと集まることとなった。

報告は終わったものの、明日の予定についての話がまだだったからだ。

別にそのまま食堂で話していても構わなかったと言えば構わなかったのだが、普通に考えれば迷惑だろう。

そのため今日もまたここに集まることになった、ということである。

とはいえ。

「今日は結果的には空振りに終わったわけであるからなぁ」

「まあ、何の情報も得られてねえ以上、そういうことになるですねえ」

「つまり明日も同じように、ということですか？」

「……ん、そうなる」

もちろんまた空振りに終わってしまう可能性はある……どころか、今度こそ本当に何も見つからない可能性はそれなりに高いだろう。

何せギルドが街を封鎖している以上、この街から出るにはギルドを訪れなければならないのだ。

まさか自分達が怪しいと思っていないほど間抜けではないだろうし、そんな中でノコノコ出歩いたりしないだろうことも同様。

既にその事実が周知されてしまっていることを考えれば、尚更である。

それを考えると、今日が千載一遇のチャンスだったと言えるのかもしれないが……まあ、言っても仕方のないことだ。

それだけ相手が慎重だった、ということなのだろう。

こうなると相手は引き篭もってしまうかもしれないが、それにも限度はあるし、この街にはどうやらギルドも知らなかっただろう外への抜け道が存在しているようだ。

そこから外に出ようとする可能性は十分にある。

もしあの黒いローブ姿の男が今回の件に関わりがあり、向こうもそれを悟ったとしても、抜け道が一つとは限らない。

いや、一つしかないと考える方が不自然だろう。

何にせよ今の状況でも外に出られる可能性はあるということだ。

つまりは、仮に明日が無駄に終わってしまったとしても、それは本当の意味での無駄ではない。

相手が行動を起こすまで、こちらはジッと待てばいいだけなのだ。

おそらくは、ギルドも同じ考えのはずである。

抜け道のことも、きっと承知の上だ。

まだフェリシア達から聞いた話を伝えてはいないが、今日のことを考えるにその程度のことは推察できているだろう。

ならばギルドに任せておけばいいという話ではあるのだが、そうなるとこっちが手持ち無沙汰になってしまう。

ギルドがやる気になっているのだから後を任せてしまって……とは、さすがにいかないだろう。

それでいいのならば最初からそうしているという話だ。

それに、街中の捜索はともかくとして、外に関しては多分ギルドでは無理である。

外にも何かの手掛かりはなさそうだというのは今日で判明したが、それよりも重要なのは危険な魔物の駆除だ。

確かに街の住人は外へは出ないが、数は少なくともこの街に外からやってくる人もいるからである。

そういった人達が襲われてしまうのを防ぐためにも、外の見回りは必要なのだ。

「それがソーマの役目かっつったら、違う気がするですがね」

「ま、他にやれる人がいないのであれば、仕方ないであろう。それに、これの調子を確かめるにもある意味ちょうどいいであるしな」

そう言ってベッド脇に立てかけられている剣へと視線を向ければ、それにつられたように三人もまたそちらへと視線を向ける。

そしてそこでようやく、気付いたようだ。

「ああ、そういえば、修繕に出していたんでしたか。既に取りに行っていたんですね」

「……どんな感じ？」

「ギルドから戻って来る時についでに寄った感じであるから、本当に受け取っただけなのであるが……見てみたところ、期待通り……あるいは、それ以上かもしれんであるな」

「……なら、新しく作るっていう剣も、期待大？」

「うむ……正直、かなり期待出来ると思っているであるな」

本人もこれを修繕したことでよりやる気が増したなどと言っていた。

多分すぐに取りに来ることは出来ない、ということも伝えたのだが、ならその分じっくりと時間をかけられてちょうどいい、などと言っていたぐらいだ。

弥が上にも期待感は高まろうというものである。

「時間をよりかけるということは、その分お金もかかりそうですね……いえ、下世話な話ですが、少し気になってしまいまして。もっとも、いいものが出来るのでしたら、ソーマさんはあまりそういったことを気にしなそうですが」

「それは事実なのであるが、その心配はない、とのことである。ただの自己満足だからと言っていたであるな」

「どんな人物なのかが簡単に想像できるような話ですねえ……つーか、実際のところ幾らぐらいになりそうなんです？」

「さて……値段は言われなかったであるからな。満足いく出来になるかも分からんし、値段は出来てから決める、などと言っていたであるし」

「それはそれで、困るような気がするのですが？　要するに、その人の気分次第、と言うことも出来るわけですよね？」

「ぼったくられる可能性もあるわけですしねえ」

「その心配はないと思うであるがな。まあ、十分な金額は用意するつもりであるし、足りなければ適当にギルドの依頼でも受けて稼ぐだけである」

とはいえ、言ったように特にその心配はしていない。

おそらくは、相場に材料費が足された程度しか請求されないだろう。

むしろ出来次第では、その金額にこちらが不満を覚える可能性すらある。

この程度しか払わないなど有り得ない、と。

「……ちなみに、余ったら？」

「対価というのは、与えられたものに対して、どれだけの価値を見出したか、ということであるからな。我輩が満足するのであれば、まあ、手間賃などのことも考えて、多めに出すようなこともあるかもしれんである。おそらくは長期間保管してもらうことになるであろうしな」

「もうその時点でどうなるのかは分かりきっている気がしますが……？」

「さて、気のせいであろう？」

呆れたような目で見てくるスティナとフェリシアに、肩をすくめて返す。

ソーマはただ、正当な対価を支払うと言っているだけである。

何の問題もなかった。

「ま、それはともかくとして、そういうわけで、明日も今日と同じ、ということでいいであるか？」

「異論はありませんが……せめて一工夫程度は入れたいような気もしますね」

「ふむ……というと？」

「……明日は早めにやってみる、とか？」

「ああ……それはありかもしれねえですね。ギルドの方も、まだ確証には至ってねえでしょうし、今のうちに……ってのは十分考えられる気がするです」

「なるほど……一理あるであるな。あまり早いと門が開かないのであるが……まあ、それまで我輩も見回りをすればいいだけであるか」

「となりますと……本当に朝早く、それこそ明け方ぐらいに始めた方がいいでしょうか？」

「……ん、いいと思う」

「今から寝ればちょうどいいぐらいですか……どうせやることもねえですし、問題はねえです」

そういうことになった。

まあどちらかと言えば、フェリシアの言葉が皆の本音だろう。

折角なのだから、そのまま同じではなく、何か一工夫を。

本当に何かが起こると思っているわけではなく——

「……さて。どうしたもんであろうなぁ……」

「ソーマさん？　何か気になることとでも？」

「うん？　いや……ギルドも同じことを考えていた場合、我輩達が不審者扱いされそうであるな、と」

「あー……今日の感じだと、その可能性もありえそうではあるですねえ……」

「……その時は、その時？」

「ま、やましいところがあるわけでなし、問題はないとは思うであるがな」

見た目は実際相当に怪しいが。

そんなことを言いながら、肩をすくめ……窓の外へと視線を向ける。

本当に、どうなるやらと、ソーマはその向こう側を見据えるように、目を細めるのであった。

†

「結局戻ってこず、か」

薄闇の中に、ポツリと呟きが落とされた。

それから男は周囲に視線を向けるも、そこにいつもの顔はない。

代わりとばかりに居る人物の顔を眺めながら、目を細める。

「そうですね……外で何かあった、ということでしょうか？」

「それは間違いないだろうが、問題はどんな理由でなのか、というところだな」

元々の理由は、今回のことが上手くいっているのか、ということの確認のためであった。

最初こそ自らの目で確認しに行き、成功していることを確かめたものの、それ以後は魔導具が作動していることしか確認していなかったのだ。

しかしそれではいざという時問題が発生するかもしれないと、わざわざ確認に行ったのである。

そのまま魔物に襲われてしまった、というのならば問題はない。

腹心である人物の命が失われてしまったのは痛いは痛いが、その場合は自分達の計画が漏れる心配はないからだ。

最悪なのは、誰かに見咎められ怪しいと捕らえられてしまっている場合である。

その時は、今回の自分達の行動がばれてしまう可能性があるからだ。

「あの方は、自分の命惜しさに我々のことを喋るような方ではないと思いますが……」

「分かっている。だが、自分の意思とは無関係に自白させられてしまえば、どうしようもあるまい」

それを防ぐために、自身を昏睡《こんすい》状態にさせる薬を仕込んでいったはずだが、その効力は丸一日といったところである。

もし本当に捕らえられてしまっているのだとしても、目覚めるのはことが全て終わってからだと思うが……。

「……如何なさいましょうか？　中止……には、なさいませんよね？」

「もちろんだ。計画に変更はない。そもそも小娘の形をしたものを一匹攫うだけだ。人手も戦力も十分足りているだろう？」

「はっ……では、念のため、時間を早めますか？　今からでしたら、まだ間に合うかと思いますが」

「ふむ……」

何気なく窓の外へと視線を向ければ、そこは夜の闇に沈んでいる。

それが明けるまで、まだ数時間はあるだろう。

本来の計画では、襲撃は夜明けと同時であった。

街が目覚めきっていないその時刻が、最も有効だと思ったからだ。

だが。

「いや……敢えて遅らせよう」

「遅らせる、ですか？　何故……？」

「確かあの宿には、今日も泊まっている物好きがいるんだったな？」

「はい、そのはずです。確か……最低でも三人、ということでしたが」

「……最低？　それはつまり、しっかり確認はしていない、ということか？」

「は、はい……その、三人の中の二人はローブで全身を覆っている、如何にも子供だったということでしたので……も、申し訳ありません！」

「……まあ、いい。あんな場所に泊まろうとする物好き達だ。どうせ大したことはないのだろう」

だが、数は数だ。

余計な騒ぎを起こされないとも限らない。

こちらが万全であればそれも無視するのだが……戦力的には二番手がいなくなってしまったのだ。

男一人で十分だと思ってはいても、念には念を入れる必要があった。

「そういうことでしたか……承知いたしました。それでは、皆に知らせてきます」

「ああ、任せたぞ」

「はっ……」

頭を下げ、去っていく部下の姿を眺めながら、男は小さく息を吐き出す。

一瞬だけその後ろ姿に目を細め、だがすぐに窓の外へと視線を向けた。

「あいつと喜びを分かち合えそうにないのは残念だが……まあ、仕方のないことか。……なに、今までと同じことが、繰り返されただけだ。そう、それだけのことで……だが、それもこれで最後だ」

呟きながら、男は懐に仕舞いこんでいるものを握り、力を込める。

そして。

「これさえあれば……そして、アレを手土産にすれば、より確実に……！　……待っていろ、元勇者。今度こそ、オレ達が……！」

何かに挑みかかるように、視線の先の彼方を睨みつけるのであった。

29

早朝、夜が明けてすぐの時刻、ソーマ達は宿を後にした。

昨日立てた予定通りである。

ただし朝食は食べていない。

他の場所でとるのではなく、戻ってきてから食べるつもりだからだ。

街を一周し、問題がなければ朝食を食べに戻り、食べ終わったらまた出る。

そういう予定であった。

ちなみに昼は、昨日もそうだったのだが、宿側で持ち運びが出来るようなものが用意され、渡されることになっている。

やはり昨日と同様、途中のどこかで食べることになるだろう。

ソーマは昨日、ギルドに併設されている酒場の隅を借りて食べたが、今日どうするかは不明だ。

おそらく適当なところで食べることになるとは思うが。

ともあれ。

昨日と同じように二手に分かれながら、ソーマ達は予定通りに動き始めた。

†

街の南側を、一見怪しげにも見える男達が歩いていた。

顔は隠されていないものの、五人もの男達が全員黒いローブを纏っているのだ。

怪しく見えるのも当然というものである。

それでも男達が見咎められることがないのは、単純に今の時間が時間だということもあるが、どちらかと言えばその場所であるということの方が大きいだろう。

南に居るのは冒険者を始めとして、似たり寄ったりな者達が多いのだ。

気にするほどのことではなく、気にするとなれば自分達も怪しいということになってしまう。

そういうことだ。

故に男達の歩みを妨げるものは何もなく……だがその足が、唐突に止まった。

目の前にあるのは十字路であり、左へと続いている道からは僅かなざわめきが届いてくる。

大通りの手前で立ち止まりながら、先頭を歩いていた男が振り返ると、その口を開いた。

「さて、それじゃあ最後の確認だが……全員、分かってるな？」

問いかけの言葉に、四人は等しく頷いた。

その顔に緊張がみなぎっているのはこれからやろうとしていることを思えばこそだろう。

いや、あるいは、そのさらに先のことを考えているからか。

今回のことは、余程のへまをやらかすか、余程予想外のことでもない限り失敗のしようがないものだ。

ならばこれが終われば……という思考へと至ることは、ある種当然のことでもある。

とはいえ、今回のことはまだ終わっていないのも事実だ。

見方によっては浮かれているようにも見え……だが男は、敢えてその指摘をするのをやめておいた。

これで気を抜いているのならば話は別だが、そこにあるのは適度な緊張だ。

プラスとなりこそすれ、マイナスになることはない。

そういった判断によるものだ。

だから男も頷きだけを返すと、前方へと向き直る。

自身にも程よい高揚と緊張があるのを自覚しながら、口の端を少しだけ吊《つ》り上げると、目的の場所へと向けて駆け出した。

†

端的に言ってしまえば、今日のギルドは非常に忙しく、喧騒に包まれていると言ってしまってもいいぐらいであった。

未だ朝日が昇ったばかりの、早朝と呼ぶべき時刻なのにも関わらず、だ。

建物の扉は堅く閉じられたままではあるものの、関係者はその中で慌ただしく動き回っていたのである。

それはもちろんと言うべきか、昨日から続いている街の封鎖が原因だ。

今日も引き続き行う予定であり、そのために必要なあれこれや、発生するだろうトラブルへの事前準備。

昨日発生しまだ解決していないことへの対処など、やらなければならないことが山ほどあるのだ。

こうなるのも必然と言えよう。

そしてそんな中で不意に、嘆きとも呻きともつかないような声が上がった。

「うあー、疲れたー。……よし、今日はもう終わりにしよう！」

「何馬鹿なこと言ってるにゃ。終わりも何もそもそも始まってすらいないにゃ」

そろそろだろうと思ってはいたが、予想通りの展開にエミリは溜息を吐き出す。

だがそれが予想していたことであるならば、その程度の言葉でそれが動こうともしないのもまた予想出来ていたことだ。

今日起こるだろう出来事に関しての予測と対処法を纏めているこちらへと、不満を隠そうともしない視線が向けられる。

「ぶー、確かに今日はそうかもしんないけど、わたしは昨日……いや、一昨日《おととい》からずっと頑張ってるんだぞー？」

「それはこっちも同じだし、むしろここにいる全員がそうにゃ」

「ならもういっそ皆で休もうよー。あとは放っておいても誰かがいい感じにしてくれるってー」

本当にそうならば、どれだけいいことか。

というか、そう出来るのならば最初からそうしているという話だ。

何が悲しくて、夜遅くまで働いた後、早朝からも働かなければならないのか。

「ま、別にうだうだ言ってても構わにゃいけど、後で大変になるのは自分自身にゃよ？　代行の仕事なんて、誰も手伝えにゃいんだから」

「くっそー、久しぶりにやる気出してみたと思ったらこれだよー。やっぱり仕事なんて真面目にやるべきじゃ――」

瞬間、愚痴を放っていた口が唐突に閉じられたのは、そんな場合ではないということを咄嗟に悟ったからだろう。

おそらくはその場にいた全員がそれに気付いたのだ。

どれだけ呆《ほう》けたふりをしていようとも、ギルド職員代行が気付けないはずもない。

それは、音であった。

しかも巨大な……こんな場所で聞こえるはずのない、爆発音である。

判断が下されるのは早かった。

「――全員、今の業務を引き続き行うように。その上で、戦闘の心得があるものは周囲の警戒も」

「……また面倒なことを気軽に言ってくれるにゃ。ま、でも酒場のこと考えなくていい分まだマシかにゃ……で、代行はどうするにゃ？」

「とりあえずは周辺の警戒と様子見、かな？　さすがにギルドに喧嘩《けんか》売ってくる身の程知らずがいるとは思えないし……となれば、これは何らかの陽動の可能性が高いしね」

「何かするにしても冒険者達が来てから、かにゃ？」

「だねえ。その頃には、終わってそうだけど」

「そうにゃねえ……」

わざわざこの時間を狙ったのだとすれば、余計な面倒が発生する前に全てを終わらせようとするのは当然だ。

今の音はかなり大きかったし、周囲にその情報が届けば冒険者達も時間前だろうと関係なくギルドへとやってくるだろうが……それまでには相応の時間がかかる。

何をしようとしているのかは分からないが……それ次第では対処が間に合わない可能性は十分に有り得るだろう。

特に今は別のこともやっているのだから、尚更だ。

「で、そんな悠長なこと言ってていいのかにゃ？」

「かといって何をするにしても、こっちは人手も戦力も足りないからね。ま、でも多分大丈夫だよ。何とかなるって。ただの勘だけどね」

それは何の気もなしに言われた言葉であったが、瞬間この場に満ち、張り詰めていた空気が緩む。

この代行の勘というものがどれだけ頼りになるのかを、皆は知っているからだ。

それは何だかんだでエミリも同様ではあったが、それでも溜息を吐かざるを得ない。

「確かに何とかなるのかもしれないけど……結局他人任せなことに変わりはないにゃ」

「ま、別にいいんじゃないかな？　それで解決するならさ」

それはそうなのだが、やはり釈然としない。

とはいえ言ったところで仕方ないということも知っているので、もう一度溜息を吐き出すことでその想いを押し流す。

それと同時に思うのは、代行の勘に引っ掛かったのだろう誰かのことだ。

多分それは、あの人達なのだろうが――

「問題は、今回のことに関係があるのか、ってことかにゃ」

「あるんならもう余計なことはしないで済むからありがたいんだけどねー。今までやってた分は無駄になるけど」

「代行は今日あんまやってないから関係ないけどにゃ」

それと、問題があるとするならば、もう一つ。

代行がそう言ったということは、確かにこのことは放っておいても解決はするのだろうが……それは結果的にでしかないということだ。

代行の勘は、半ば予知めいたものであり、それで以て代行の地位を得られたなどと言われるほどに、その信頼性は高い。

だから信頼がおけるものではあるのだが……それでもそれは先に言った通り、結果的にそうなる、ということでしかないのである。

確かに結果的には解決するものの、それは何事もなく終わるということと同義ではない。

途中で誰かが傷ついたり、死んでしまうようなことも、十分に有り得るのだ。

とはいえ、それが分かったところで、エミリに出来ることは何もない。

出来ることと言えば精々が、この騒ぎが今回街を封鎖していることと無関係な可能性を考え、自分に割り振られた業務を進めるだけである。

それでもせめて、何事もなく全てが終わるようにと、祈るように息を吐き出した。

†

北方の硝子亭の主人であるハンスがその音を聞いたのは、朝食の準備をしている時であった。

その手を止めることがなかったのは、それがゆえだ。

聞いている通りであれば、四人が戻ってくる予定の時刻まであと三十分もない。

ハンスの作る朝食は、簡素ではあるが手抜きではないのだ。

無駄に手を止めてしまい、間に合わないなどという事態を起こすわけにはいかないのである。

もちろんまったく気にならなかったと言ってしまったら嘘になるだろう。

しかもそれはそれなりに近かったような気もするのだから、気にならないわけがない。

だが今は仕事が残っているし……それに、たとえ何か起こっているのだとしても、自分達には関係のないことだ。

……一つだけ懸念があるものの、それは気のせい……ただの気にしすぎのはずである。

そうだ、彼女も言っていたはずだ。

娘は偶然迷子になっただけで、誰かに連れ去られかけたわけではないのだ、と。

だから――

「……うん？」

と、そんなことを考えていると、不意に小さな鈴の音が鳴った。

それは宿の受付に設置してある、客の訪れをこちらに告げるためのものだ。

一瞬彼らが戻ってきたのかと思ったが、それにしては早すぎるし、何よりも彼らならばわざわざそれを鳴らす意味がない。

かといってこの状況で他に客がやってくるとも思えず……首を傾げながらハンスは、一旦朝食を作る手を止めると受付へと向かった。

……そこで見かけた姿に驚きがなかったのは、何となく予感があったからだろう。

ああそうだ、何だかんだ言って……否、何だかんだと言い訳を言い連ねていたことこそが、事実を半ば確信しながらも、それを受け入れたくはなかった証拠だ。

本当は最初からそうなのだろうと思っていて……だからこそ、この街を出ようと思っていたのである。

しかし結局全ては遅く、無駄な足掻《あが》きでしかなかったようだ。

「よう、久しぶりだな。何の用件で来たのかは、言うまでもないだろう？　……オレ達が創った兵器、返してもらうぞ？」

それでも咄嗟に振り返り、駆け出すも、やはり無意味でしかなかった。

一瞬後には自身の身体が浮き上がると、そのまま壁に叩きつけられる。

全身に走った衝撃と痛みに、喉の奥から赤黒い液体を吐き出し――

「……っ、ぱぱ？」

聞こえた声に視線を向けると、そこには娘の姿があった。

彼女達を見送った後で寝直したはずだが……いつの間にか目覚め、やってきてしまったらしい。

何とか逃げろと伝えたいが、口を開いたところで、そこからはただ小さな息が漏れるだけ。

後方から足音が迫ってくるのを感じながら、腕を伸ばし……だがその手が何かを掴むことはなく、ただ虚《むな》しく虚空をかいただけであった。

街の中を、スティナは一人駆けていた。

周囲からは時折何かが爆発するような音が、しかもまったく異なる場所から複数聞こえてくるも、スティナが向かっているのはその何処にも合致した場所ではない。

その理由を問われたら、スティナは単なる勘だと答えるだろう。

実際シーラ達にはそう返したし、それ以外に説明の付けようもない。

だがそれでも、はっきりと思ったのだ。

何処からともなく何かが爆発したような音が聞こえてきた時、行かなければならない、と。

瞬間頭を過《よぎ》ったのは、一昨日のことだ。

宿を探していた最中。

今泊まっている宿——北方の硝子亭というらしいそこの一人娘……あの幼女が、攫われかけていた時のことだ。

彼女は迷子になっていたのではなく、攫われかけていたのである。いや……実際に攫われていた、と言うべきだろうか。

その途中で偶然スティナが遭遇し、ことなきを得たものの、そうでなければあのまま攫われていたのだろう。

その場面に遭遇し、咄嗟に救助のための行動を起こしてしまったスティナだが、救助に成功した段階で相手は即座に逃げ出したのだ。

追いかければ追いつくことは可能だっただろうが、その場合は救助した子供を放っておくことになる。

一瞬逡巡《しゅんじゅん》したものの、結局は諦め、とりあえずは家に連れて行こうとしたのだが……ちょうどソーマがやってきたのは、そんな時だったのだ。

そしてその時逃がしたうちの一人が、昨日見つけた怪しげな人物である。

つまりあいつらはまだこの街にいて、しかも今回の魔物の件にも関係している可能性が低くはない。

そんな中での、これだ。

スティナがその全てを一本の線で繋いだのは、とても自然なことだろう。

要するに、こういうことだ。

今起こっている爆発は全て陽動で、本命はあの宿へと向かっている。

スティナはそう判断したということであった。

もっともこれは、冷静に考えればそう思ったのだろう、と言える程度のものだし、言ってしまえばただの後付だ。

スティナは本当にあの瞬間、何の根拠もなしにあの宿に向かわなければならないと思っただけなのである。

だから理由の説明も出来なかったし……それでもシーラは何の迷いもなく分かったと頷いたのだか

ら、かなりの大物だ。

あるいは、シーラも何らかの勘で、それが最善だと判断したのかもしれないが。

乏しい根拠でこちらを全面的に信じたということに、変わりはないのだ。

とはいえ、短い付き合いながらも、シーラがそういったことをするのに違和感はあまりない。

まあシーラだし、とスティナにも言えてしまうようなことであり……そういう意味では、フェリシアの反応の方が意外だったと言えるだろう。

フェリシアは呆れたような視線を向けてきながらも、これまたあっさりと、分かりましたと頷いたのだ。

フェリシアが自分の役目としてこちらを疑っているのをスティナは知っているし、そのくせ今ではもうほとんど疑うことが出来なくなっているのもスティナは分かっている。

だが、だからこそ意外だった。

そこで明確な根拠の提示を求めるふりぐらいはすると思ったからである。

しかしそう言うと、フェリシアは苦笑と共に肩をすくめてみせた。

曰く、ソーマがこの場に居たらやはり呆気なく納得していただろうし、だからそこに意味を見出すことが出来ない、とのことだ。

そこでつい頷いてしまったのは、確かにと、スティナもそう思ったからである。

「……まったく以て毒されてやがるですねえ」

敢えて思考を口に出してみるも、悪い気がしないのだから重症だ。

本当に毒されたものである。

……いや、そんなことは、分かりきっていることか。

今まで自身でも認めようとはしなかった、あの幼女を助けたということを、思考してしまっている時点で。

ちなみにシーラ達がいないのは、この爆発音の方へと向かっているからだ。

スティナはこちらが本命だと思っているが、あっちも放っておけるものではない。

もっとも放っておいても勝手に誰かが解決してしまいそうな気もするものの、その間に何らかの被害が出ないとは言い切れないのだ。

それを彼女達は許容することは出来なかった、ということである。

「……ったく、甘えやつらです」

それを悪くないと思ってしまうのも、きっと毒されているからだ。

そうに違いないし、そうでなければいけず――

「……ま、んなどうでもいいことよりも今は――」

その瞬間スティナが目を細めたのは、向けた視線の先、見覚えのある建物から、ちょうど一つの人影が出てくるところであったからだ。

いや、そうではない。

確かに地面に落ちた影は一つではあるが、それは二人だ。

黒いローブを纏った男と、その肩に担がれている小さな子供である。

そしてそのうちの片方と、目が合った。

あの時と、同じだ。あの時も、その小さな瞳に涙はなかった。

ただそこには、諦観だけがあって……ああ、とスティナは思い出す。

そうだ、それが気に入らなかったから、つい飛び出してしまっていたのだ、と。

それは今この時も、何一つ変わっていない。

だから当たり前のように、スティナはそのままそれへと飛び掛かり、手にした槍を突き出した。


――槍術上級・体術上級・魔導上級・魔王の加護（偽）・痛覚遮断：雷光一閃。


「――なっ!?」

瞬間、驚愕《きょうがく》の声と顔が見えたが、構うことはない。

突き出した穂先が男の身体を捉え、そのまま吹き飛ばした。

そこで舌打ちを漏らしたのは、男が担いだままのあの娘を放さなかったからだ。

てっきり離すと思い空中で掴む心構えさえも完了していたのだが……諸共宿の扉を破り、飛んでいってしまった。

あれでは下手したら、ちょっとまずいことになってしまった可能性もある。

しかしここで追撃をしないということは、有り得ないことであった。

盾として使われてしまう可能性もあるし、どちらにせよ安否を確認するにはあれに続く必要がある。

ゆえにそのまま宿の中へと飛び込み――反射的に腕を振るう。

――槍術上級・体術上級・魔導上級・魔王の加護（偽）・痛覚遮断：雷光一閃。

眼前に迫っていた何かを斬り払い、その向こう側から舌打ちが聞こえてきた。

「ちっ、完璧に捉えたと思ったが……まさか今のを防ぐか。状況から考えれば、ここに泊まっていたという冒険者の可能性が高いが……戻ってきたのか。居なかったようだから運がいいと思っていたものだが……ふんっ。コレの運がいいのか、それともそっちの勘が――」

何やら喋っていたが、スティナが無視して踏み込んだのは時間稼ぎなのが明らかだからである。

先ほど放ってきたのは間違いなく魔法で、つまり相手は魔導士。

そんな相手に余計な時間を与えるなど、ただの間抜けだ。

しかも先ほどのは、最低でも中級相当ではあったはず。

咄嗟のものであったのだろうことを考えれば、上級である可能性が高い。

尚更ここで決める必要があった。

一瞬だけ周囲に視線を向け、あの娘から男の手が離れていることを確認する。

安否は気になるも、とりあえずはそれだけで十分だ。

そのままさらに踏み込むと、その胴体へと向け槍を突き出した。

「ちっ、乗ってこないか……しかもこの槍捌《さば》き、オレと同格……ん？　いや、待てよ……？　お前

――」

男は何やらこちらを眺め、眉をひそめていたが、そんな振りに付き合ってやる必要はやはりない。

突き出した後に薙《な》ぎ払い、逆袈裟《ぎやくけさ》へと繋げるも、その全てを男は紙一重のところで捌いているのだ。

純粋な身体捌きだけでかわしているわけではないようだが……やはりここで決める必要があった。

腕を振り抜いた態勢のまま、強引に再度の一歩を刻む。

そこで男が一瞬反応を見せたのは、自分から間合いを詰めるようなまねをしたからだろう。

実際今までの距離が最適な間合いであり、これは明らかに詰めすぎだ。

槍をまともに振るえる距離ではない。

だが逆に言うならば、まともでなければ振るえるし、今見せた一瞬は隙として十分すぎるものであった。

直後に男もそれに気付いたようだが――遅い。


――槍術上級・体術上級・魔導上級・魔王の加護（偽）・痛覚遮断：大車輪。


槍の中心を軸とし、回転させたそれが、まともに男の身体に叩きつけられた。

「がっ……！」

そのまま吹き飛び、受付を壊しながらその後ろの壁へと激突する。

一瞬それを見て、やらかしてしまったかもしれない、と思ったものの、まあこれは仕方のないことだろう。

話せば分かってくれるはずだと、そんなことを頭の隅で考えながら、男から視線は外さない。

油断せずに近付き、槍の穂先を突き出した。

「さて、何でこんな真似をしたのか気になるところですが……まあ、別に聞かせてくれなくても構わねえです。ここでぶっ潰しちまえば、理由なんて必要ねえですしね」

「……それは確かにその通りだが……ちっ。まあ、確かに影は薄かったと思うが……それでも、少しぐらいは思い出してくれてもいいんじゃないかと思うがな」

「……？　オメエ、何言ってやがんです？」

そこでスティナが眉をひそめたのは、それをただの戯言だとは思えなかったからだ。

何となく男は、何かを知っていて、そして確信しているようでもあり――

「同類に対して、この仕打ちはあんまりじゃないかって、そういう話さ。なあ、魔神の巫女《みこ》様よ？」

男はスティナのことを真っ直ぐに見つめると、そんな言葉を口にしたのであった。

31

眼下の光景を眺めながら、ソーマは溜息を吐き出した。

視線の先に転がっているのは、黒いローブを纏った男だ。

先ほどから街のあちこちを爆破している者達のうちの一人だと思われる人物である。

ソーマがその人物をそうだと判断したのは、こちらの姿を見るや否や攻撃を仕掛けてきたからだ。

まさかこの状況で無関係なのにむやみやたらに攻撃してくることなど有り得ないだろう。

ついでに言えば、者達、と複数形で語ったのは、これで二人目であるのと、未だ音がやんで居ないからである。

まあそれを抜きにしても、一人でやっていると考えるには少々頻度が多すぎであったが。

場所もバラバラではあったが、それに関してはあまり考慮する必要はない。

最初からソーマは、それが直接起こされたものだと考えてはいなかったからだ。

いや、厳密に言うならば、爆発が起こったと思われる現場の一つを偶然見てから、か。

そこに生じていた被害は、音の割には明らかに小さすぎたのだ。

精々が建物の一部や地面に拳大程度の大きさの穴が開いたぐらいであり、それそのもので街をどうにかしようとするには無理がありすぎる。

そもそも、街をどうにかしようとするならば、あまりにも迂遠すぎる方法だ。

だからソーマはそれを、二重の意味での陽動だと考えたのである。

その爆発は何かの本命を隠すためのものであり、さらには爆発そのものも遠隔で行っている、ということだ。

とはいえ本命が何かなどは、さすがに分かるわけもない。

そのため、まずは陽動を先に潰そうと行動し、壁の近くの死角となりそうな場所を捜索した。

そうした理由は、この騒ぎに乗じ何かをした後そのまま外に逃げ出そうとしているのではないかと思ったからだ。

果たしてそれは当たっていたのか、こうして二人見つけることが出来たが――

「ふむ……音の頻度から考えるに、あと一人といったところであるか？」

どんな方法で遠隔で爆発させているのかは分からないが、何らかの仕掛けが存在している以上はそれも無限ではあるまい。

そして陽動である以上それを途切れさせるわけにもいかないわけで、ならばある程度決まった間隔で起こる必要があるはずだ。

そこから推測してみたところ、ソーマが導き出した陽動の数は四人というところであった。

つまり全てが正しければソーマ以外の誰かが一人捕らえたということだが……まあ、シーラ達だろう。

彼女達であれば、ソーマと同じような結論に達することは十分に可能なはずだ。

「問題があるとすれば、シーラ達が何処で見つけたのかが分からない、ということであるが……まあどうにかなるであるか」

というのは、当たり前のように、わざわざ隠れているというのに、近くの場所に隠れているはずがないからだ。

実際にソーマは二人をまったく違う場所で発見しているし、もう一人を発見した場所も分かれば、最後の一人がいるだろう場所を推測できる可能性が高い。

今でもある程度は可能だが、まだ大雑把であるし、何よりも残っているのはどちらなのかが分からないのだ。

おそらく捕らえたのは同じようなタイミングだろうから、運良く合流できれば楽が出来るのだが――


「ま、とりあえず向かうであるか」

呟くと、ソーマは転がっている男を担いだ。

さすがに連れて歩くのは面倒だし、貴重な情報源を潰してしまうわけにもいかないので、向かう先はギルドである。

だがそのまま歩き出そうとしたところで、不意にソーマは視線を彼方へと向けた。

そうして首を傾げたのは、何となく何かを感じたような気がしたからである。

それは予感などと言うべきであったかもしれないが……しかしそれだけでは何のことか分かるわけもない。

少し気にはなったものの、どうしようもないかと息を吐き出すと、ソーマは歩みを再開させた。

†

「その呼び方……」

男が口にした言葉に、スティナは反射的に目を細めていた。

知らず槍を握る腕に、力がこもる。

それは限られた者しか口にせず、そもそも知らないはずのものだったからだ。

とはいえ、ある程度予想出来ていたことではあるため、あまり衝撃はない。

それでも、さすがにその名を知るとは思わなかったため、多少の驚きはあったが。

「残党だった、ってのはまあ予想通りではあるですが……まさかあそこにいやがったですか？」

「ちっ、やはり覚えてはいない、か……まあ、顔を見たのは一度だけ、しかも話すらしていなかったのだから、ある意味当然か」

「んなの覚えてるわけねえじゃねえですか……つーかそもそも認識してたかすら怪しいです。むしろそっちこそよく覚えてやがったですね」

「そうだな、正直オレも意外だったが……これでも主に対しての敬意などが存在していた、ということだろう。たとえそれが仮初《かりそめ》で、且つ紛い物が相手だったとしても、な」

「……そうですか」

そこまで分かっているというのならば、逆に話は早い。

何の容赦もする必要はないからだ。

「ま、最初から容赦なんてするつもりはねえですが。もちろん、見逃すつもりも」

「ふんっ、酷い話だ。折角残された数少ない同類なんだ、ここは見逃してくれてもいいだろうに」

「……何寝ぼけたこと言ってやがるです？　確かにスティナ達は同類でしょうね。それを今更否定するつもりはねえです」

だがそれとこれとは、別の話だ。

そもそもスティナ達は、あくまでも互いに利用する価値があり、邪魔にならないからこそ集まっただけにすぎない。

利害が衝突するならば、当然のように潰しあうだけなのだ。

「それが分かってるから、オメエもさっきからずっとスティナの首を狙ってんでしょうに」

「……ふんっ、バレバレ、か。まあいい。だがお前……本当にオレが何をしようとしていたのか、理解してるのか？」

「はい……？」

そこで思わずスティナが首を傾げてしまったのは、それが単なる命乞いや時間稼ぎとは思えなかったからだ。

まるで本当に、こちらが知るべきことを知っていない。そんな言い方だったように思えたのである。

とはいえ、別に気にする必要はないことだ。

このまま槍を突き出せば、何をしようとしていたところで関係がない。

が。

「……わざわざそんな勿体ぶった言い方をしやがったんです。大したことなかったらただじゃ済まねえですよ？」

「結局変わらない気がするが……まあ、問題はない。これを見れば、そんなことも言っていられないだろうからな」

そう言って男が懐から取り出したのは、漆黒の球体であった。

一瞬何をするつもりかと警戒していたスティナは、予想通りでしかなかったそれに小さく息を吐き出す。

こちらを油断させるための嘘だったらと、警戒していたからだ。

しかし予想通りのものであるならば、そんなことを考える必要はない。

それは同時に、多少の落胆を感じさせるものでもあったが。

「やっぱオメエが持ってやがったですか。……で？　それがどうかしたですか？」

「何だ、知ってた上に気付いてたのか……だが、それなら尚更オレが何をしてたのか分かるんじゃないのか？」

「何って……その力を試してたとかじゃねえんですか？」

「そうだな、それは間違っていない。じゃあ、オレは何のためにそんなことをしてたんだ？」

「いや、んなことを言われてもですね」

そんなこと分かるわけがない。

むしろ何故分かって当然みたいな雰囲気を出しているのか。

首を傾げ……どうやら男も、それが分からないふりではないということに気付いたようだ。

何故分からないとばかりに、眉をひそめる。

「……もしかして、本当に分かっていないのか？　魔王城に攻め込む時に使うために決まってるだろう？」

「……はい？　魔王城に攻め込む、です？」

完全に寝耳に水であった。

確かに混乱させるために使用する、ということは予測の通りだ。

だがそれでゲリラ的なことをするにしては、攻め込むという言葉はおかしいだろう。

とはいえ、その意味するところが分からない、というわけでもない。

それはつまり――

「また反乱を起こす、ってことですか？」

「……どうやら本当に知らないらしいな。各地に散った残党やその協力者には、連絡のつくものには全員連絡したと聞いたが……」

「ああ……なら簡単ですね。スティナには連絡取る方法はなかったはずですから」

取り次ぐはずの者達が、全員死んでしまっているのだ。

それは連絡の取りようがあるはずもない。

「……つーことは、もしかしてあの娘を狙ったのも、それ関連ですか？」

「そうだ。アレはオレ達が作り出した生体兵器だからな。本来は前回の反乱の時に使うはずだったんだが、盗まれ……まあ、それはどうでもいい話か。アレと融合させた魔物は、それなりの格のやつだった。使い道は幾らでもあるし、『核』としても使えるかもしれん。それに加え、あいつらを少しでも動揺させることが出来れば上出来だ。オレがそれを回収しようとした理由も、これで分かっただろう？」

「……なるほど、そういうことですか。色々合点《がてん》がいったです。そういうことなら、そうですね……

もう十分です」

「ならとっととオレを──」

「つまりやっぱオメエは、生かしとく価値がねえってことですね」

「……は？」

その言葉は余程予想外だったのか、男は唖然とした間抜けな表情を見せる。

しかし今のは冗談でも何でもないのだ。

スティナはただ男を、冷徹な瞳で見下ろすのみである。

「……おい、分かってんのか？　ここでオレを殺せば、反乱は……」

「別にオメエ一人がいなかったところで、成功するか否かに変わりはねえでしょう？」

「協力する気がない、ってことか……？」

「そもそも協力しろって要請が来てねえですし。なら協力する義務がねえのは当然です」

「……つまり、裏切るつもりか……!?」

「勝手に早合点してんじゃねえですよ。つーかだから協力の要請が来てねえんですから、裏切りも何もねえじゃねえですか」

それは詭弁と言ってしまえば、詭弁だ。一側面から見れば、確かに裏切りということにもなるのだろう。

だが。

「スティナは別に再度の反乱の邪魔をしようってわけじゃねえんです。ただ……オメエが気に食わない。そのやり方が気に入らないっていう、それだけのことです」

「…………本気か？」

「冗談で言ってるように見えるです？」

「……ちっ」

どうやら、本気だということは伝わってくれたようだ。

そのことにある種の安堵を覚えながら、ほんの少しだけ目を細め、腕に力を込める。

あとはこの腕をほんの少しだけ突き出せば、本当に終わりだ。

そこに余計な何かが介在する余地はなく——

「……ところで最後に一つ聞きたいんだが、オレの何が気に入らなかったんだ？　周囲に無差別に迷惑をかけたことか？　それとも……そこの一見子供にも見える兵器を使おうとしたことか？」

「……別に何でもいいじゃねえですか。……それでも敢えて答えるなら、オメエの全部がって答えるですがね」

「そうか……同類のくせに、博愛の精神にでも目覚めたか？　——今更すぎて、とっくの昔に手遅れだろうに」

「……っ」

それがこちらに隙を作らせるための言葉だということは分かっていた。

分かっていて、それでも反応してしまったのだ。

しかしそれでも、問題はないはずであった。

男が咄嗟に何をしようとも、それごと断ち切れる自信があったからである。

だから……男が次に取った行動は、まるで予想していないものであった。

「はつ、これは試すつもりはなかったんだが……ここに至れば仕方がない、か。これの効果は知っていたみたいだが、本当の使い道は知らなかったみたいだな？　これは本当は……こうやって使うんだ」

そう言って男がやったことは、手に握ったままの漆黒の球体を稼動させることだったのだ。

だがそんなことをしたところでこの場で意味がないのは考えるまでもないことである。

本当の使い道などと言いながら、最後に嫌がらせでもしたのかと思い——瞬間起こった出来事に、頭の中が真っ白になった。

男の真下に魔法陣が出現すると、次の瞬間にはそこから何かが這い出し——そのまま、男を食らったのだ。

「……は？」

意味が分からなすぎるが、それでも理性ではなく本能によって、幾つかのことを咄嗟に把握する。

魔法陣も這い出た何かも、男が使用した魔導具によって生じたものであり……つまりアレは、魔物だということ。

そして。

それが自分ではどう足掻いても勝ち目のないような存在だということ、である。

『————！』

無意識のうちに身体を震わせるスティナの目の前で、全身を漆黒に染めたそれが背中の翼を広げながら、音にならない声で、吼《ほ》えた。

32

その場にソーマが居たならば、その存在のことを悪魔とでも呼んでいただろう。

もちろん本来の意味としてのものではなく、ソーマの知るものとしてのそれだが……どちらにせよ、スティナはそれを知らない、ということにおいて違いはない。

だが、それがどれだけ危険であるのかを察するには、その姿を目にするだけで十分すぎた。

咄嗟にその場からの離脱を考え——舌打ちを漏らしたのは、視界の端にその小さな姿を捉えたからである。

その娘のことは常に頭の片隅にありながらも、今まで確認してこなかったのは、その余裕がなかったからだ。圧倒していたように見えて、その実そこまでの差はなかったのである。

あくまでも自分の間合いで戦うことが出来たからであって、距離を離されていれば結果は真逆になっていただろう。

スティナは魔法が使えるとは言っても、得意としているのは自身の強化のみだ。

遠距離での撃ち合いとなれば、勝ち目はなかったに違いない。

ともあれ、改めてその様子を窺ってみれば、どうやら気を失ってしまっているようであった。

動いている様子がなかったので、何となく予想は出来ていたものの、舌打ちを漏らしたのは、それも一因だ。

男は彼女を放り投げたのか、その距離は多少離れていたが、アレからすればその程度誤差でしかないだろう。

その気になれば、あの男がそうだったように、一瞬で食い殺されてしまうはずだ。

そしてそれは、スティナも例外ではない。

それでも今すぐこの場から逃げ出せば、あるいは逃げ延びることも出来るかもしれないが……彼女の方は絶望的だ。

意識があれば、逃げ出し隠れることでチャンスもあったかもしれないものの、この状況では万に一つもない。

だから彼女が助かる可能性があるとすれば、ただ一つだけだ。

しかし――

「つ……!?」

吼え終わったそれは、部屋の中を見回した後、端の方へと転がっている小さな姿へとその目を向けた。

途中でスティナも見たはずだが、意識に留めた様子すらない。

まるでどうとでも出来るから後回しでいいと、そう言っているかのようだ。

とはいえその認識は正しく、それが今意識を向けているのが何なのかは一目瞭然である。

数秒後にそこにどんな光景が広がっているのかを想像するのも、容易なことだ。

ゆえに。

「このっ、少しぐらい悩ませろってんです……！」

逡巡したのは一瞬。

気がついた時には、半ば反射的にスティナは地面を蹴りその娘のもとへと向かっていた。

左手でその身体を掻っ攫い、そのまま奥の通路へと――


――魔王の加護（偽）・気配察知中級：奇襲看破。

「……っ！」


――槍術上級・体術上級・魔導上級・魔王の加護（偽）・痛覚遮断：雷光一閃。

瞬間、反転と同時に右手の槍を振り抜いたのは、半分は勘で、残りの半分は本能によるものだ。

迫っていた死に対抗するように、出鱈目《でたらめ》に、だが確かな形をもって感じられたそれへと向け、腕を振るう。

その時視界に映ったのは、あの魔物と同じような漆黒の色をした何かであり……スティナに認識出来たのはそれだけであった。

それ以上を認識する前に、身体を衝撃が襲ったからだ。

こちらの抵抗など無意味とばかりにそれが突き抜けてきたのだと理解したのと、スティナの身体が吹き飛ばされたのはほぼ同時。

そのまま壁へと叩きつけられた。

「ごほっ……！」

咄嗟に左手に抱えたままの娘を庇《かば》うようにするも、そのせいでろくに受身を取る暇がなかった。

叩きつけられた際の衝撃をもろに受け、口内より赤黒い液体が吐き出される。

直後に全身を激痛が走り、だがそれは意識を失うほどのものではなかった。

相手の一撃がそれほどではなかったのか、それとも槍の一撃で多少は軽減させることが出来たからなのかは分からないが、致命傷にも程遠い。

奥の通路からは離されてしまったが、それもある意味では好都合だ。

奥へ逃げたところで、事態が好転するわけではないのである。

むしろ追ってこられた場合、悪化しかしない。

向こうからも外に出られるとは思うが、詳しいことは分からないのだ。

それを探している間に殺されてしまう可能性の方が高いだろう。

しかしここからならば、直接外に逃げることが出来るのだ。

それをアレが許すかはまた別の話だが、それでもこちらの方が生存できる可能性は高いに違いない。

追ってこられたらアレを外に出してしまうことになるが、遅かれ早かれそうなるのは確実なのだ。

ならば大差はない。

もちろんそうなれば、街にはかなりの混乱がもたらされることだろう。

魔物避けの結界がある街中に魔物が出現するなど、混乱が起こらないわけがない。

とはいえ、スティナに勝ち目がない以上、アレに勝てる可能性のある者はこの街に二人しかいない。

そのどちらに知らせるにしても、街で騒ぎを起こさせるのが最も手っ取り早いだろう。

「……その途中で発生する被害に関しては、目を瞑るしかねえですか」

最初から分かっていたことではあるも、今の一瞬で互いの力量差は嫌でも理解出来た。

抑えようとしたところで、スティナでは十秒も保つことが出来ないに違いない。

それならば大人しく逃げ、周囲に注意を呼びかけた方がマシだ。

それにそもそもの話……途中で発生する被害などと、どの口が言うのだという話である。

そうだ、あの男の言ったことは、何一つ間違っていない。

所詮スティナとあの男は同類であり、今更何をしようとしたところで、全ては後の祭りだ。

……だが、それでも。

「……譲れねえもんの一つや二つぐれえは、こんなスティナにもあんですよ」

生体兵器だとか何だとか、そんなことはどうでもいい。

たとえそれが偶然だとしても、スティナはこの娘を一度助けてしまったのである。

ならば最後まで責任を持って助けるのが、道理というものだろう。

そこに個人的な感情が、共感めいたものがないと言ってしまったら嘘になるが――

「オメエだけでも、助けてみせるです……！」

それはきっとただの自己満足だ。

贖罪《しょくざい》ですらない。

何かをやったのだと、自分に言い訳をするためだけの行為。

しかしそれを分かっているからこそ、スティナは迷うことはなかった。

痛む身体を無視しながら、左腕に僅かに力を込め、視線の先のその姿を見据え、外に――

「……ぱ、ぱ」

「……っ!?」

向かおうとした瞬間、腕の中から小さな呟きが聞こえた。

おそらくそれは、ただの寝言だろう。

一瞬だけ視線を向けても、意識が戻った様子はない。

だがスティナはそれを聞いてしまったのだ。

そして同時に気付く。あるいは、目を背けていたことを突きつけられる。

そう、宿の主人の姿を見ていない、ということに、だ。

この状況で姿を見せないというのは、どういうことだろうか。

出かけているという可能性はないだろうし、寝直していることもないだろう。

そもそもあの男は、普通に宿から出ようとしていた。

ならば入る時も同じだったと考えるのが自然であり……その時対応したのは誰か。

そこで殺されてしまった、というのならば、まだマシだ。

何故ならば、その場合は既にどうしようもないからである。

このままここから離脱しても、何の問題はない。

しかしまだ生きていて、アレがここで暴れたり……もしくはもっと直接的に、アレに殺されてしまったら。その時は……果たしてこの娘を助けたと言えるのだろうか。

だが何にせよ、主人の安否を確かめる手段はない。

どちらかに決め付け、行動するしかないのだ。

……本来ならば、それを悩む暇すらなかっただろう。

アレが襲い掛かってくれれば、逃げる以外の選択肢などなかったはずだからだ。

だというのにそれは、こちらに視線を向けたまま、動こうとしてはいなかった。

それはまるで、こちらの状況を把握し、どちらを選ぶのかを待っているようですらある。

あるいはこちらのことを警戒してるだけだったのかもしれないが……一度思ってしまえば、そうとしか思えなくなってしまった。

「つたく……性質の悪い魔物です」

そしてもしもその通りならば、このまま逃げるというのは負けにしか思えない。

スティナがどうするのかを決めたのは、だからきっとその瞬間だ。

それはもしかしたら、単なる言い訳にすぎなかったのかもしれないが――

「もうどうでもいいこと――です！」

――魔導上級・槍術上級・体術上級・魔王の加護（偽）・痛覚遮断：雷光一閃・烈。


叫ぶと同時、痛む身体に鞭《むち》を打ち、右腕を振り下ろした。

当たり前のように槍の届く距離ではないが、その間を埋めるが如く、軌跡に沿って雷が生まれる。

遠距離は得意ではないが、この程度のまねならば出来るのだ。

それがそのまま魔物へと叩き込まれるのを見ることなく、スティナはさらに左腕を振り上げる。

掴んでいるのは、もちろんあの幼女だ。


――魔導上級・魔王の加護（偽）：魔法・身体強化。


構わず振り下ろし、ぶん投げた。

一瞬だけ視線を向け、その向かう先が間違いなく宿の外だということを確認すると、スティナもすかさず奥へと駆け出す。

まったく手加減せずに投げたが、可能な限りの強化魔法を叩き込んだし、死んでしまうことだけはないはずだ。

かなりの無理やりで力ずくな方法だが、生憎と優しくしながら全てを叶えるほどの力量はスティナにはない。

それでも何とかしようと思えば、強引に行くしかないのだ。

——もっとも。

上手くいくかどうかは、また別の話であるが。

「——」

今度は、反応する暇すらなかった。

気がつけばスティナの身体は宙に浮き、物凄い勢いで吹き飛ばされていたのだ。

攻撃を受けたのだということを理解したのは、遅れて痛みがやってきたからで、それと壁に激突したのは、ほぼ同時であった。

「つ、ぁ……っ！」

今度は壁は壁でも、通路の壁ではあったが……それが果たして何かの慰めになるかどうか。

……いや。

どうやら、一つだけ慰めとなるものが見つかったようだ。

すぐそこに、見覚えのある人物が倒れていたからである。

この宿の主人であった。

「……っ、どう、やら……生きては、いる、みてえ、ですね……っ」

胸が上下しているから、それは確かだろう。

ただ……その胸からは血が止めどなく流れているので、まだ生きてはいる、というのが正解かもしれないが。

だがそれでも、生きてることに違いはない。

こんな無茶をして、痛い思いもした甲斐があったというものだ。

あとは、ここから無事脱出できれば、全て解決だが――

「……ま、んな上手く、いくわきゃ、ねえです、か……」

痛む全身の中で、一際《ひときわ》痛みを訴えている背中の方から、明確に何らかの気配がした。

どくどくと流れ出ているものに交じり、冷たいものが背筋を走る。

それをスティナはよく知っていた。

今まで直接誰かに与えたことはなかったが、きっと間接的ならば幾らでも与えてきたもの。

即ち、死、だ。

「……因果、応報、ってやつ、ですね」

数日前にも感じ、結局訪れることはなかったもの。

しかし今後こそそれは、スティナのことを捉えて離すことはないだろう。

それでは、道理が合わない。

せめてあの娘と……出来ればこの人も、と思うが、それも虫のいい話だ。

どちらかが叶えば万々歳。

叶わずとも……それがこの世界の理《ことわり》というものだ。

恨むのは、きっと筋違い。

ああ、それでも――

「……やっぱ、せめて、とか、思っちまう、あたり……救い、ようが、ねえ、ですねえ」

「――ふむ、そんなことないと思うであるがな？」

「…………え？」

自分の末路は、既に確定していたはずであった。

だからそちらへと視線を向けることもなく諦め……だが聞こえた声に、思わず視線を向ける。

そこに居たのは、やはりと言うべきか、漆黒の魔物であった。

しかし次の瞬間、その身体の中心に、一筋の線が走る。

そして直後、そこを中心に左右に分かたれ……その向こう側に居た漆黒の髪と瞳を持つ少年が、こちらを見つめながら、安心したように息を吐き出したのであった。

33

「やれやれ……ギリギリセーフ、というところであるな」

そう言って溜息を吐き出しながら、ソーマは周囲を見渡した。

所々が破壊され、物が散乱している部屋に、真新しくこびり付いた血液。

そして通路には宿の主人とスティナが倒れており、二人とも割と重傷だ。

入り口近くに宿の娘が転がされていたものの、そちらは特に怪我らしい怪我もなかったので、こっちに来るのを優先したのだが……どうやらこの分では正解だったようである。

大体の事情を察したソーマは、そんなことを思いながら再度溜息を吐き出した。

「なん、で、ここに、いやがる、です……？」

と、声に視線を向けてみれば、よろよろとスティナが身体を起こそうとしているところであった。

明らかに無理をしていい傷ではないだろうに、無駄に無茶なことをするものだ。

先ほどとは違う意味での溜息を吐き出しながら、とりあえず近付くと、先に治療を施してしまうことにした。

「ふむ……何故、と言われてもであるな……まあ、何となく嫌な予感がしたから、というところであるか？」

「……オメエが、言う、と、本当、っぽく、聞こえる、から、厄介、です」

「ま、真面目に答えるならば、ギルドで偶然会ったシーラ達に話を聞いたから、であるがな」

それで気になったから、残りはシーラ達に任せ、ソーマはここにやってきた、というわけである。

まあ、そこで嫌な予感がしたのでここに急行したのだから、先の言葉も厳密には冗談や嘘というわけでもないのだが。

そうして言葉を交わしながら剣を振り被ると、スティナは軽く目を見開いた。

だがその直後、こちらが何かを言うよりも先に、納得したように頷く。

「……ま、そう、ですね。ここで、ついでに、やっちまう、のが、後腐れ、なくて、いいです。別に、んなこと、しなくて、も、放っと、けば、勝手に、死ぬと、思う、ですが」

「勝手に明後日の方向に納得されても困るのであるが、まあもう面倒だから説明するよりも先に実行

した方が早そうであるな」

――剣の理・龍神の加護・一意専心・明鏡止水・虚空の瞳：秘剣　慈愛の太刀・真。

剣を振り下ろした後、不思議そうな顔で自分の身体を見下ろすスティナは置いておき、宿の主人の傍に向かうと、同じように剣を振るう。

一先ずこれで大丈夫だろう。

それから剣を仕舞いながらスティナのもとに戻ると、スティナは何が起こったのかは理解したようだが、不可解とでも言いたげな表情を浮かべていた。

「……オメエ確か魔法は使えないとか言ってなかったですか？」

「うん？　その通りであるし、魔法などは使っていないであるが、何を言っているのである？　今使ったのもただの剣技であるしな」

「スティナとしては、オメエが何を言ってるんです？　って感じなんですが……まあ、いいです。オメエが無茶苦茶なのは今更ですしね」

「ふーむ？」

顔は不可解そうなまま、それでも何かしら納得はしたようだ。

溜息を吐き出しながら、スティナがゆっくりと立ち上がる。

とはいえ今度はソーマの方がいまいち納得がいっていないのだが……まあ、今はそんなことを言及している場合でもない。

一先ず話を進めることにした。

「とりあえず、今回の件の下手人は倒した……というか、殺された、ということでいいのであるか？　おそらくは先ほどの魔物に」

「それで合ってるです。それっぽいこと言ってたですし。つーかこっちはまだ何も言ってないのによく分かるもんですね」

「ま、半分は状況からの推測と、あとの半分は経験則ってところであるかな」

「この程度のことからそこまでの結論に至れるなんて、どんな経験してきてやがんですか……」

「別に大したことはしてきていないであるがな」

それに経験とは言いつつも、多少は聞いた話なども交ざっている。

どちらにせよあまり自慢出来るようなことでもないだろう。

「ともあれ、あとはシーラ達次第、ということであるか。まあ向こうは心配ないであろうが」

「そうとは限らない、と言いたいとこですが、オメエが言うと多分そうなんだろうと思えてきちまうのが、本当になんていうかアレですね」

「それはただ我輩を買い被ってるだけだと思うであるがな」

そう言って肩をすくめながら、さてと呟く。

とりあえず今回のことの結論だけは分かったが、さすがにそれだけでは何とも言えない。

結局どういうことだったのかということを知るため、互いの情報を確認しあいたいところだが――

「ギルドからも求められるであろうし、向こうで確認した方が早そうであるか。シーラ達にも話すべきだということを考えれば、二度手間三度手間になるであるし」

「そうですね、ついでに本当に上手くいったかの確認も出来るですし。ただ……コイツらはどうすんです？」

その言葉と共にスティナが視線を向けたのは、未だ意識の戻っていない宿の主人だ。

あとは、コイツら、と言っているあたり、あの幼女のことも含めているのだろう。

確かに、もう大丈夫だろうと思ってはいても、このまま放っておくのはちょっとよろしくない。

「ふむ……ま、この人達も事情を知っている可能性がある、ということも考えれば、話を聞いておくべきであるし、連れて行くであるか。おそらくはギルドも同じように考えるであろうしな」

「まあ、それが無難ですか」

問題があるとすれば、このまま運んでしまうか、起こしてから一緒に移動してもらうか、というところであるが……まあ、まさか否とは言うまいし、起こしてしまった方がマシだろう。

移動している最中に、ある程度話も聞けるかもしれないし。

そう結論付けると、幼女の方へと向かうスティナを横目に、ソーマも主人を起こすためそちらへと向かうのであった。

†

結論を言ってしまうのであれば、宿の主人はソーマにもギルドにも、何も話すことはなかった。訳も分からず唐突に襲われ、娘が攫われそうになった、などと一貫して語っていたが……まあ、それが嘘なのは誰の目にも明らかだ。

そうだとするならば、その姿があまりにも堂々としすぎていたからである。

それでもそれに関して誰も言及することがなかったのは、問い詰めたところで話すことはないと判断されたからだろう。

もちろんスティナが話せばその限りではなかっただろうが、スティナにはそんなことをしてやる義理がない。

だから……いや、おためごかしはやめておこう。

スティナはそんな主人の姿に、感銘を受けたのだ。

そこには、間違いなく覚悟があった。

このことで自分がどんな目に遭おうとも、娘だけは絶対に守ってみせる、という。

あるいは、ソーマ達もそれを感じ取ったからこそ、詳しいことを聞こうとはしなかったのかもしれない。

何にせよ、それはスティナにあることを考えさせるには十分なものであった。

それは今であり、過去であり、未来だ。

自分がやっていること、やってきたこと、やろうとしていること。

それと、やらなければならないこと。

半ば無意識のうちに、スティナは懐へと手を伸ばしていた。

そこにあるのは、とある魔物の素材だ。

ここでソーマと出会う前、集めていたものであり――

「ふーむ……さて、どうしたものであるかな」

「ん？　ああ、戻ってきやがったですか」

と、聞こえた声に視線を向けてみれば、ちょうどソーマ達が戻ってくるところであった。

さりげなく腕を下ろしながらその様子を眺め、ふと首を傾げる。

先の言葉もそうだが、どうも何かを悩んでいるように見えたからだ。

「で、どうしたんです？　何か面倒なことでも言われたとかですか？」

「……別にそういうわけじゃない」

「そうですね……少し腑に落ちないところはありましたが、どちらかと言えば良い話だったと思います」

「じゃあソーマは何を悩んでんです？」

ちなみに現在スティナ達が居るのは冒険者ギルドだ。

そしてソーマ達が行っていたのは、余程のことがなければ冒険者には立ち入ることが許されていない応接室である。

そこで今回の件について話していたはずなので、何か面倒なことでも言われたのかと思ったのだが、違ったらしい。

では一体どういうことなのだろうか？

「ま、それについては宿に向かう道すがら話すのである。ここで立ち話をするのも何であるし、かといってここでじっくり話すようなことでもないであろうからな」

「まあ、それもそうですね」

本来ならばほとんど人がいないだろう時間帯だが、今は状況が状況なためか、ギルドにはかなりの数の人が集まっている。

冒険者がいれば、今回のことについて話を聞きたがっている旅人や、街の人もいるようだ。

そんな状況でギルドの奥から出てきたのだから、注目を浴びないわけがない。

視線こそ向けられていないものの、周囲からは明らかに意識が向けられていた。

別に秘密にしておくように言われたことではないが、わざわざこんな中で話すことではないのも確かである。

先に戻った彼らがどうしているか若干気になっていることでもあるし、宿に向かうことに異論はない。

シーラ達はそのことを先に聞かされていたのか、特に何かを言うこともなく、そのままスティナたちはギルドを後にした。

一先ず片がついてからある程度の時間が経ったはずだが、まだ街中の空気は何処となく緊張感が漂ったままだ。

まあ、未だ街は封鎖されたままだし、ギルドからの正式な告知もない以上、当然なのかもしれないが。

「それで、どんなことを話したんです？」

そんな中を歩きながら、スティナはソーマへと水を向けた。

ソーマはまだ何かを考えている様子ではあったものの、それで何かの結論に至ったのだろう。

一つ頷いてから、その口を開いた。

「ふむ……どんなことと言われても、まあ大体今回の件で分かったことの確認、というところであるな。もっとも、分かったこと自体がほとんどないわけであるが」

「まあ、情報を持っていそうな人達を捕まえてはきましたが、まだ目覚めてはいないようですしね」

「……ん、でもその辺のことは、ギルドの仕事」

「ですね。そもそもスティナ達が呼ばれたのは、他にも何か知ってる可能性があるから、ということだったんでしょうし。まあスティナは行ってねえわけですが」

ソーマ達が応接室へと呼ばれたのはそういった理由によるものであり、スティナが行くことがなかったのは、その必要がないと思ったからだ。

正直今回の件について、スティナは今更確認するようなことはないし、先ほども言ったようにギルドに何かを伝える義理もそのつもりもない。

面倒だし、自分の知ることは既にソーマに話していると言って、行かなかったのである。

尚、ソーマに話したのは当たり障りのないところだけだ。

あの娘がどんな存在であるのかや、自分に繋がりそうなことは一切話していない。

その理由は宿の主人達のためではなく、自分のためである。

中途半端に話して、もしもこちらの正体がばれてしまったら、自分も今回の件に関わっていたのではないかと疑われる可能性があるからだ。

ないとは思うものの、万が一の場合を考えるのは必要なことである。

特にそういったことに妙に鋭い人物がいる以上は、尚更だ。

ただそのせいでスティナもあの娘が何であるのかを知ることは出来なくなったわけであるが……まあ、知る必要があるかと言えば、別にないことだ。

それに、何となく想像は付いている。

かつてスティナは聞いたことがあるのだ。

誰が言っていたのかは忘れたものの、以前の反乱の際、生体兵器を使う予定だったと。

もっともそのほとんどは製作段階で失敗し、唯一の成功例も決行する直前に裏切り者に奪われたとかいう話ではあったが……つまり、そういうことなのだろう。

スティナにとってはどうでもいいことである。

ともあれ。

「で、じゃあ結局のところ、何が問題だったんです？」

「その話そのものには何の問題もなかったであるな。分かったのは、あの幼女が何故か狙われたということと、魔物の騒ぎを起こしていたのも同一人物だということ、あとはその者は既に死亡済み、ということぐらいであるし。ああ、若干魔道具の扱いをどうするかは揉《も》めたと言えば揉めたであるかな」

「何で揉めんです？　あれはそのまま残されてたから、ギルドに渡すってことにしたじゃねえですか」

「……ギルド側が中々受け取ろうとしなかった」

「向こうも向こうで面倒を嫌った、ということでしょうね。まあ、明らかに厄介な代物ですし」

「かといってこちらで管理してろと言われても、責任など負えんであるしな。まあ何とか向こうに押し付けることに成功し、次の話へと移行したわけであるが……」

「次の話？　ってどういうことです？」

最初聞いた話では、今回の件についての確認をする、ということだけだったはずだ。

それ以上の何かがあり、それが問題だった、ということだろうか？

「いや、次の話はそのまま次の話であるな。一先ず解決したようだが、じゃあこれからどうするか、という話である」

「具体的には、街の封鎖の解除はいつするか、といった話ですね。もう解決したとは思いますが、まだ万が一ということも有り得ますし」

「まあそれに関しては生きてるやつから聞き出さねえとどうしようもねえですしねえ……ただ、それってギルドが考えることですよね？　何でそんな話されてるんです？」

「……ついで？　……悪く言えば少しでも責任転嫁出来るように？」

「……ここのギルド大丈夫なんです？」

「ま、それは我輩達が気にすることはないであるし、今まで大丈夫だったということは、大丈夫だということなのであろう」

とりあえずそれに関しても無難にかわすことは出来たようだ。

封鎖の解除も明日行われる……というか、今日までということになったらしく――

「それで我輩達はどうすべきかを考えている、というところであるかな」

「……なるほど。そういうことですか」

つまりソーマは、この件に最後まで関わるかどうかを悩んでいる、ということなのだろう。

ほぼ終わっているとはいえ、生き残りの尋問があるし、他にも何かまだあるかもしれない。

その懸念がなくなるまでここに残るか、それともこれで自分達の仕事は終わったとして明日早々にこの街を後にしてしまうか。

どちらにすべきかと、そういうことだ。

「そっちの二人はどう思ってんです?」

「……ん、ソーマに任せる」

「まあ、どちらにも理はありますからね。どちらとも言えませんから、ソーマさんにお任せしようかと」

「んー……ならまあ、あくまでもアドバイスの一環として言ってやるですが、明日出ちまっていいと思うですよ?」

「ふむ……その心は?」

「スティナ達は結局のところここでは部外者ですしね。ここまでやったら十分すぎるですし、あとはもう任せちまっていいと思うです。まあ、やることがないってんなら別ですが、やることがあるんですよね？　なら尚更もういいと思うですし、そっちを優先すべきだと思うです」

肩をすくめながらのそれは、一応本心だ。

二重の意味で、だが。

実際にそう思っているということと、そうして欲しいと思っている、という意味で。

共に旅をすると約束した以上、ソーマ達の動向はスティナのそれと同義だ。

だから自分のため、自分の目的を果たすために、そうして欲しかったのである。

「うーむ……ならそうするであるかなぁ。今回の件に協力した礼として、ギルドからは十分すぎる謝礼金を貰ったので、もうここで金稼ぐ必要もなくなったであるし」

「そうですね、そうするといいです。……スティナも、そうするってもう決めたですし」

最後の言葉だけは口の中だけで転がし、スティナは視線を前方に向けた。

そこに見えるのは、未だ騒がしい人々の群れだ。

それに目を細めながら、小さく息を吐き出す。

全てが上手くいくだなんて、そんな今更で都合のいい話などがあるはずもない。

毒されたところで何かが変わるわけがなく、変わったようにも思えたそれらは、本当は何一つ変わってなどはいないのだ。

過去は変えられず、今は自分の手を離れ、未来はとうの昔に定まっている。

選べるのはたった一つだけ。

ゆえにスティナは覚悟を決めたという、それだけのことである。

そうしてこれからのことを考えながら、スティナは宿へと向かうため、路地裏へと通じる脇道へと、足を向けるのであった。

34

別にようやくと思えるほど苦労をしたわけではないのだが、それでもそんなことを思いながらその村へと足を踏み出す。

ここが最後だと考えれば、多少の感慨はあった。

ただそれよりも思うのは、よく二年前の自分はこんなことを無事遂げることが出来たものだということだ。

今の自分には魔法があるが、あの頃の自分にはなかったのである。

それでも出来たのは、多分半分以上自棄になっていたからなのだろうが――

「我ながらしぶといというか、何というか、というところね」

苦笑を浮かべながらそう呟くが、笑い話のように出来るのも今までがあればこそだ。

自分は恵まれていると、心底思う。

それはきっと気付いていなかっただけで、ずっとそうだったのだろう。

今回無駄に時間があったからこそ、改めて当時のことを思い出して考え、そう思ったのだ。

あの頃の自分は、多分自分のことしか見えてはいなかった。

周囲の全てが敵で、誰も自分の味方になってくれないと、そんなことを考えていたように思う。

だからそれに耐えられなくて、あそこを飛び出したのだ。

けれど、本当にそうだろうか？

あの人達は、確かに多少放任気味ではあったけど、それでも傷ついた子供を放っておくような人達ではなかった。

ならばそこには相応の理由があったか、あるいは自分が気付かなかっただけなのではないか。

今ではそんな風に思っている。

もちろん自分の考えすぎかもしれないし、過去のことだから美化してしまっている可能性だってあるだろう。

だが今更それに関して、グダグダと考える必要はない。

「直接聞けばいいだけだものね。折角ここまで来たのだし」

あの頃の自分も、そうすればよかったのだ。

否……そうすべきだったのである。

そうしていたら——

「ああ……でもそうしていたら、今のあたしはないかもしれないのよね……」

飛び出すことがなければ、アイツにも、あの娘達にも、きっと会うことはなかった。

あの時最善の行動を取らなかったからこそ、満足出来る今があるなど、皮肉にも程がある。

「ま、とはいえ、人生なんてそんなものかもしれないわね」

そんな風にうそぶきながら、肩をすくめる。

ともあれ、目的地まではすぐそこだ。

ここならばさすがに行くべき場所は覚えている。

「さて……どうなることかしらね」

正直予想は付かないが、まあなるようになるだろう。

そう気楽に考えながら、アイナは村の奥へと向かっていくのであった。

†

「では、世話になったであるな」

早朝、朝日の昇ったばかりの街を、ソーマ達は前日に決めた通り後にしようとしていた。

振り返った先、宿の戸口には宿の主人達の姿がある。

必要ないと言ったのだが、是非にということで見送りに出てきたのだ。

「いえ、むしろお世話になったのは、こちらの方かと。本当に、ありがとうございました」

そう言って頭を下げた姿に、ソーマが小さく息を吐き出したのは、礼ならばもう何度も受け取ったからである。

それこそ助けた直後、ギルドへと向かう途中に、経緯の説明を受けながら十分すぎるほどに受け取ったし、ギルドでの説明を終え先に主人達の戻っていた宿に戻った時には、歓待に近い扱いまで受けたのだ。

いい加減過分にすぎて辟易してきてしまうのは仕方のないことだろう。

それに――

「昨日から言っているであるが、礼ならばスティナにだけ言えば十分である」

それは本心からのものだ。

そもそもソーマが彼らに対してやったことなど、基本的にはない。

精々が怪我の治療ぐらいだろう。

だがそれもこれも、スティナが先に動いていたからなのだ。

話に聞いたところによれば、スティナが動いていなければあそこまでスムーズに解決することはなかっただろうし、もしかしたら主人の命も危なかったかもしれない。

そう考えれば、今回最も褒め称えられる相手はスティナであるし、スティナだけで十分なのである。

「もちろんスティナさんには、格別感謝しています。……本当に色々と、ありがとうございました」

「……やめるです。スティナだってもう十分言われたですし、そこまで言われるほどのことなんてしてねえです」

スティナ自身はそんなことを言うものの、それは明確に謙遜だろう。

あるいは、本人は本気でそう思っているのかもしれないが、主人が心底感謝しているのは見ていれば明らかだ。

そこにはきっと、『色々と』あるのだろうが……まあ、色々なことがあるなど、生きていれば当然のことである。

それこそ、他人には言えないようなことを抱えることも。

それは当たり前のことでしかなく、無理に知ろうとするのは他人の心を土足で踏みにじるも同然のことだ。

ギルドもそう思ったからこそ、何かあるのに気付いていても言及することはなかったのだろう。

もちろん、それが後々問題になるようなことであれば話は別だが……少なくともソーマは、そうは感じなかった。

だからソーマとしては、ただ肩をすくめるだけなのである。

「ま、それでは、行くとするであるか」

「……ん、問題ない」

「そうですね、忘れ物なども特にないですし。忘れるほどのものがないとも言いますが」

「そういう自虐はいらねえです。……じゃ、さよならです。多分もう会うことはねえでしょうが、達者で暮らせです」

スティナがそう言ったのは、主人達もこの後、この街を離れる予定だからだ。

色々とあったが、結局当初の予定通りにするつもりらしい。

あるいは、色々とあったから、なのかもしれないが。

「はい。それではまた、機会がありましたら。……ほら、お前もちゃんと挨拶しなさい」

主人が促したのは、その身体の後ろに、あの幼女が隠れていたからである。

その様子を眺めながら、最後まで避けられていたのは変わらなかったなと、そんなことを思い――

「……うん。……ばいばい。……またね。……ありがとう」

それは主に、スティナ達に向けられたものではあったのだろうが……僅かにだが、確かにソーマにも向けられたものであった。

目が合うや否や、すぐに隠れてしまったことに変わりはなかったが、ソーマはほんの少しだけ口元を緩める。

それだけで、今回の件の報酬は十分だろう。

そして、ソーマ達は、最後にもう一度頭を下げる主人に見送られながら、街の外に向けて歩き出したのであった。

†

当たり前のことではあるが、ソーマ達はこの地方の地図というものを持っていない。

軍事機密にも繋がるものが、境界付近の場所で販売されるなど有り得ないし、しかも余所者相手となれば尚更だ。

それでもソーマ達が問題なく旅を続けてこられたのは、さすがに次の村や街の大体の位置ぐらいならば教えてもらえたからである。

それすらも教えてもらえなかったならば、きっとこの旅はもっと大変で、苦労していたに違いない。

ただ、そういったことを考慮の上でも、今回の旅の道中は異様なほどに楽であった。

何せ朝方に街を出たとはいえ、夜になる前に次の村に到着することが出来たのだ。

全ての旅を振り返ってすらなかったほどの、最速での到着であった。

とはいえ、次の村までの距離が短かったかと言えば、そんなことはない。

多分今までと同じであれば、到着までに何だかんだで三日はかかったであろう。

そうならなかったのは、今までにはなかった要素が今回のソーマ達にはあったからだ。

要するにスティナのおかげであり、スティナが次の村までの正確な道のりを覚えていたからであった。

大体の位置が分かるとはいえ、街道が整備されている方が稀なのだ。

途中で道が分からなくなることも珍しくなく、道に自信がなかったりすれば歩く速度が鈍ったりもする。

あとどれぐらいで着くのかが分からない以上、無駄に休憩を取ってしまうこともあり、そういったことの積み重ねで時間が浪費されてしまう。

そして結果的には、本来の数倍の時間がかかってしまうのだ。

とはいえそれが分かっていても、基本的には敢えてそちらを選ぶことの方が多い。

本当に道が間違っていた場合、無理をして疲れていては万が一のことも有り得るし、時間で安全が買えるならばそれに越したことはないからだ。

しかし完全に道が分かっていれば、そんな心配をする必要はなく――

「ふむ……これだけでもスティナを旅に誘った甲斐はあったというものであるな」

「それはさすがに言いすぎだと思うですがね」

「……そんなことない」

「そうですね……わたしが旅に不慣れだということもあるのでしょうが、ソーマさん達が居ても道中はどうしても不安になってしまいますし。早く次の村に辿り着けるということは、それだけで十分すぎる価値があると思います」

まあ、そういった不安も旅の醍醐味と言えばそうではあるのだが……感じないで済むのであれば、その方がいいのも確かだ。

それが当たり前になってしまうと困ったものだが、たまにはこういったこともいいだろう。

「さて……ま、折角夜になる前に辿り着けたのであるし、さっさと今日の宿を確保するであるか」

街と呼べるほどの規模になれば宿があるのは普通だが、逆に村程度の規模であれば宿がないのが普通である。

人が訪れなければ、不要でしかないからだ。なければ村長の家などを訪ね交渉する必要がある。

その時間は早ければ早いほどよく、遅ければ何処にも泊まれない、ということだって有り得るのだ。

折角村に辿り着けたのに野宿などは馬鹿らしいので、一先ず動くべきであり――

「そうですね、そうするといいです。それじゃあ、ここでオメエらとはお別れですね」

だがその瞬間、スティナがそんなことを言ってきた。

「ふむ……？　それはどういう意味である？」

「……スティナは、既にここで泊まる場所を確保してた？」

「いえ、そのままの意味ですよ？　そもそもスティナはここに泊まるつもりはねえですし。まだ日が沈むまでには時間があるですし、もうちょっと先に進むです」

「先って……何処へ、ですか？」

「もちろん、スティナの向かってる場所です。まあ、少なくともオメエらの目的地とはまったく別のところにあるのは確かですね」

目を細め、その様子を窺ってみるが……どうやら、冗談を言っているわけではないようであった。

どういうことかと考え……だがすぐに、納得する。

「……そういえば、旅を共にするとは言ったものの、いつまでとは言っていなかったであるな」

「そういうことです。短くとも、街から村への移動ってのは、十分旅って言えるですしね。これで約束は果たしたです」

「それは……そうとも言えるかもしれませんが……」

「……随分急？」

「言ってなかったですから、オメエらにはそう感じるかもしれねえですね。ただ、スティナは最初から、数日のつもりだったです。こっちはこっちで目的があって旅してるんですし」

「ふむ……道理と言えば道理であるな」

向かう場所が一緒であるならば、共に旅をすることは可能だろうが、それでも目的次第ではどちらかが寄り道をする必要があったり、移動するペースを上げたりする必要もあったりするだろう。

それを出来るだけ合わせることも可能ではあろうが、その全てをとなればそれは無理だ。

だから最初から数日と区切っていたというのは、理にかなっていた。

「確かに、日数だけであればもう数日は一緒にいたことになりますが……そこまで急ぐ必要があるんですか？」

「ある、とだけ言っとくです。具体的なことを言うつもりはねえですが」

「……残念だけど、仕方ない？」

「まあ、そうであるな……」

駄目で元々と思っていたことであったのだ。

それがここまで一緒にいられ、短くとも旅をすることが出来たというのは、望外のことではある。

ただ、目的の一つだった借りを返す件については、より増えたような気がしているのだが……それも、仕方のないことだろう。

少なくとも、それは彼女を留める理由になりはしないのだ。

「そう、ですか……」

「ま、今回は仕方ないであるが、またいつかどこかで会うこともあるであろう。その時はまた共に旅をすればいいだけである。今度は、もう少し長く」

「……ん。……出会いと別れがあるのが、旅。……そして、再会があるのも、また」

「……まあ、それに関してはさすがに保証できねえですがね。機会があれば、とだけ言っておくです」

そうして、スティナは身体を翻すと——

「じゃ、さよならです」

そう言って、去っていった。

名残すら感じさせない、あっさりとしたものであった。

一度も振り返ることなく、その姿は遠ざかっていき……やがて、見えなくなる。

誰からともなく、溜息が吐き出された。

「ふむ……ちと予定とはずれてしまったであるが、とりあえず宿を取るのは変わらんであるしな。一先ず適当なところで話を聞いてみるであるか」

「……ん」

「……了解です」

あまりに突然のことであったため、フェリシアは多少引きずっているようであるが、しばらくすれば気を取り直すだろう。

冷たく厳しいかもしれないが、もうスティナは去ってしまい、戻ってはこないのだ。そうしなければならないのである。

……とはいえ、ソーマも思うところがないと言えば、嘘になるが。

スティナはああ言っていたし、そこに道理もありはするものの……急すぎたのも事実である。

おそらくはスティナもスティナで、何かそうする理由でもあったのだろうが……まあ今は考えたところでどうしようもないことだ。

スティナの去っていった方角を最後に一度だけ眺めると、息を吐き出す。

それから視線を動かすと、ソーマは先ほど自分で口にしたことを実行するため、適当な家へと足を向けるのであった。

35

ソーマ達が見える範囲の中で最も大きな家へと向かったのは、そこが村長の家である可能性が最も高かったからだ。

一目で宿と分かるような場所があれば別だが、そうでない場合はまず村長の家だと思われる場所に行くのが無難なのである。

そうしてそこへと向かいながらそれとなく村の様子を窺ってみれば、その様子は典型的という言葉がピッタリ当てはまるほどのものであった。

周囲を木の柵で覆っているだけだというのに、流れている空気は驚くほどに長閑《のどか》だ。

賑やかさはないが、騒がしさもなく、一息吐くには最適の場所だろう。

住むとなるとちょっとソーマは退屈してしまいそうだが、それでも悪い場所ではない。

その最大の要因は、おそらく危機らしい危機が訪れることがないからだ。

実際にここまでやってきたから分かることだが、この周辺は魔物が滅多に出ないようで、出ても角ウサギ程度の所謂弱い魔物だけである。

それでも村に住む一般人からすれば脅威だろうが、そこはランク二あたりの冒険者でも用心棒に雇っておけば済む話だ。

ざっと眺めたところ、土地もそれなりに豊かなようだし、飢餓に苦しむような心配もなさそうである。

とりあえず、余計な心配をする必要はなさそうだ。

村人達が日々の糧を得るのにすら苦労しているような村に行ってしまうと、まだ野宿の方が心休まる、といったことも有り得るのである。

幸いにも、この世界ではまだそういった村を見たことはないが、それは旅してきた場所が場所だからだろう。

少し足を外に向けてみれば、そういった場所は幾らでもあるに違いない。

とはいえ――

「ふむ……それにしても本当に、驚くほど普通であるな」

「……ん、確かに」

「新しいところに来るたびに言っていますが、そこまで言うほどのことなんですか？　正直大げさなのではないかと思うのですが」

「まあ確かに大げさと言えば大げさなのではあるが、何だかんだ言ってもやはりここが普通の場所ではないことは違いないであるしな。通常そういう場所は相応の違いのようなものがあるはずなのであるが……」

ここは一方的にとはいえ、蔑視されている者達の住まう場所なのだ。

どれだけ本人達が自分達はそうではないと思っていたところで、大なり小なり歪んでしまうのが普通なのである。

しかし今のところ、集団単位でのそういった様子はまるで見られない。

エルフの森に近い場所なため、そういったことを意識せずにいられるからなのか……もしくは――

「……誰かが意図的にそうなるようにしてる？」

「誰か、と言いましても、ここに統治者はいないんですよね？」

「いないとはいっても、あくまでも公的には、という話であるしな。王を名乗っている者がいる以上、実質的にはそれがそうなのだと考えていいであろう」

「それはつまり、魔王が、ということですか……？　ですが……」

フェリシアが言いたいことは分かる。

魔王というのが、果たしてそんなことをするような人物か、ということだろう。

ソーマも魔王に関しては伝え聞く話しかほぼ知らないものの、到底そんなイメージが湧く相手ではない。

ソーマが魔王について知っているのは、残虐であったり悪逆の限りをつくしたりと、まさに魔王という言葉から連想するようなことばかりである。

そんな人物が実は賢王で、味方には優しく住民達の心のケアまでしていた、とか言われても違和感しか覚えまい。

とはいえ、難しい話ではなかった。

「外に伝わっている魔王と、今実際に魔王をやっている者。その二つが別人なのであれば、解決する話であるしな」

「別人、ですか……？　……いえ、そういえば」

「……魔王は、以前に倒されてる？」

「そういうことであるな」

スティナからつい最近聞いたばかりの話ではあるが、初めて聞いた話だったために二人とも頭から抜けていたのだろう。

ソーマもそれは同じではあるが、話を聞く以前からそれとなく予想はしていた。

誰かからそれらしい話を聞いたことがあるからではなく、アイナの存在からだ。

彼女から魔王の話はほとんど聞いたことはないが、それでも尊敬しているのだろうことは何となく分かる。

それに、もしも魔王が聞いた通りの存在ならば、アイナはあそこまで真っ直ぐに育つことはなかったに違いない。

たとえ身内にだけは優しかったのだとしても、だ。

そして、前の魔王が倒されたのは十年以上前という話だが、その話が伝わっていない以上は、外に流れてきていた魔王の話も前の魔王のものである可能性が高い。

魔王の話自体は十年以上前からあるため、途中から別人の話が伝わるようになったら、その時点で代替わりしたということが分かってしまうからだ。

「……確かに。意図的に代替わりしたという情報は広めないようにしていたみたいですからね。言われてみたら、そう考えるのが自然ですか」

「ま、単純に代替わりした魔王も似たような性格だという可能性もなくはないであるが……」

「……ん、スティナのことも考えれば、それもなさそう？」

「で、あるな」

スティナはスティナで色々と抱えていそうというか、訳ありのようではあるものの、根が悪い人物でないことは分かっている。

アイナとスティナという二人のことを考えれば、やはり今の魔王は少なくとも悪人ではないと考えるべきだろう。

「まあ、ぶっちゃけ今の魔王が善人であろうが悪人であろうがどうでもいいのではあるが。我輩達には関係のないことであるし」

「それは確かにそうなのですが……さすがに正直に言いすぎなのでは？」

「……所詮暇つぶし？」

「そういうことである」

魔王がどんな人物であろうと、関わりにならないだろうことを考えれば、どうでもいいことでしかないのだ。

……正直なところ、少しだけ魔王に関して気になることはあるが、それは個人的なものでしかない。

わざわざ確認するほどのことではないし、そもそもそんな機会が訪れることもないだろう。

まあ何にせよ、所詮は移動する間の雑談の一つであった。

「こんなところでする雑談ではないような気もしますが……いえ、話し始めた切っ掛けを考えますと、こんなところだからこそすることになった話ではあるのでしょうが。それにしても、ここの人達に聞かれたら怒られませんか？」

「まあ、聞く人によっては悪口だと捉える人もいるかもしれんであるが、それを考慮した上でちゃんと周囲に話が聞こえるような人がいないことは確認済みであるしな」

「また無駄に高度なことを……」

「……ん、でもソーマらしい」

「人聞きの悪いことを。話をする時は周囲の迷惑にならないように、且つ偶然それを聞いてしまった人が不快にならないよう気をつけるのは、基本であろう？」

と、そんなことを話している間に、村長のものと思われる家はすぐ近くにまで迫っていた。

近付いたところで、何となくその外観を眺める。

屋敷と呼ぶほどのものではないが、周囲の他の家と比べれば五割増し程度の大きさはあった。

小さな村ともなれば、家の大きさはそのまま家格の高さと村での影響力を示すものだ。

まさかこれでただの村人ということはないだろう。

家の中には人の気配もするので、留守ということもない。

とりあえず訪問を伝えるべく、家の扉へと一歩を進み——だが、ノックをする必要はなかった。

その直前に、向こう側から扉が開いたからだ。

自動的に開くわけはないし、当然のようにその奥には人の姿がある。

というか、ちょうど向こうから出てくるところだったようだ。

反射的にその場から退きかけ……その途中で止まる。

出てこようとする人物の顔が見えたからであった。

身長は自分と同じぐらいであり、目にも鮮やかな赤い色が視界には映し出されている。

それはとある人物を連想するに十分な代物であり……そこで向こうもすぐ傍に誰かがいることに気付いたようだ。

髪の色と同じ色をした瞳がこちらに向けられ、大きく見開かれた。

それはおそらく、ソーマも同じだろう。

そこに居たのは連想した人物そのものであり、こんなところで会うなど予想だにしていなかった人物だったのだから。

「……ソー、マ？」

「アイナ、であるよな？」

その姿を眺めながら、ソーマは驚愕交じりにその名を呟いたのであった。

「では改めて……割と久しぶりであるな、アイナ」

「何でわざわざ割とってつけたのよ……普通に久しぶりでいいでしょうが。……まあでも、久しぶりね、ソーマ。正直、こんなとこにいるなんて思ってもいなかったけど」

「それはこっちの台詞《せりふ》でもあるがな」

ジト目を向けてくるアイナに、ソーマは肩をすくめた。

まあ言いたいことは分かるものの、こっちにだって言い分はある。

何も好きでここにいるわけではないのだ。

もっとも、その部分は既に簡単にではあるが伝えてあるので、わざとではあるのだろうが。

村長と思われる家の前で偶然アイナと再会してから、多少の時間が経過していた。

窓の外では空に漆黒が広がりつつあり、夜の訪れがすぐそこまで迫っていることを示している。

そして窓の外、という言葉からも分かる通り、現在ソーマ達が居るのはとある家の中だ。

ただしそれは村長の家などでなければ、宿などでもない。

何とここはアイナの家なのであった。

厳密には、別荘に近いもののようだが。

大きさ的には周囲の家と大差はないが、四人で泊まるには十分すぎる。

さすがに食糧の備蓄などはないようだが、それも貰ってきたので問題はないだろう。

そんなことを考えながら家の中を見回していたら、アイナが何かを諦めたように溜息を吐き出した。

「……ま、いいわ。詳しいことは後で聞かせてもらうとして……こっちもこっちで予想外ね」

そう言ってアイナが視線を向けたのは、シーラだ。

まあそれも無理もない感想であるし、同感でもある。

他人事であったならば、きっとソーマも同じことを思っただろう。

ちなみに他に人の姿がないため、シーラは今フードを外している。

頷きの形に頭が動いた拍子に、金色の髪がさらりと流れた。

「……ん、正直私も予想外だった」

「まあ多分色々なことがあったんだろうことはよく分かるわ。ソーマが居たんならそうならないわけがないし。とりあえず、改めて久しぶりね」

「……ん、久しぶり」

先ほども簡単には再会の挨拶を交わしたのだが、場所が場所故にすぐ移動することになったのだ。

ソーマが同じことをしていたのも、それが理由であり――

「ところで今心外なことを言われた気がするのであるが？　我輩が居たから色々なことがあっただろうとはどういうことである？」

「どういうことも何もそのままの意味でしょ？　それとも何、変なことは何もなかったとでも言うつもりなの？」

「……色々あった」

「いや、それは確かに事実ではあるが……別に我輩が居たからというわけではないであろう？」

「……そうでしょうか？　ソーマさんが居なければわたしもシーラも今ここにはいなかったでしょうし、ここの前に訪れた街でのいざこざに巻き込まれることもなかった、ということを考えれば、やはりソーマさんが関係しているとも言えるのでは？」

と、フェリシアが会話に入った瞬間、若干アイナの様子が挙動不審になった。

軽い自己紹介は済ませたはずだが、どうやら未だに人見知り気味なのは治っていないらしい。

もっとも、一月二月程度で治るかという話でもあるが。

あとは……フェリシアの外見も、関係あるのかもしれない。

何せシーラとは違い、フェリシアはまだフードを被ったままなのだ。

必要以上に気にしてしまうのは、ある種当然でもあるだろう。

「まあそう言われればそう言えなくもないであるが……それは少々こじつけが酷くないであるか？」

「そうですか？　……シーラはどう思います？」

「……ん、ソーマだし仕方ない？」

「解せぬ……」

「日頃の行いのせいってことでしょ。それにしても、やっぱりあんたはいつも通りだったみたいね。そっちも大変だったみたいで……えっと、フェリシアさん、でよかったかしら？」

「フェリシア、で構いませんよ？　この口調は癖みたいなものですし、あまりさん付けされるのは慣れていませんから。……その、こういう存在ですし」

一瞬、躊躇うような間があいたものの、思い切ってフェリシアはフードを外した。

その下から現れた白い髪と赤い瞳に、アイナは僅かに息を呑む。

さすがに、その意味するところに気がつかないわけがない。

だがアイナは小さく息を吐き出すと、すぐに躊躇いの空気を霧散させる。

あるいはそれは、納得であったようにも見えた。

「……そ。じゃあ、フェリシアと呼ばせてもらうわね。あたしのことは好きに呼んでもらって構わないわ」

「分かりました。では、アイナさんと。……それと、ついでと言うわけではないのですが、一つお聞きしてもよろしいでしょうか？」

「いいけど、何？　……まあ、大体分かるけど」

「はい。……その、アイナさんは、気にしないのでしょうか？　わたしが、その……」

「魔女でも、ってこと？　気にならない、って言えば当然嘘になるでしょうね。実際今でも気にしてはいるし。でも、気にする必要はないと思っているわ」

「それは、何故ですか？」

その言葉に、何故だかアイナの視線がこちらに向けられた。

呆れたような溜息と共に。

「そこの馬鹿が一緒にいるんですもの。どうせそこの馬鹿が何かやらかして、一緒に旅することになったんでしょ。なら、気にする必要はないわ。……だって、自分で経験済みだもの」

「……なるほど。納得しました」

そう言って、二人が何かを分かりあったような視線を互いに向けているのが若干気になったものの
……そんな二人の姿に、ソーマは密かに小さく息を吐き出す。

それは安堵のものであり、二人が問題なくやっていけそうなことにだ。

大丈夫だろうとは思っていたし、だからこそ事前にフェリシアにもそう伝えてはいたのだが、それでも万が一ということは有り得たのである。

しかしそんな懸念は杞憂《きゆう》であったようだ。

そのことに、ソーマはこのままラディウスに戻っても大丈夫だろうという自信を深め、その口元を緩めた。

と。

「それにしても、ソーマさんから話は聞いていましたが、本当に話通りで安心しました」

「え？　ソ、ソーマがあたしのことを……？」

「はい。ここまで旅をしている最中、時間だけは沢山ありましたから」

「……ん、私はあまりお喋りが得意じゃないし、ソーマが主に色々話してた」

それは事実ではあるが、話半分というところでもある気がする。

確かにソーマは暇を潰すために色々と話をしたものの、それはフェリシアもであるし、何だかんだでシーラもそれなりに話をしていた。

最終的にはソーマとフェリシアが四割ずつで残りがシーラ、というところではないだろうか。

とはいえ敢えて否定するようなことでもないので、黙って聞いておいた。

「そ、その……具体的に、ソーマはあたしのことをどんな風に言ってたのか聞いてもいい？　ほ、ほら、やっぱり自分がどう言われてたのかってのは、気になるし？」

「そうですね……」

そこで一瞬フェリシアが視線を向けてきたのは、言ってもいいのかという確認のためだろう。

故にソーマは肩をすくめておいた。

別に陰口のようなものを叩いていたわけではないし、伝えられたところで困るようなものではないからだ。

……多分。

「色々ありましたから、一言に纏めるのは難しいのですが……それでも敢えて一言で言うのでしたら、面白い人、でしょうか？」

「……ちょっとソーマ、あんた一体どんな話をしたのよ……!?」

「いや、落ち着くのである、アイナ。我輩別にそんな話をした覚えは……割とあるかもしれんであるな」

「……ん、とりあえず、からかうと結構面白いって話はしてた。……主に私が」

「シーラ……!?」

「なるほど……確かにこれは、話に聞いていた通りですね」

「ちょっ、フェリシアまで……!?」

「まあ、半分冗談の話は置いておきまして……」

「それって半分本当だったってことな気がするんだけど……？」

そう言ってアイナがジト目で睨んでくるも、フェリシアは何処吹く風といった感じだ。

意外とと言うべきか、そんなことも出来るらしい。

「真面目に答えますと、優しく、しかしそれだけでなく、自分の芯がある人、といったところでしょうか。もっとも、話を聞いた限りの、わたしの感想でしかないのですが」

「そ、そう……ありがとう、と言っておくべきなのかしら？」

「何かそれも違うような気もするのですが……どういたしまして、と答えておきます」

そう言って何処かぎこちなく、それでも笑みを交わしあう二人は、それなりに距離を縮めることが出来ているようだ。

さすがに一気にとは難しいようだが、その様子にソーマは満足を覚えた。

「それにしても……」

と、そうしていると、アイナがフェリシアの姿を眺めながら、ふと首を傾げた。

その視線に込められたものは、不思議そうなものを見るような目であり——

「あの……やっぱりこの髪の毛とか気になりますか？　それでしたら、フードを被っていますが……」

「ああ、ごめん、そういうことじゃなくてね……シーラとフェリシアって姉妹なのよね？　それも、結構歳の離れた。姉妹っていうのは言われてみれば納得も出来るんだけど、歳が離れてるようには見えないな、と思って」

「なるほど、そういうことですか……ですがそれは、ちょっとわたし達からすると分かりにくい感覚かもしれませんね」

「……ん、兄さんと比べると、もっと離れてるし」

「ふむ……正直我輩もあまり気にしたことはないであるな」

「いや、あんたは気にしなさいよ。あんたはこっち側でしょうが」

そうは言われても、その事実は分かっていながらも、あまり気にすることだと認識してはいなかったのだ。

あるいはそれは、もっと遥かに生きていた存在などを知っていたからかもしれないが。

が、そこで次の言葉に繋げたのは、それをいい機会だと思ったからだ。

アイナに再会してから、ずっと聞こうと思っていたことなのだが――

「そういえば、姉妹と言えば……アイナには、姉妹とかいるのであったか？」

その意図するところは、明白だ。

シーラやフェリシアも気付いたようで、一瞬息を呑むも、アイナはそれに気付かなかったようである。

こちらに視線を向けながら、眉をひそめ首を傾げていた。

「はい？　いないわよ？　だって一人っ子だもの……というか、前に言ったことあるわよね？」

「うむ、聞いた覚えはあるのであるが、念のためである。偶然にもここにいる中で一人っ子はアイナだけであるし、忘れてたとかあるかもしれんであるし？」

「いや、忘れるわけないでしょうが。あんたは何言ってんのよ……」

さすがに苦しい言い訳ではあったが、だがやはりこれで、確定だ。

魔王の娘を自称したスティナは、アイナの姉ではない、ということである。

しかしそうなると、何故そんなことを言ったのか、ということになるが――

「あ、でもそういえば」

「む？　やはり生き別れの姉とかがいるのであるか？」

「だからいないって言ってんでしょ。いないけど……家族同然に育った、姉みたいな人はいたわね」

「ほぅ……？」

「とはいえ、もう大分会ってもいないけど。数年前に独り立ちするって言って出て行ったっきり会ってないのよね……今頃どうしているのかしら」

少し遠い目をしたアイナは、おそらくその人物のことを思い出しているのだろうが……ソーマ達はそれどころではなかった。

そういうことかと、納得がいったからだ。

もっとも、それならばやはりそうだと言えばいい話な気もするが……説明が面倒だからそれで通した、ということだろうか？

それにしては若干腑に落ちない点があるものの……考えても分かることではないだろう。

確認しようにも、本人がこの場にいないのだから。

しかし疑惑が晴れたような、それでいて深まったような、何とも言えない気分である。

先ほど別れたばかりの少女のことを思いながら、ソーマは目を細めつつ、小さく息を吐き出すのであった。

37

「ところで、こちらの事情は大体話したであるが、アイナは結局何故こんなところにいるのである？」

会話が雑談めいてきたところで、ふとソーマから問いかけられた言葉に、アイナは反射的に口をつぐんでいた。

そりゃあ聞かれないわけがないのだが、ここまで聞かれなかったのだからと若干油断していたのだ。

とはいえ別に言えないような理由ではないのだが――

「まさか理由もなしに来たわけではないであろう？」

「……ま、そりゃね。というか、あたしがこんなところに来る理由なんて一つだけでしょ？　所謂里帰りってもののためよ」

それは一応事実である。

アイナが今回ディメントに来たのは、自分の家へと……魔王城へと帰るためなのだ。

「ふむ……それは、大丈夫なのであるか？」

「え……大丈夫って、どういうことですか？　里帰り、なんですよね？」

「……私もちょっと聞いただけど、色々あるらしい？」

さすがにと言うべきか、ソーマ達もその辺のことは話していないらしい。

それでも何となく想像がついたのか、フェリシアは僅かにその顔を曇らせると、心配そうな視線をこちらへと向けてくる。

その瞳の色は自分のものと似ているが、まったく違うようにも感じるのは髪の色のせいだろうか。

大半の場合髪と瞳の色は同じだし、多少異なることがあっても、ここまではっきりと違うというのは、少なくともアイナには見覚えがない。

あるいはそれもまた、魔女特有のものなのかもしれず……まあしかし、それだけだ。

別にそれでどうということもない。確かにフェリシアは魔女なのかもしれないが、事情持ちなのはアイナも同様なのだ。

それに、先に述べた通りである。

ソーマが一緒にいるならば、色々な意味で気にする必要はない、ということだ。

いや、別の意味でならば、気にはなるけれど。

話を聞くに、一月ほど二人きりで同じ家に住んでいたようだし。

だが今はそれを気にしている状況ではない。

そんな思考が過ってしまったことに対する分も含めて、肩をすくめた。

「大丈夫よ。別に戻ったところで何かをされるわけではないし。……多分、だけど。まあ、その辺の確認もこめての里帰りなわけだけどね」

「とりあえず理由は分かったであるが……随分と思い切ったであるな。しばらく戻るつもりはない、とか言っていなかったであるか？」

「……ん、私が学院を出た時にも、そんな予定があるとは言ってなかった」

「まあその時には正直そんなつもりなかったもの。その気になったのは、それこそシーラが学院を出てからね」

シーラも学院からいなくなり、当時のアイナはかなり暇を持て余すようになっていた。

やることは幾らでもある。

魔法の腕の研鑽《けんさん》に、終わりなどはないのだ。

しかしそれでも、一人で出来ることには限度もあるし、さすがに一人でそればかりやっていても飽きる。かといって気分転換しようにも、友人達はほぼ学院に残っていなかった。

唯一リナだけは残っていたものの、彼女も色々とやることがあるらしく、ほとんど会えなかったのだ。

結局アイナは一人となり……故に、折角だからと一人でこの機会に出来ることをしようと思い立ったのである。

そこで頭に過ったのが、シーラであった。

シーラもしばらく戻らないつもりだった自分の故郷へと戻ったのである。

ならば自分もそうしてみようかと思ったのだ。

「ふむ……つまり半ば突発的な行動だった、ということであるよな？」

「まあ、そういうことになるわね」

「それでよく許可が下りたであるな」

「ああ、それはあたしも少し心配だったんだけど、呆気なく下りたわよ？　ソフィアさんのところに半分押しかけるように行ったんだけど、本当にあっさりと」

魔王の娘が、一時的とは言いつつも魔王城に帰るというのだ。

普通はもっと警戒してしかるべきだと思うし、むしろ疑ったりするのが当然だろう。

だがスキル等で誓約を交わすこともなければ、書面すらも作成されなかったのだ。

里帰りをしてもいいかと尋ねると、即座にいいわよと返されただけだったのである。

思わずこちらからそれでいいのかと聞いてしまったぐらいに、それは簡単であった。

まあ、その謎も学院を出発する際に学院長から聞いた話で氷解したわけであるが。

「そういうわけで、ディメントには結構簡単に来れたわ」

それからここに至るまでは、さすがに簡単にとはいかなかったものの、かといってソーマ達のように語れるほどの何かがあったわけでもない。

精々が、昔の自分はよくこんなことをやったものだと、かつての自分に感心する程度の、当たり前の苦労があったぐらいだ。

「……そして、そのままここに来た？」

「……あれ？　そういえば、里帰りだったはずですよね？」

「そうだけど……ああ、ディメントの地理を知らないと疑問に思うかもしれないけど、魔王城に行くにはこの村を通る必要があるのよ」

確かにこの周辺はディメントの中でも端の方だが、そもそも魔王城のある場所自体がディメントの中では端に近いのだ。

ここに別荘のようなものがあるのも、魔王城のある場所から最も近い村であり、外に出るには必ず通らなければならないからなのである。

とはいえ基本的に外へと出ることはないため、ここの管理等はこの村の村長に任せているのだが。

ソーマ達と再会した際村長の家から出てくるところだったのも、それが理由である。

自分達の名義になっているとはいえ、さすがに管理している者に挨拶もなく勝手に使うわけにはいかないだろう。

「ちなみに、ここからその魔王城とやらに行くにはどの程度時間がかかるのである？」

「そんなにかからないわよ？　まあ、道を知らなければ話は別だけど、明日の朝にここを出て、夕方ごろには着くんじゃないかしら」

「そうであるか……」

そう呟くと、ソーマはシーラ達へと視線を向けた。

それは目配せのようであり……いや、事実その通りだったのだろう。

「それは我輩達がついていっても大丈夫なものなのであるか？」

直後に、そんなことを言ってきたからだ。

「それは……まあ別に、駄目ってことはないと思うわよ？　訪れる人はほとんどいなかったけど、制限とかはしてなかったはずだし。……でも、学院に帰るんじゃなかったの？」

「今でもそのつもりではあるが、まあ別に多少遅れても問題ないであろう？」

「……とりあえず私は、問題ない」

「わたしも、ですね」

「いや、あんたらの問題ってよりは、ソーマの問題よ。リナとか学院長とか、あんたが生きてるとは思ってるだろうけど、確証があるわけじゃないし。早く生きてるって教えてあげるだけでも、喜ぶんじゃないの？　……少なくともあたしだったら、そうだったろうし」

「うん？　いや、少なくともヒルデガルドは知っていたはずであるが……聞かされていないのであるか？」

「はい？　なにそれ、初耳なんだけど？」

確かに、ソーマが生きていることを疑っていないような様子ではあったものの、直接そうだという話は聞いたことがない。

学院長から聞いたことがあるのは、その大半がソーマを捜しに行きたいのに行けないという、愚痴ばかりだ。

「……ん、私も聞いてない」

「あれ？　おかしいであるな……我輩とヒルデガルドはある程度の縁がある故、居場所は無理でも互いの生死程度ならば分かるのであるが。本人がそう言っていたであるし、我輩もそのぐらいならば感じるであるしな」

「わたしはその人のことをよく知りませんが、居場所が分からない以上はぬか喜びをさせてしまう、という可能性を考えて知らせなかった、ということではないでしょうか？　……まあソーマさん相手にそんなことを考える必要があるか、という疑問はありますが」

「そうね……そういうことなのかもしれないわね。あと、後半に関しても同意するわ」

「……ん、同感」

「あっれ？　我輩唐突にディスられてないであるか？」

「そんなことないわよ？　ただの感想だもの」

「そうですね、それに関してソーマさんが何かを感じることがあったとしても、それは見解の相違、というものではないかと」

「……もしくは、価値観の違い？」

「やれやれ、酷い話である」

そんなことを言って肩をすくめているものの、ソーマは大して気にしていなさそうだ。

まあ当然と言うべきか、こちらも本気で言っているわけではないが。

内容そのものに関しては、ともかくとして。

「ま、ともあれ、そういうことであれば確かにそっちも重要ではあるが、別に我輩の生死が分からなかったところで誰かが死ぬわけでもないであるしな。それよりはアイナの家の方が気になるし重要だ

と思うである

「こっちも実家に帰るだけなんだから死にはしないわよ。……でも、ありがと」

大丈夫だとは思うものの、僅かに不安があるのも確かだ。

だからここでソーマ達に会えたことも、ついてくると言ってくれたことも、正直かなり嬉しかった。

まあ、さすがにそこまでのことは、口にはしないけれど……口元が緩んでしまうのは、どうしようもない。

ともあれ、これで何があったとしても、きっと大丈夫だろう。

何もないのが一番だし、そうだとは思っているものの……アルベルトに攫われたあの時だって、あんなことが起こるとは思ってもいなかったのだ。

故に最低限の警戒は怠らず、もしもの時の心構えを忘れないようにしながら。

あの人達は元気にしているだろうかと、アイナは懐かしいとすら思うようになってしまった人達へと思いを馳《は》せるのであった。

38

翌日早朝。

残っていたところでやることがあるわけでもないため、ソーマ達は早々に村を後にした。

本来であれば南西へと向かうはずであったが、目的地が魔王城へと変更されたため、向かっている先は北西だ。

アイナによれば、こうすることでしか魔王城へは行くことが出来ない、とのことだが、特定の手順を踏まなければ先に進むことの出来ない結界でも張ってあるのだろうか。

てっきりそんなことを考えていたのだが……先を進むことで、その意味することが分かった。

それは単純に、地理的な意味だったのだ。

「これは確かに、こっちからでないと行けんであるな」

「周囲を険しい山に囲まれた要所、ですか……ありきたりと言えばありきたりですが、それだけに有効ですね」

「……ん、でも、他からも行けないわけじゃない？」

「まあ、そうね、険しいだけだったら、そうだったかもしれないわ。でも、正規の手順を踏む必要がある、っていうのは正しくもあるのよ？　周囲には強力な魔物が放たれていて、そういった人達を襲うようになってるから」

「なるほど……」

それは随分と魔王の住んでいる場所らしい仕様であった。

だがそれはつまり、一つの事実を示している。

「ふむ……ということは、魔王は魔物を操れる、ということであるか？」

よく魔族は魔物を操れる、魔物が暴れるのは魔族のせい、などということを言われてはいるものの、基本的にそれはただの言いがかりにすぎなかったはずだ。

魔物を調教、使役するためのスキルは確かに存在しているが、当然それは魔族の専売特許ではない。むしろ魔族などという理由だけでそんなものが使えるはずもなく――

「そうね……厳密には魔王じゃなくて配下……この場合は側近っていうべきかしら？　まあ、そういった人が出来るわ。とはいえ、数にも範囲にも限度はあるし、ここの山を守らせるだけで精一杯らしいけど」

「だけ、って……十分すぎる気がしますが？」

同感であった。

さすがにラディウスを囲っている山ほどではないものの、ここの山もかなりのものだ。

ここに放ち守らせているというだけで、十分すぎるだろう。

そもそも普通魔物を使役するためのテイムというスキルは、一匹から二匹程度しか対象に出来ないはずである。

それをあっさりと無視するのだから、さすがは魔王の側近といったところか。

「あの人もあんたには言われたくないと思うけどね。まあというわけで、ここに放たれてる魔物は、魔物ではあるけど、うちを守ってる存在でもあるってわけ。だからむやみやたらに狩っちゃ駄目なの

……分かったあんた達？」

「言われているであるぞ、シーラ？」

「……ん、多分、ソーマのこと」

「違って言ってんでしょうが……！　どっちもよ！」

「ちぇー、である」

「……ちぇー」

「やかましい！」

アイナの叫びに、ソーマ達は揃って肩をすくめた。

その視線を、たった今狩ったばかりの魔物に向けながら。

そう、今の話を聞く前に、険しい山を見かけたソーマは、とりあえずとばかりにそこを登ってみたのだ。

そうしたら即座にその魔物に襲われ、当然のように撃退したのだが……それを目にしたソーマ達は目を輝かせた。

それは今まで見たことも、聞いたこともないような魔物であったからだ。

しかも、それなりに強くもあった。

何せ様子見を兼ねていたとはいえ、ソーマが一撃で倒しきれなかったのである。

強い魔物の素材は、特別な用途に使われることが多い。

魔力を多分に含んでいたり、それだけで特殊な効果を発することがあるからだ。

さらには、珍しいときたものだ。

となれば――

「……いい研究材料になると思ったのに」

「うむ……心底残念である。……それだけでも貰っては駄目であるか？　ほら、もう倒してしまったわけであるし」

「うちのだって言ってるでしょ。それは倒されても変わらないわよ。まあ、これが他の人だったら仕方ないとも思うけど、あんた達、っていうか、特にソーマが駄目」

「酷くないであるかそれ？　今回のことも別にわざとではないのであるぞ？」

「まあ今回のは事前に注意しておかなかったあたしが悪いし、別にそれは気にしてないわ。でも、あんたに下手に許可すると、なんかそれだけじゃすまなそうなんだもの」

「いやいや、それは考えすぎであるぞ？　ただ……同一の魔物だけが放たれているとは思えんであるし、そうなるとここには他にも沢山の珍しい魔物が存在してる可能性があるってことであるしな。そのことを思いながら日課の素振りなどをしていたら、つい加減を誤って山が半分ぐらい削り取られて、ついでに珍しい魔物が大猟、ということに……そんなことにならんであるかな、などということはまったく考えていないであるぞ？」

「説得力がまるで足りていない言葉、ありがたくちょうだいしておくわ。そしてやっぱり駄目よ」

「ちぇー、である」

そう言って再度肩をすくめるものの、もちろん今のはただの冗談だ。

アイナの言葉も、である。

ただ、駄目だというのは、おそらく本気だろうが。

研究材料として使ってみたい、というのは本音ではあるものの、多分そうしてはまずい存在、ということなのだろう。

何せ魔王城の周辺を直々に守っている存在だ。

魔物ではあってもそこに厄介事が仕込まれていたところで驚くには値しない。

まあ、わざわざ見えている地雷を踏みに行くこともないだろう。

「ところで、それを持ち帰ったりしたら駄目だということは分かりましたが、それではどうするんですか？」

「まあ、ここに置いておけばそのうち土に還るであろうが……ちとそれまでの間アレなことになりそうであるな」

「……山の中に投げ捨てる？　……餌代わりにもなって、一石二鳥？」

「肉食なのいたかしらね……まあ、それはそれでしのびないし、持っていきましょうか。事情も話して説明すれば、誰かが適切に扱ってくれると思うわ。それじゃ、ソーマお願いね」

「ふむ？　我輩なのであるか？」

その言葉に、ソーマは首を傾げた。

とはいえ、誰が運ぶのかと言われれば、確かにそれはソーマの役目ということになるのではあろうが――

「そりゃあんたが倒したんだし、責任取るのは当然でしょう？　……まあ、単純に、あんた以外に運べそうにないってのが本音ではあるけど。倒したあんたなら分かってるとは思うけど、見た目以上に重いのよね」

「うーむ、それは構わんのであるが……出来れば責任は、隅々まで調べることで果たしたいのであるがなぁ」

「……それなら、協力する」

「駄目だって言ってんでしょうが」

「……ちぇー」

「……ソーマさんが余計なことをするから、またシーラが変なことを覚えてしまったではありませんか」

「ちょっと我輩に対する風当たりが強すぎな気がするのであるが？」

「そう思うのでしたら、少しは自重してください。そこに山があるから、みたいな感じで不意に登っていったりと、ちょっと今日のソーマさんは自由すぎます。まあ、いつものことと言えばいつものことではありますが、今日は尚更です」

それはちょっと自覚があったので、素直に反省しておく。

魔王城が近いということで、ちょっとテンションが上がってしまったのだ。

色々と、思うところがあるので。

「ま、それでは大人しく運ぶとするであるか」

戯言はほどほどにして、倒れ伏している魔物のところへと向かう。

ちなみにソーマが倒したその魔物は、一見すると牛のような外見をしていた。

ただしどう考えても、牛では有り得ない。

牛には額に三つ目の目があったりはしないし、突進してくる際に身体に雷を纏ったりしないからだ。

そういったこともあって、色々と調べてみたいと思ったのだが……まあ、駄目だと言われてしまった以上は従うしかない。

ともあれ、そのままその牛のような魔物を持ち上げれてみれば、腕にずしりと重みが来た。

体長は二メートルほどであり、牛であれば一トンはあるだろうが、腕に感じた重さからすれば、おそらくその倍以上はあるだろう。

アイナが言ったように、これはソーマでなくては持てまい。

シーラは瞬発的な力を発揮するのは得意だが、こういうのには向いていないのだ。

アイナやフェリシアは言うに及ばず、必然的にソーマが運ぶしかなかった、というわけである。

「さて、では行くであるか」

「そうね……大丈夫？　大変そうなら、手伝うけど……」

「いや、下手に手伝ってもらおうとすれば、アイナが潰れてしまいそうであるしな。気持ちだけ受け取っておくのである」

「……そう？」

自分で言ったくせに、こうして気を使ったりもするのだから、まったくアイナらしいことだ。

苦笑を浮かべ、肩をすくめる。

そうして歩みを再開したソーマ達が向かったのは、山の麓の一箇所だ。

正規の道というだけあって、そこは山が途切れており――いや？

「これは、もしかすると……」

「……元からあったものじゃなく、後から作った？」

「さすがと言うか、見ただけで分かるのね……そういうことらしいわよ？　強引に山の一部を抉《えぐ》り取って、そこに魔王城を建てたんですって。先代……いえ、先々代の魔王がとか、その頃の話らしいけど」

「魔王や魔族と呼ばれることになった経緯こそ色々あれども、魔王という存在であることに違いはない、ということですか」

そんなことを話しながらも、その道となった場所をさらに進んでいく。

トンネルではなく、そこには見事なまでに何もない。

ここまで続いていた山の姿を見るに、ここにもかなりのものがあったはずだが……それを綺麗に抉り取ったというのだから、その凄《すさ》まじさが分かろうというものだ。

「ソーマさんが凄まじいなどという言葉を口にするのは、少し違和感がありますね」

「ふむ？　何故である？」

「ああ、何となく分かるわ。ソーマなら、同じようなことが普通に出来そうだもの」

「いや、それは少々我輩を買い被りすぎであるな」

さすがのソーマも、これほどのものを作り出すのはかなり難しいだろう。

そもそもソーマが使えるのは、ただの剣技だ。

即ち、その本質は何かを斬ることなのである。

山は斬るには大きすぎるのだ。

先ほども言ったように、出来ても精々が、半分ほどを消し飛ばす程度である。

「……色々とツッコミどころが多すぎて、何を言ったらいいのかよく分からないんですが……」

「同感だけど、同時にソーマだしっていう気もしてるわ」

「ああ、確かに、そうも思いますね」

「何やら好き勝手言われてる気がするであるが……」

「……ん、当然のこと。……ところで、ソーマ」

「うん？　どうしたである？」

「……じゃあ、ここをこうした力がソーマに向けられたとしたら、ソーマはどうする？」

「ふむ……」

その言葉に、何となく周囲を見回し、それからもう一度ふむと頷く。

ここをこうした力。

それはお世辞抜きに凄まじい力だと思うものだ。

ソーマでは決して使うことの出来ないだろうもの。

それが自分に向けられたら――

「まあ、斬るであろうな、普通に」

「……あの、ソーマさんでも無理と言っていた気がするのですが？　なのに、斬れるんですか？」

「試さないとさすがに分からんと思うであるが……多分この程度ならば斬れると思うであるぞ？」

要するにそれは、単純に力の向かう先の違いだ。

これを成したのは、破壊に特化させた力であり、ソーマの放つのは切断に特化させた力だ。

云わば前者は面であり、後者は線。

面を破壊するのに同等の力を線に持たせる必要はないし……そもそも、総合的な力で負けているとは、誰も言っていないのである。

「何と言うか……ソーマは本当にソーマよね」

「……ん、ソーマらしい」

「褒め言葉として受け取っておくである」

とはいえ結局のところ、それは仮定でしかない。

これを作り出すのが限界程度の力であれば、という話でしかないのだ。

上限がどこにあるのかなどは、それこそ実際に試してみなければ分かるまい。

そして魔王の代替わりがどのようにして行われるのかは分からないが……普通に考えれば、前の代よりも弱いということはそうそうないだろう。

つまり、今代の魔王は、これを成した相手よりも遥かに強い可能性があるのだ。

ずっと続いている道の先には、いつしか一つの建物が見えるようになっていた。

如何にもといった様子のそれが、きっと魔王城だ。

そこに居る相手を見定めるように、ソーマは目を細めたのであった。

城へと近付いてみると、さらにらしさは増した。

妙におどろおどろしいというか、これで稲光でも背景に走っていたら完璧である。

まさに魔王城という名に相応しい外見であった。

ただしその分過剰気味であり、どことなくわざとそれっぽく演出しているような雰囲気もある。

そしてどうやらそれは、気のせいではないようであった。

「昔は無駄に不気味だし暗いしで何考えてるんだろうと思ったけど、こうして外で色々なことを知ってから見てみると納得するわね。これで普通の家だったり城だったりが建てられてても逆に困るもの」

「そうですね……魔族の人達でもあまり近付かないということですし、そうなれば必然的にここに来るのはそういった人達なのでしょう。それで外見が普通だと、出鼻を挫《くじ》かれた、みたいな感じになりそうです。それはそれで、狙ってやるのでしたらありだとは思いますが」

「……魔王も大変？」

「ということらしいであるな」

まあ魔王からすれば知ったことではないという話でもあるだろうが。

「しかし何となく住みづらそうな気もするのであるが、そこら辺は大丈夫なのであるか？」

「ああ、それは大丈夫よ。居住区っていうか、そういう場所がちゃんとあるから。まあ元々あまり住んでないからそういうことも出来るんでしょうけど」

「あまり人住んでいないんですか？　こんなに大きいのに……」

フェリシアが驚いたのも無理ないことだろう。

何せその城は実際かなり大きいのだ。

少なくともラディウスの王都にある王城よりは大きいだろうと思うあたり相当である。

もっとも、ソーマの口にした通り、住むとなるとそれはそれで大変そうだが……かといってこの城を少数でしか使わないというのも、何となく勿体無いような気がしてくるものだ。

「……他は人じゃなくて、魔物とか？」

「実際昔はそうだったらしいけど、少なくともあたしはあそこの中で魔物を見たことはないわね。むしろ魔物避けの結界が張ってあるぐらいだし」

「ああ……そういえばそんなこと言ってたであるな」

ただしその話を聞いたのはスティナからであり、アイナからではない。

だからだろう。

その言葉を聞き、アイナは不思議そうに首を傾げていた。

「言ってた……？　あたし前にもこの話したことあったっけ？」

「いや、多分アイナからは聞いたことないはずであるな。我輩が言ったのは、別の者から聞いたことであるし」

「ふーん……まあ、別に隠しているわけじゃないし、誰か知ってたところで不思議でもないかしらね」

そう言ってアイナは納得したようではあるが……ソーマが敢えてスティナだと告げなかったのは、そもそもアイナにはスティナのことを話していないからだ。

昨日のうちにこれまでに起こった大まかな出来事は説明したし、直前の街ではとある人物に助けられた、などとも話したが、それが具体的に誰なのかということは説明しなかったのである。

それはソーマの独断ではあったが、隙を見てフェリシア達にもその理由を話したところ、二人も納得していた。

その理由というのは、どうにもアイナ達は少なくともここ数年会っていないようだからだ。

しかも、そこには何らかの事情がありそうなため、迂闊に話してしまっていいものか判断が付かなかったのである。

そのため、一先ず様子を窺いながら、大丈夫そうならば話してみる、ということにしたのだ。

まあ、どうやってその判断をするのか、ということに関しては未だ考え中ではあるのだが……多分何だかんだで、話すにしても学院への帰り道あたりになるだろう。

特に急いで話さなければならない理由もないのだ。

それよりも今は――

「さて、と……それじゃあ、そろそろ行きましょうか。ここでいつまでも城を眺めていたところで仕方ないし」

「うむ、そうであるな。では行くとするであるか。――魔王退治に」

「ちょっとなに人の親退治しようとしてんのよ……!?」

「いや、だって魔王といえばアレであろう？　世に二つとないような魔導具だったり、素材だったりを持っていたりするのであろう？　あるいは、それを使えば魔法が使えるようになったりする何かがあったりも。そして魔王を倒せば、それは我輩のものになる。何故倒さない理由があろうか？」

「……ん、確かに。……私も手伝う」

「シーラも納得したうえで協力申し出てんじゃないわよ……！」

どう考えても冗談だということは分かっているだろうに、しっかりと乗ってきてツッコミを入れてくれるアイナに、うむと頷く。

「アイナはやはり、こうでなくてはな」

「……ん、アイナに再会したって感じがする」

「あんたらねえ……！　というか、じゃあ今までは何だったのよ……！」

と、そんないつも通りのやり取りを交わしていたのだが、そこでふといつもとは違うものが交ざった。

直後に、溜息が吐き出されたのである。

「……はぁ」

それを発したのは、言うまでもなくフェリシアだ。

それと共にソーマ達へと向けられた視線に宿っているのは、明確な呆れである。

それからアイナに顔を向けると、頭を下げた。

「すみませんアイナさん、うちの妹が……」

「え？　ああ、いや、別にいつものことだし、慣れてるっていうか……そこまで気にするほどのことでもないのよ？　あたしも本気で怒ってるわけじゃないし」

「ふむ……こっちも分かったうえでのことではあるが、本人が言葉にするとちとあれな感じがするであるなぁ……」

「……ん、ちょっとまぞっぽい？」

「だからってあんた達が何言ってもいいってわけじゃないのよ……!?」

さすがにこれ以上は駄目そうなので、肩をすくめやめておく。

フェリシアからはやはり呆れの感情が向けられていたが、それに対するものとしても、だ。

まあそのうちフェリシアも慣れることだろう。

それが誰にとっていいことなのか、悪いことなのかは、別として。

ともあれ。

「ま、とりあえず本当に行くとするであるか」

アイナからジト目を向けられ、苦笑を浮かべながら、一路眼前の城へと向けてソーマ達は歩き出した。

†

魔王城へと辿り着いたソーマ達を待っていたのは、予想外の展開であった。

いや、厳密に言うならば、その言い方は正しくないかもしれない。

何かが起こったのではなく、あるべきものがなかった——居るべき者が居なかった、という状況であったのだから。

それは即ち——

「ふむ……魔王が居ない魔王城とは、また斬新であるな」

「と、言いますか、わたしは先ほど逃げ出した、という言葉を聞いた気がするのですが……」

「……ん、私も聞いたから、多分気のせいじゃない」

そういうことであるらしかった。

とはいえあまりにも突拍子がなさすぎるので、整理ついでに何があったのかを思い出してみると……まずソーマ達が城へと辿り着くと、即座に執事長を名乗る男が現れた。

この場所に他にも執事が居るわけではなく、なのに何故か執事長を名乗っているらしいが……まあ、それはどうでもいいことだろう。

重要なのは、その男が告げた内容である。

男はアイナとは当然のように知り合いであり、その帰還を喜び、歓迎の意を示していたが、その直後に次のような言葉を口にしたのだ。

曰く、今この城には自分ともう一人しかいない。

他の者達はそれぞれ用事があり、留守にしている、と。

しかしそのもう一人というのが、ここの主である魔王なのだが……現在その行方が分からなくなっているのだという。

ただし攫われたりしたわけではなく、仕事をするのが嫌になって逃げ出したのだそうだ。

一瞬さすがに冗談か何かかと思ったのだが――

『……そういえば、あの人はそういう人だったわね。まったく……変わっていないのは良いことなのか悪いことなのか……』

アイナが溜息と共にそう呟いたあたり、どうやら本当のことであるらしい。

そしてアイナはこちらへ断りをいれると、執事長と一緒に魔王の捜索に向かってしまい、こうしてソーマ達三人だけがここに取り残された、というわけである。

「さて……どうしたものであるかな」

「どうしたもこうしたも、ここで待っているしかないのでは？」

「……ん、他にやれることもない」

「ま、それはそうなのであるがな」

肩をすくめると、ソーマはその場を見渡す。

視界に入ったのはまず石であり、というか、そこにあるのはほとんどが石だ。

例外は、ソーマ達の座っている椅子と、すぐ傍にあるテーブルぐらいだろう。

それだけが木製であり、壁も天井も、その場所は全てが石で出来ていた。

そこは正直なところ、狭いところだ。

椅子が三つにテーブルが一つだけであり、休憩するには十分ではあるものの、それ以外の何かをするには圧倒的に広さが足りない。

おそらくではあるものの、ここは本来兵士の詰め所とか、そういうための場所なのだろう。

そんな場所にソーマ達が連れてこられ、放置されたのは……他意あってのことではあるまい。

多分ではあるが、アイナ達も焦り混乱していたのだ。

でなければ、さすがにこんなところに連れ込み待機させたりはしないはずである。

「……まあ、魔王が逃げ出したとか言われたら、それも当たり前な気はしますが」

「……でも、分かってる風ではあったような？」

「分かってはいても、自分達で経験したことはなかった、とかいうあたりなのであろう」

いつもはその留守にしている者達が捜していたが、今は自分達しかいないため自分達でそれをするしかない。

しかし慣れていないため色々とテンパりこうなってしまった、ということである。

実際かなり慌てていたようであるし、大体そんなところだろう。

まあ、フェリシアも言っていた通り、この場所の主が、王が逃げ出してしまったのだ。

冷静でいられる方がむしろ問題な気はする。

「とはいえ正直暇であるしなぁ……ふむ」

「あ、今何かろくでもないことを考えましたね？」

「失敬であるな。別にそんなことはないであるぞ？　まあ、考えたというかとあることを思いついたことは否定せんであるが」

「……具体的には、どんなこと？」

「いや、ここでジッとしていたところで仕方ないであるし、この城の探索でもしてみようかと思ったのである。何か見つかるかもしれんであるし」

「ここってアイナさん達の家ですよね？　それってただの家捜しでは……？」

「……でも、楽しそう」

「で、あろう？」

フェリシアからは呆れたような雰囲気を感じるものの、何せここは魔王城なのだ。どんなものがあるのかと、興味を持つのは自然なことだろう。

「……まあ、確かに否定はしませんが、わたしは行きませんよ？」

「む、何故である？」

「好奇心よりも、わたしの良心の方が勝っているからです」

「なるほど……では仕方ないであるな」

「……ん、じゃあ私も残る」

「……シーラ？　別に行きたいのでしたらわたしは特に止めませんよ？　いえ、一言ぐらいは言うかもしれませんが」

「……ん、大丈夫」

それは間違いなく、フェリシアのことを考えてのものだ。

だが本人が決めたのならば、否やはない。

とはいえここで一人行ってしまうというのは、さすがのソーマも思うところはあるが、ここで自分が遠慮してしまえばその方が二人は気にしてしまうだろう。

「ふむ……では、我輩一人で行ってくるとするであるか。ああ、そうである。ついでに魔王の捜索もしておけば、言い訳にもなるであろう」

「言い訳と言ってしまっている時点で駄目な気がするのですが……そもそも、魔王の顔を知らないのでは？」

「確かにその通りではあるが、ここにはあと魔王しかいないのであろう？　なら知らない者を見かけたら、それが魔王である」

「大雑把ですね……」

「……でも、一応筋は通ってる」

まあ、実際遭遇することはさすがにないだろうが、別に構わないのだ。

所詮建前だし、そして建前だろうと、道理が通っていれば問題ない。

それにそもそも、これはただの暇つぶしだ。

本気で何かをしようと思っているわけでもないのである。

ゆえに。

「では、少しばかり行ってくるのである」

「……ん、いってらっしゃい」

「あまり遠くまで行かず、遅くならないうちに帰ってくるんですよ？」

「汝は我輩の母親であるか」

そんな言葉を交わし、苦笑を浮かべながら、ソーマは気楽な様子でその部屋を後にしたのであった。

40

外見の時点で半ば分かりきっていたことではあるが、どうやらこの魔王城を隅から隅まで歩ききるには一日二日程度では済まなそうであった。

まず単純にここは大きいが、それ以上に通路が狭いのだ。

厳密には幅は二、三人が通れる程度にはあるし、高さも軽く飛び上がったところで頭が天井につかない程度はある。

だが城の規模からすれば、狭いと言ってしまっていいだろう。

それはつまり、部屋の数やそこの広さにもよるが、相応の移動が必要にもなる、ということだ。

同じ面積の中に、広い通路と狭い通路を敷き詰めると考えた場合、必然的に狭い通路の方が数が多くなり、その分歩かなければならない距離が増すからである。

まあ通路の分部屋を大きくしている可能性もあるので一概には言えないが、この調子では余程部屋が広くでもない限り大差はないだろう。

それに何せここは、魔王城だ。

先に進みやすく造ってあるなど有り得ず、むしろ延々とこんな感じの道が続いていると考えたほうが自然である。

というか、ここを歩き始めて三十分ほどが経過しているが、実際にこんな感じの同じような通路がずっと続いているのだ。

ならばやはり、この先もそうである可能性が高い。

もちろん、それが普通の道であるかは、また別の話ではあるが。

「そもそも、現時点で普通の道ではないであるしな」

溜息を吐き出しながら周囲を見回すと、そこにあるのは石の回廊だ。

先ほどフェリシア達と居た部屋で用いられていたものと同じ原料で造られたものだとは思われるが、あそことは明確に異なる点がある。

それは、壁に描かれた文様だ。

文様が違うというよりは、あの部屋には文様そのものがなかったので、文様自体が相違点である。

ただしあの部屋が殺風景だったかといえば、それは違う。

いや、確かに殺風景ではあったのだが、この文様は何も目を楽しませるために存在しているわけではない、ということだ。

とはいえ、これそのものに何か効果があるわけではないだろう。

無意味ではないが、単体で効果を発揮するものでもない、そんなものの一つだ。

端的に結論を言ってしまうのであれば、それらは距離感覚や方向感覚などを混乱させるものであった。

単調な景色が続いているように見えるのも、その仕掛けの一部だ。

集中力を鈍らせ、正常な判断力を少しずつ奪っていくのである。

しかも、実際には単調に見えるだけで、本当に単調なわけではないのだ。

ほんの僅かに、普通では気付かれない程度に通路には角度がついているし、距離も短くなったり長くなったりしている。

そういうことの積み重ねで、少しずつ感覚を狂わせていくのだ。

地味と言えば地味だが、だからこそ気付かれにくいし効果もそれなりに高い。

先に進んでいるつもりが、実は同じ場所をグルグル回ってるだけ、ということも可能だからだ。

「……ま、魔王城の仕掛けらしいかというと、ちと微妙ではあるが」

だが堅実と言えば堅実であるし、何より分かっていたところで、完全に無視するわけにもいかないあたり実にいやらしい仕掛けだ。

何となくではあるが、文様には暗示的な効果も含ませていそうだし、この分では他にも色々と仕込んでいそうでもある。

これを造った者の性格が分かりそうな仕掛けであった。

とはいえ、この城は先代が使っていたものをほぼそのまま流用しているらしいので、いやらしい性格をしていたのはそっちなのだろうが。

「何にせよ、フェリシア達は待ってて正解であるな、これは」

この先に何か面白いものが待っていたところで、これだけでフェリシアは疲弊してしまっていただろう。

まあそういった意味では、これはこれで魔王城らしいのかもしれない。

力量の足りないものをふるい落とすという意味で。

問題があるとすれば、そろそろソーマがここを歩くのに飽き始めているということか。

多分本来ならばここには魔物が放たれており、それもあってここの仕掛けをより分かりづらくさせているのだろうが、現状ではひたすらに通路が続いているだけだ。

仕掛けに気付いたところで何かが起こるわけでもない以上、ただ暇なだけなのである。

さすがのソーマも飽きようというものだ。

「ふーむ……いっそのこと強制的にショートカットを……いや、さすがにまずいであるか？」

魔王城というだけであるならば、適当に通路を斬り裂いて道でも作り出すところなのだが、ここはアイナの家でもあるのだ。

家捜しはまだしも、破壊活動までし始めたらいくらなんでもシャレでは済むまい。

「……いや？　見かねて住みやすいようにしてしまったのであると言い張ればあるいは……？」

ついそんなことを考え始めてしまうが、それも仕方のないことだろう。

何せソーマの感覚からすれば、まだ三分の一も回りきれていないはずなのである。

つまり最悪の場合、さらに倍以上の時間をかけてここを歩き続けなければならないのだ。

まともになどやっていられるはずがない。

しかも天井までの高さを考えれば、ここは階層もそれなりの数があるようだ。

隅から隅まで見て回るのに数日はかかるという推測はそこから来ているのだが……そこも同じような感じであった場合は、さすがにショートカットを作ろうとする欲を抑えられる自信がない。

まあ、勝手に探索を始めておいて何を勝手な、という話でもあるのだが――

「……うん？」

と、そうして変わらぬ道を、溜息交じりでそれまでと同じように歩き抜けようとした時のことであった。

不意に足を止めたのは、何となく違和感を覚えたからだ。

それは壁の文様や、通路の傾きに対して感じたものではない。

そもそもそれは、今更だろう。

確かにそこに違和感を覚えたために、ここの仕掛けに気付いたのではあるが……今覚えたのは、それとは別の感覚だったのである。

「ふむ、これは……壁、であるか？」

周囲をぐるりと眺め、そこに見当を付ける。

文様にも僅かに違和感を覚えるため、若干分かりづらいが――

「やはり、であるな……しかもこれは……」

違和感を覚えた壁を押してやれば、その部分だけがほんの僅かに後方へとずれた。

すぐに何かにつっかえたように止まるが、ここまで来れば何となく想像がつく。

そのまま左右に動かしてみると、右側に動かせそうであった。

実際にそうしてみれば、見事に眼前の壁が右側へとスライドしていく。

やがてそこには、人が一人通れる程度の穴がポッカリと開いた。

「隠し通路……というよりは、隠し部屋、というところであるか？」

多分ここは、本筋の道ではないのだろう。

そう思うのは、ここで上層へと繋がる階段でもあったら位置的に少し早すぎるからである。

かなり分かりにくくはあったものの、こうしてソーマが見つけられたということは、一応見つかるものではあるということだ。

そして見つかってしまった場合、半分以上の仕掛けは無意味となってしまう。

そこを逆手にとってこんな場所に上層への道を造っておく可能性もなくはないが、まあ考えにくいだろう。

要するにここは、先に進むには無関係の場所である可能性が高いということだ。

「ま、なればこそ、行く価値があるわけではあるが」

むしろこの状況で行かないという理由がない。

飽きてきていたし、何よりもこの先には何かが隠されている可能性だってあるのだ。

行かないわけにはいかないだろう。

そうして意気揚々とその先へと進み――

「む……これは……」

その場所が今までの場所と違うのは、すぐに分かった。

何せ見た目からして明らかなのだ。

視界に飛び込んできた色はまず緑であり、ついで茶。

樹木であった。

しかも、かなりの巨木だ。

何せその先を見上げようとすれば、首が痛くなるほどに傾けなければならないのだ。

どうやらここだけ天井の高さが違うらしく、それだけでただの木ではないことが分かる。

だがソーマは、すぐにそれから視線を外すこととなった。

その真下……というよりは、幹の部分に、寄りかかっている人影を見つけたからだ。

眠っているようであり……しかし瞬間、その目が見開かれると、慌ててその身体を起こした。

「やべっ、見つかっ……たわけじゃなさそうだな。というか、子供……？　何者だ……？」

そう言って首を傾げた顔は若そうな男のものであった。

十代中頃といったところか。

その髪と瞳の色は、ソーマと同じ漆黒であり、だが瞳の奥にはどことなく老成したようなものを感じさせる。

少年であるような、青年であるような、それ以上であるような、パッと見では年齢がいまいちはっきりとしない男であった。

そして――見覚えのあるその姿に、ソーマは思わず言葉を失った。

予想はしていたものの、いざ本当にその姿を目にするとなれば、やはり驚きがあり――

「んー、侵略者、にしては殺気とか感じないし……まさか迷子か？　ってことは誰かがやってきたって可能性もあるわけだが……ま、いいか。あいつに任せとけば何とかなるだろ。というわけで、悪いな。俺は迷子の案内をするつもりはない。面倒だからな。俺はここで引き続きだらだらしてるから、頑張って自力で戻ってくれ」

だがそう言って、本当に再び木の幹へと身体を預け、目を閉じ始めた男の姿に、ソーマは溜息を吐き出した。

まあ、確かにそんなこともあるかもしれないと、多少考えてはいたが――

「まったく……驚きもどっかにいったのであるな。少しぐらいは変わっていてもいいであろうに、あまりに変わっていなすぎであろう。相変わらずであるな――神崎伊織」

「――何だと？」

直後に男の目が再度開かれ、訝しげな視線がこちらへと向けられるが、ソーマとしては呆れを含んだ溜息を再度吐き出すだけだ。

本当に……幾らなんでも、色々な意味で変わってなさすぎだろう。

「何故俺の名前を……いや、待てよ？　その珍妙な喋り方……それに、俺のことを知っているってことは……？」

「珍妙な喋り方とか、本当に貴様相変わらずであるな。人の喋り方に文句をつけるなど失礼すぎであろう」

「その言い方も……やっぱお前、相馬――夜霧相馬《やぎりそうま》か……⁉」

「それは正しいとも言えるであるが、間違ってもいるであるな。厳密にはその男は、もうとっくに死んだわけであるし」

懐かしい友人に、懐かしい名で呼ばれたソーマは、向けられた驚きの顔に苦笑を浮かべると、そう言って肩をすくめたのであった。

あとがき

こんにちは、紅月シンです。

今回も本作をお手に取っていただき、まことにありがとうございました。

相変わらず刊行が一年間隔になってしまっていますが、少しでも楽しんでもらえましたら幸いです。

まあ、今巻も次巻へ続く的な終わりとなっているのですが……次巻は多めの書き下ろしがある予定ですので、楽しみにお待ちいただけましたら幸いです。

あ、忘れずにコミカライズ版の宣伝も。

相変わらず素晴らしい出来となっていますので、絶賛発売中のそちらも是非手に取っていただけましたら幸いです。

最後に謝辞を。

編集のK様、W様、相変わらず面倒をおかけしますが、いつもありがとうございます。

necömi様、お忙しい中、今回も相変わらずの素晴らしいイラストありがとうございました。

校正や営業、デザイナーなど、本作の出版に関わってくださった全ての皆様、今回もお世話になりました、本当にありがとうございます。そして何よりも、いつも応援してくださっている皆様と、この本を手に取り、お買い上げくださった皆様に心の底から感謝いたします。

それでは、また七巻でお会い出来る事を祈りつつ、今後ともよろしくお願い出来ましたら幸いです。

RiseComics
園へ──
戦った龍神との再会!!
神域の器
神殺し
龍殺し
龍神の加護
絶対切断
見識の才
万魔の剣
常在戦場
気配察知特級
奇襲無効
戦意高揚
縮地
怪力無双
明鏡止水
一意専心
疾風迅雷
リミットブレイク
オーバードライブ
我流・模倣・斬鉄剣
我流・模倣・斬魔の太刀
我流・模倣・一刀両断
我流・模倣・魔人剣
ソーマのスキルが明かされる……
元最強の剣士は、異世界魔法に憧れる
THE COMIC 4
〈漫画〉天乃ちはる〈原作〉紅月シン〈キャラクター原案〉necömi
5月28日発売!!
コミックス①〜④絶賛発売中!!

元最強の剣士は、異世界魔法に憧れる
GC NOVELS
"In past life, he was the invincible swordman.
In this life, he longs for the magic of another world."
Story by Shin Kouduki, Illustration by necömi
7
〈小説〉紅月シン
〈挿絵〉necömi
魔王登場
ソーマと神崎伊織の突然の再会。
元最強剣士と現魔王の邂逅は
この世界に何をもたらすのか。
二人の関係性とは一体——
2021年冬発売!!

元最強の剣士は、異世界魔法に憧れる 6

GC NOVELS

もとさいきょうのけんしは、
いせかいまほうにあこがれる

2021年5月7日　初版発行

著者
紅月《こうづき》シン

イラスト
necömi

発行人
子安喜美子

編集
和田悠利／川口祐清

装丁
横尾清隆

印刷所
株式会社平河工業社

発行
株式会社マイクロマガジン社
〒104-0041 東京都中央区新富1-3-7 ヨドコウビル
[販売部]TEL 03-3206-1641／FAX 03-3551-1208
[編集部]TEL 03-3551-9563／FAX 03-3297-0180
https://micromagazine.co.jp/

ISBN978-4-86716-133-3 C0093

本書は小説投稿サイト「小説家になろう」（https://syosetu.com/）に掲載されていたものを、加筆の上書籍化したものです。

アンケートのお願い

右の二次元コードまたはURL（https://micromagazine.co.jp/me/）をご利用の上、本書に関するアンケートにご協力ください。

■ご協力いただいた方全員に、書き下ろしSSをプレゼント！
■スマートフォンにも対応しています（一部対応していない機種もあります）。
■サイトへのアクセス、登録・メール送信時の際にかかる通信費はご負担ください。

ファンレター、作品のご感想をお待ちしています！

宛先
〒104-0041
東京都中央区新富1-3-7　ヨドコウビル
株式会社マイクロマガジン社　GCノベルズ編集部

「紅月シン先生」係
「necömi先生」係